S. D. PERRY

Aliens

Das Labyrinth

W0183314

Buch

Dr. Paul Church ist davon überzeugt, eine Mutation der Aliens züchten zu können, die von Menschen beherrscht werden kann. Zu diesem Zweck experimentiert er auf der Raumstation Innominata. Doch Menschen sterben auf Innominata, und Colonel Crespi und Lieutenant Sharon McGuinness forschen nach dem Grund. Dazu müssen sie in die labyrinthartigen Tunnel eindringen, in denen die Wesen des Doktors hausen. Bald stoßen sie auf ein schreckliches Geheimnis: auf den wahren Grund für die Experimente von Dr. Church …

Autorin

Stephani Danielle Perry ist die Tochter des renommierten SF- und Fantasy-Autors Steve Perry (zuletzt bei Goldmann: MEN IN BLACK). Sie war bereits Koautorin von ALIENS – Krieg der Frauen. Gemeinsam mit ihrer Familie lebt sie im US-Bundesstaat Oregon.

Bei Goldmann sind bereits erschienen

Steve Perry: ALIENS I – **Zum Überleben verdammt** (42654)
Steve Perry: ALIENS II – **Vermächtnis des Grauens** (42655)
Steve Perry & Stephani Perry: ALIENS III – **Krieg der Frauen** (42656)

S. D. PERRY

ALIENS™

DAS LABYRINTH

ROMAN

Aus dem Amerikanischen
von Michael Nagula

GOLDMANN

Die amerikanische Originalausgabe erschien 1996
unter dem Titel »Aliens – Labyrinth«
bei Bantam Books, New York

Umwelthinweis:
Alle bedruckten Materialien dieses Taschenbuches
sind chlorfrei und umweltschonend.
Das Papier enthält Recycling-Anteile.

Der Goldmann Verlag
ist ein Unternehmen der Verlagsgruppe Bertelsmann

Deutsche Erstveröffentlichung 7/98
Der Roman basiert auf den Filmen der Twentieth Century Fox,
den Entwürfen von H. R. Giger und der bei Dark Horse
erschienenen Graphic Novel von Jim Woodring und Kilian Plunkett.
Copyright © 1996 by Twentieth Century Fox Film Corporation
Aliens™, Predator™, and Aliens vs. Predator™ copyright © 1996 by
Twentieth Century Fox Film Corporation
All rights reserved
™ indicates a trademark of Twentieth Century Fox Film Corporation
Cover art copyright © 1996 by John Bolton
Copyright © der deutschsprachigen Ausgabe 1998
by Wilhelm Goldmann Verlag, München
Umschlaggestaltung: Design Team München
Satz: deutsch-türkischer fotosatz, Berlin
Druck: Elsnerdruck, Berlin
Verlagsnummer: 24821
Redaktion: Jürgen Fischer
V. B. · Herstellung: Peter Papenbrok
Printed in Germany
ISBN 3-442-24821-3

1 3 5 7 9 10 8 6 4 2

Für meinen begabten und schöpferischen Dad,
für sein Werk und die Einführung in einen Beruf,
der mich morgens ausschlafen läßt;
und für Myk, den Mann, der mich heiraten wird –
du bist völlig verrückt, Liebster,
und ich kann's kaum erwarten.

Ich floh vor Ihm,
durch Nächte und durch Tage;
ich floh vor Ihm,
durch das Gewölbe der Jahre;
ich floh vor Ihm,
durch das Labyrinth meiner eigenen Gedanken;
und unter Tränen verbarg ich mich vor Ihm,
und unter laufendem Gelächter.

Francis Thompson, 1893

PROLOG

Geballte Dunkelheit, eine matte Schwärze auch im trüben Halblicht, die das Nest in Schatten hüllte. Bewegung in der schmutzigen Kammer, bedächtig und animalisch. Ein Auseinanderfalten der Gestalt, ein Geräusch wie Knochen an Knochen – und dann das leise, wilde Zischen ... unmenschlich. Fremdartig.

Die anderen, die Glücklichen – die waren sicher schon tot. Oder wußten nicht mehr, was Leben war, was aufs gleiche hinauslief. Der Wahnsinn hatte ihnen zugelächelt, fiebrig und geistlos die letzten Winkel ihrer Seelen berührt. Seine Familie, seine Freunde. Er hatte es gehört, es tief in seinem Innern gespürt, es gewußt, als sein Herz erstarb und sein Verstand nach Erlösung schrie, ein Echo der fernen, wahnsinnigen Schreie seiner Nächsten.

Das alptraumhafte Wesen näherte sich, gefolgt von einem zweiten. Er spürte den Schimmer einer Art Hoffnung, ein sanftes Aufflackern seiner Einbildungskraft. Konnte das der Tod sein? Gab es in der Hölle Wunder?

Es gab nichts mehr, wofür es sich noch zu kämpfen gelohnt hätte, keinen Grund, es auch nur zu versuchen. Die Dämonen streckten ihre Hände nach ihm aus, hart und schwarz, und er bot keinen Widerstand, nichts als ein Zucken um die Mundwinkel, eine seltsame Leichtigkeit, die ungebeten und unerwartet kam –

Ein Grinsen. Wenn einem die Dunkelheit brutal alle Sinne raubte, einem alles, was einem lieb und teuer war, genommen wurde ... dann schreckte einen der Tod nicht mehr.

Und diese Erkenntnis verblüffte ihn so sehr, daß er zu lachen anfing und das heisere und schreckliche Krächzen nicht einmal mehr hörte, das aus seiner zerfetzten Kehle drang und durch das Labyrinth seiner Schmerzen widerhallte.

1

Eine Weile war da nichts, die Leere des absoluten Raums ohne Sterne, keine Bewegung. Nichts. Und dann am Ende der Ewigkeit ein einzelner grüner Punkt, der unvermutet und wunderschön in der Dunkelheit aufblitzte, eine Melodie aus Ergriffenheit und Licht, ein Vogelgesang – dicht gefolgt von einem bitteren, klebrigen Geschmack wie alter, stinkender Schweiß.

Crespi hob die Augenbrauen und blinzelte dann langsam, spähte verkniffen zu den trüben Lampen über ihm hinauf. Wieder tauchte das rhythmische Grün auf, ein blinkender Cursor auf dem Bildschirm zu seinen Füßen, begleitet von einem entschieden verärgerten Zirpen. In der Wirklichkeit war es noch viel häßlicher als in seinen Träumen. Seine Augenlider klappten nach unten, zurück in den süßen Abgrund –

Piieeep!

»Ja, ja«, murmelte er und setzte sich langsam auf. Spürte diesen richtungslosen Haß, weil er geweckt worden war. Eine Weile starrte er trübe auf einen Fleck auf dem Boden, sich jeder schmerzenden Muskelfaser voll bewußt; es juckte ihn, doch er hatte nicht die Kraft, sich zu kratzen, und in seinem Mund hatte er einen Geschmack wie ein alter Stiefel. Fast ein Jahr älter, und er spürte jede Minute davon.

Die paar … die stolzen … die ermatteten …

Wieder plärrte der Computer, und Crespi schaute grimmig in seine Richtung, dann betrachtete er die Worte, die dort Gestalt annahmen, etwas genauer.

// Wach auf, Tony, ich bin jetzt sechs Monate älter, als du es warst. O Tod, wo ist dein Stachel? Autsch! *2467Hell* //

Crespi lächelte widerwillig. Heller. »Aha. Nicht sehr komisch, Kumpel.« Er gähnte ausgiebig und griff nach den Kodedisketten im Regal neben dem Schirm, dann tippte er auf die Sendetaste.

Seine Stimme war rauh, seine Kehle trocken, doch er tat sein Bestes, um förmlich zu klingen. Heller war ein Witzbold, gut für die Moral in der Crew, aber ein bißchen leger im Umgang mit seinen Vorgesetzten. Andererseits war er *Pilot*; das schien irgendwie zusammenzugehören …

»Hier ist Colonel Doctor Crespi. Wie geht es uns?« Er hob die Arme über den Kopf und streckte sich, gähnte erneut.

»Hier ist Lieutenant Colonel Heller. Uns geht es prächtig, Sir. Die *Arkham* soll um 0900 an die *Innominata* andocken –« Eine Pause, und Crespi konnte das Grinsen in der Stimme des Piloten hören. »Wie haben Sie geschlafen, Sir?«

Crespi faßte sich ans stoppelige Kinn. »Wie Plastik. Gibt's was zu senden?«

»Ja, *Sir.* Kommt schon durch.«

Crespi schüttelte den Kopf und legte seine Diskette in das Laufwerk, als auf dem Schirm auch schon die Kodes aufflackerten. Vertraulich.

»Danke, eh, Lieutenant Colonel. Ich seh' Sie in zwanzig Minuten auf der Brücke.«

»Sir.«

Heller verging in kreischender Statik, die sicher kein Zufall war. Crespi schlug auf den Discom und runzelte die Stirn. Vertraulich? *Daran* würde die Crew zu knabbern haben, als wäre nicht schon genug los.

Er saß auf dem Rand seiner Schlafkammer und rief die

Sendung auf, zog eine Grimasse beim leichten Ziehen in seinen Bauchmuskeln. Nicht genug Zeit, um es wegzutrainieren, nicht, wenn er noch duschen wollte …

Leuchtend erwachte die Nachricht zum Leben, und Crespi vergaß einen Moment lang seine Übungen. NP117-kodiert, höchste Priorität.

// Tony – CVL sagt, SEO NNJB907H gibt Ihnen volle Rückendeckung. Sie haben freie Hand / notfalls auch zur Gewaltanwendung / Befehl der *Innominata* wegen vermutlicher Ursache NNJB907H //

Zitiert und verifiziert, großer Gott, und geradewegs vom Herrn über Leben und Tod persönlich – Admiral D. U. Pickman, dem Leiter von ETops. Der Mann war besessen von der Drohnplage und für mindestens hundert verdeckte Auslöschungen verantwortlich – darunter das Waller-Desaster auf Myna 8. Fünfzig Zivilisten und über ein Dutzend Marines tot, sogar die Spindocs waren dabei draufgegangen.

Vermutliche Ursache? Der Admiral schrie bei jedem Schatten gleich »Nest«, so daß das eher unwahrscheinlich war – aber wenn auch nur die Hälfte dessen, was er über die *Innominata* gehört hatte, stimmte …

»*Dann* guten Morgen«, schnarrte er und ging sich duschen.

Achtzehn Minuten später schnürte Crespi sich die Stiefel zu und erhob sich, um sein Aussehen zu prüfen. Das Gesicht im Spiegel sah trotz Rasur und Dusche abgehärmt und alt aus. Für einen einundvierzigjährigen TS war er in guter (Teufel, in *sehr* guter) Verfassung, aber die Furchen in seinem Gesicht sprachen eine eigene Sprache.

Seufzend griff er nach seiner Mütze und fragte sich vage, warum er nicht aufgeregter war. Die Chance, mit Paul

Church zu arbeiten, wenn auch nur als Assistent, war eine Ehre. Dr. Church hatte vor etwa zehn Jahren Neuland betreten, als er an einem Weltraumvirus, das drei Kolonien Terraformer auf zwei verschiedenen Welten ausgelöscht hatte, eine Anzahl biologischer Tests durchführte. Church hatte das Virus entdeckt, klassifiziert und ein Immunserum entwickelt, während die führenden Wissenschaftler der Erde noch ihre Reagenzgläser auspackten.

Es hatte verbissene Zeiten in Crespis Leben gegeben, als ihn allein der Traum, solche prestigeträchtigen Forschungen durchzuführen, am Leben erhalten hatte, und er hatte schwer gearbeitet, um so weit zu kommen, er hatte es sich *verdient.*

Und doch fühlte er sich wie der letzte Dreck. Die Nachwirkungen des Tiefschlafs, klar, doch er fühlte sich – *unsicher.* Richtig ängstlich, und er wußte, das waren nicht bloß seine Nerven. Jeder wäre etwas nervös, wenn er im Begriff wäre, Church zu begegnen, doch er war gut in dem, was er tat, und er hatte nicht viel übrig für Heldenverehrung. Außerdem besaßen sie den gleichen Rang …

Er schaute wieder in den Spiegel und schüttelte den Kopf. Jetzt war nicht die Zeit für grundlose Angst. Er war theoretischer Analytiker, ein Mann der Wissenschaft, mehr als fünfzehn Jahre auf seinem Gebiet tätig. Entscheidungen aus dem Bauch heraus hatten ihn in seiner kämpferischen Jugend am Leben erhalten, aber diese Zeit war lange vorbei. Die *Innominata* war eine Forschungsstation; dort hatte er seine Instinkte zu gebrauchen, um zu entscheiden, ob er zu Mittag Protosoja-Hühnchen oder Protosoja-Rindfleisch essen sollte. Und trotzdem –

Nichts trotzdem. Er würde noch zu spät kommen.

Crespi straffte seine Schultern und machte sich auf den Weg zur Brücke. Der schwach beleuchtete Korridor war leer, und das Schiff vermittelte den Eindruck von Verlassenheit; bis auf das leise Summen der Klimaanlage war kein Laut zu hören, und der wiederaufbereitete Sauerstoff war kalt und trocken wie in einer Gruft. Der größte Teil der Crew würde sich jetzt in der Messe aufhalten, Kaffee trinken und versuchen, den Schlaf abzuschütteln, doch für einige Augenblicke kam er sich wie das einzige Lebewesen auf dem Transporter vor, wie der letzte Mensch im Universum. Wieder ein Anflug von Angst, vielleicht Monophobie …

Er blinzelte und legte die Stirn in Falten. *Was soll dieser Mist vom letzten Überlebenden? Als nächstes willst du noch ein Nachtlicht. Das sind diese verdammten Gerüchte, die machen langsam auch dir zu schaffen, gib's nur zu.*

Vielleicht war es das *wirklich*, obwohl ihm schon jemand ein Gewehr an den Kopf hätte halten müssen, bevor er das zugab. Gerüchte waren im allgemeinen nichts weiter als heiße Luft, und er hegte schwere Zweifel an dem, was über die *Innominata* in Umlauf war. Wie oft hatte er in der Vergangenheit Formulierungen wie »heimliche Experimente« und »nicht gemeldete Todesfälle« gehört? Gerade auf seinem Arbeitsgebiet. Fast jedes Jahr tauchte neuer Klatsch über abtrünnige Wissenschaftler oder irgendein hohes Tier auf, das ausgerastet war und eine seltsame Operation eingeleitet hatte, wie Dr. Reuf und seine DNA-Machenschaften oder Spears Drohnarmee. Alles Latrinengeschwätz.

Andererseits hatte man ihn noch nie an einen solchen Ort beordert. Und Churchs derzeitige Forschungen waren so geheim, daß nicht einmal Admiral Stevens wußte, worum es sich eigentlich handelte. Zweifellos einer der Gründe, weshalb man den alten Streng-nach-Vorschrift-Crespi in Marsch gesetzt hatte – damit er herausfand, welche Leichen Church im Keller hatte, und das wie ein braver kleiner Soldat meldete …

Scheiß drauf, er würde es noch früh genug erfahren. Er ging den Bogen des Korridors entlang und trat auf die Brücke hinaus; die Tür glitt hinter ihm zu.

In dem Raum war es warm, und es roch nach frisch gebrühtem Kaffee. Heller und Shannon standen vor dem Fenster neben dem Com. Blake stand hinter ihnen, seine Arme ruhten auf Shannons Stuhl, und alle sprachen leise miteinander, die Blicke auf die Station draußen gerichtet.

»Seien Sie gegrüßt«, sagte Crespi und ging weiter.

»Ich grüße Sie, Sir.« Das kam von Lieutenant Blake. Das Gespräch zwischen den drei Männern erstarb, als Crespi sich zu ihnen gesellte.

Er musterte die *Innominata* einen Moment lang. Militärische Standardforschungsstation, 700er Serie, ziemlich groß. Er war schon auf einem Dutzend von der Sorte gewesen; Multilabors, das Ding konnte locker zweihundert Personen aufnehmen, obwohl den Unterlagen nach weniger als einhundert an Bord waren. Sie ragte vor ihnen auf wie ein düsterer Leuchtturm, das trübe Leuchten der Landebeleuchtung erhellte kaum den Andockbereich.

»Aha, das ist also die Dame, der man keinen Namen geben kann«, sagte er ruhig. Er beugte sich näher zum Fenster und spähte an dem großen Fellwürfel vorbei, den jemand (bestimmt Heller) dort über der Konsole aufgehängt hatte.

»Waren Sie schon mal hier, Sir?« Lieutenant Colonel Shannon blickte zu ihm hoch, noch deutlich sichtbare Linien der Erschöpfung um die Augen.

Crespi schaute wieder zur Station. »Nein, nein …« Sein neues Zuhause, dunkel, kalt –

Hinter ihm räusperte Blake sich auffordernd. Heller drehte sich auf dem Sitz um und blickte Crespi an.

»Ehm, Sir, ich weiß, daß wir nicht wissen sollen, was da los ist, aber ich habe mich gefragt, ob Sie nicht mit ein paar häßlichen Gerüchten aufräumen könnten –«

Crespi verhielt sich vorsichtshalber unbeteiligt. »Gerüchte?«

Heller warf Blake einen raschen Blick zu und fuhr fort. »Nun ja, Sir …«, und dann sprudelte es nur so aus ihm heraus: »Also, wir haben gehört, daß auf der Station irgendwelche seltsamen Experimente durchgeführt werden und daß dort Crewmitglieder verschwinden, daß sie bei diesen Tests eingesetzt werden –«

»Es reicht, Heller. An Ihrer Stelle würde ich mich nicht mit Gerüchten abgeben. Welcher Mann will schon, daß man ihn für eine Klatschbase hält?«

Das kam sehr barsch heraus, doch plötzlich ärgerte ihn das alles, er war wütend auf seine eigene Angst. Das hier war kein Spukhaus, und sie waren keine Kinder mehr; es war ein gottverdammtes wissenschaftliches Labor, in dem Church wahrscheinlich Forschungen über pflanzliche Intelligenz oder etwas ähnlich Banales durchführte, eine harmlose Versuchsreihe über irgendwas furchtbar *Langweiliges*.

Heller lief rot an und warf Blake einen erneuten Blick zu. Einige Sekunden lang herrschte Stille, dann versuchte Shannon die Situation zu entspannen.

»Kaffee, Sir?« Er deutete auf den Ausgabeschlitz an der Seite des Coms.

Crespi schüttelte den Kopf und wandte sich wieder der Tür zu. »Nein, danke. Wir sehen uns bei der Landung, Leute.«

»Ja, Sir«, antworteten sie einstimmig, der mürrische Heller leiser als die anderen.

Crespi blieb noch einmal am Ausgang stehen und warf

einen letzten Blick auf die *Innominata,* die dort einsam in der Leere hing. Es war eine gewöhnliche Forschungsstation, mehr nicht.

Er ging hinaus und wiederholte es in Gedanken nachdrücklich.

Mehr nicht.

2

Sie war noch keine zwanzig gewesen, da hatte Sharon McGuinness die meisten Synthodrogen schon ausprobiert, auf die ihre Freunde abfuhren, und sie war nicht sonderlich beeindruckt gewesen. Es waren nette Experimente gewesen, und sie bereute es nicht zu wissen, was dabei abging, aber den größten Teil des Tages nicht richtig denken zu können war ihr bald langweilig geworden. Ganz zu schweigen davon, daß einige ihrer charakterlich weniger gefestigten Bekannten eine regelrechte Abhängigkeit entwickelt hatten und in geistige Umnachtung abgetaucht waren – ein Schicksal, das viel schlimmer war als die Wirklichkeit, vor der sie fliehen wollten.

Noch weitaus mehr als den Verlust ihres Denkvermögens hatte sie den Morgen danach gehaßt; am späten Nachmittag mit pelziger Zunge und einer leichten Übelkeit aus dem Bett zu kriechen, verbunden mit dem deutlichen Gefühl, hirntot zu sein – alles in allem war das kein besonders attraktives Angebot …

Und seht mich jetzt an! All die Nachwirkungen ohne jeden Spaß, weil ich erwachsen *geworden bin!*

Puuh. McGuinness saß über ihren Thermosbecher gebeugt und wartete darauf, daß der gräßliche Instantkaffee etwas für ihr Gehirn tat. Sechs oder sieben von den Jungs schlurften umher, stöhnten und ächzten noch immer im Halbschlaf. Wie sie hatten sie sich zur Messe begeben, in der Hoffnung, daß etwas Speis und Trank ihnen vielleicht helfen könnte, obwohl sie wußten, daß das nie der Fall war. Selbst die lauwarme Dusche war kaum die Mühe wert gewesen, das wiederaufbereitete Wasser hatte die dumpfe Umnebeltheit fast gar nicht durchdringen können.

»... Scheißzeitalter der Nanotechnologie, und keiner bringt's fertig, einen anständigen Instantkaffee zu erfinden ...« Das kam von Lieutenant Corey, an niemanden im besonderen gerichtet. Der junge Offizier stand neben dem Automaten und sah wie ein zerzauster Zombie aus, tiefe Ringe unter den Augen.

Ein verpennter Penner. McGuinness lächelte schwach in seine Richtung. Er hatte nicht unrecht; sie hätte ihre rechte Titte für einen doppelten Espresso gegeben.

Na ja, vielleicht auch nicht.

Plötzlich ging ein Ruck durch Corey, und er schaffte es, beinahe korrekt zu grüßen. »Sir!«

McGuinness richtete ihren triefäugigen Blick zur Tür und wollte schon aufstehen – *Offizier an Deck* –

»Rührt euch. Weitermachen wie bisher.«

McGuinness ließ sich wieder zurücksacken und fragte sich, wie der Colonel das machte. Crespi war genauso lange auf wie sie, aber er wirkte frisch und hellwach, seine Stimme war kräftig und klar – als wäre er gerade aus einem erholsamen Schlaf erwacht. Und dann joggen gewesen.

Mistkerl.

Der Doc betrachtete ihre verquollenen Gesichter, während sie wieder ihren Tätigkeiten nachgingen. Viel wußte sie nicht über Crespi, sie kannte nur seinen Ruf;

kalt, präzise, kein schöpferisches Genie, aber mit einem scharfen Blick fürs Detail – anders gesagt, der perfekte Wissenschaftler. Und obendrein ein Marine, der immer streng nach Vorschrift handelte. Er hatte ihr vielleicht zehn TS voraus, obwohl man es ihm nicht ansah – bis auf die Linien in seinem Gesicht wirkte er beträchtlich jünger. Seine dunklen Augen waren leuchtend und scharfsichtig, steckten wie Adleraugen in seiner Miene, nichts entging ihnen …

McGuinness wurde aus ihren Gedanken gerissen, als ihr klar wurde, daß er sie ebenfalls musterte, wenige Meter vor ihrem Tisch. Er hob fragend eine Braue.

Sie räusperte sich. »Eh, mir geht es nicht gut, Sir.«

Der Colonel setzte sich ihr gegenüber in einen der Formsessel. »Mir auch nicht, McGuinness. Ich glaube, ich fühle mich ungefähr so, wie Sie aussehen.«

Rauhes Gelächter ertönte rundherum im Raum. *Na toll.* Crespi verzog kaum die Miene.

»Ich –« Sie schloß den Mund wieder, bevor sie sich Ärger einfing, und legte den Kopf in den Nacken, starrte die Plastikformdecke an. »Ja, Sir. Mir geht es schon besser, und ich hoffe, Ihnen auch bald.«

Diesmal war das Gelächter als kleinere Hustenanfälle getarnt. McGuinness richtete sich auf und sah den Colonel an, der sie jetzt rundheraus anlächelte.

»Keine Frage, Lieutenant. Ihre rasche Erholung ist uns allen ein Beispiel.«

Na, wenigstens hatte er Sinn für *Humor.* Die anderen nahmen ihr Umhergeschlurfe und ihre einsilbigen Gespräche wieder auf. McGuinness wartete darauf, daß Crespi etwas sagte, doch der blieb stumm und beobachtete die Crewmitglieder, wie sie ziellos dahinstolperten.

Sie spürte einen stechenden Schmerz in der Magengegend. Eine Faust ballte sich dort, die nur darauf gewartet zu haben schien. Sie mußte herausfinden, was er wußte.

Indem sie an dem dünnen Kaffee nippte, tat sie so, als wäre sie an seiner Antwort auf ihre Frage gar nicht interessiert: »Werde ich auf der *Innominata* unter Ihnen arbeiten, Sir?«

Crespi fixierte sie wieder mit seinem klaren Blick. »Unwahrscheinlich, McGuinness, bei Ihrem Glück wohl nicht. Ich erwarte, daß ich demnächst bis zum Hals in einigen unerträglich banalen Versuchsreihen stecke.«

Bildete sie sich das ein, oder war dieser scherzhafte Tonfall nur Tarnung? Der Knoten in ihrem Bauch zog sich enger zusammen. Crespi war schwer zu durchschauen, doch sie hätte alles darauf verwettet, daß er auch nicht mehr wußte als der Rest von ihnen.

»Soll mir recht sein«, sagte sie und blickte zur Seite, weiter Desinteresse vortäuschend. »Die *Innominata* hält sich für meinen Geschmack etwas zu bedeckt, ein bißchen zuviel von diesem ›ist nie passiert, gab's nie‹.«

Crespi beugte sich zu ihr vor. »Wenn das stimmt, wieso haben Sie sich dann freiwillig für diesen Trip gemeldet?«

McGuinness zuckte mit den Achseln. »Gute Frage.« *Und die Antwort geht Sie einen feuchten Kehricht an, Sir.*

Mehrere Herzschläge lang herrschte Schweigen. Schließlich sah sie kurz zu ihm hin und bemerkte die gerunzelte Stirn über diesen bohrenden Augen, als er ihr Gesicht musterte. Er schien etwas sagen zu wollen –

Eine Stimme drang knisternd aus dem Intercom. »Colonel Doctor Crespi, Sir. Colonel Thompson wünscht Sie vor der Landung auf der oberen Brücke zu sehen, Sir.«

Crespi starrte sie noch eine Sekunde an, dann schaute er weg. »Na schön.«

Er stand auf, nickte ihr zu und entfernte sich vom Tisch.

McGuinness nippte erleichtert wieder an ihrem Thermosbecher. Er war schnell, vielleicht *zu* schnell, aber das könnte sich auch noch als Vorteil erweisen –

Einer der Männer riß einen derben Witz, den sie nicht ganz mitbekam, aber sie lachte zusammen mit den anderen und starrte auf ihre blassen Hände, die auf einmal zitterten, wenn auch nur leicht …

3

Crespi stand auf dem Landedeck der *Innominata* und wartete geduldig, wobei er spürte, wie sich trotz der frischen Luft leichter Schweiß unter seiner Uniformmütze sammelte; diese verdammten Dinger wurden immer noch aus Synthowolle hergestellt. An heißen Tagen war schon so mancher Soldat in voller Khaki-Montur ohnmächtig geworden, wahrscheinlich weil er zu sehr darauf gedrillt war, nur nicht seine bescheuerte Mütze abzusetzen – erst recht nicht, wenn er auf einen vorgesetzten Offizier wartete, und schon gar nicht, wenn dieser Offizier ihm unbekannt war …

»Colonel Doctor Crespi? Ich bin Admiral Thaves.«

Crespi nahm Haltung an, als ein kleiner Mann mit vorgewölbter Brust das Deck betrat und ihn quer durch den halbhohen Raum anrief. Seine Stimme, so flott und forsch wie sein fester Schritt, hallte lautstark wider.

Crespi salutierte und verharrte in der Position. »Colonel Doctor Anthony Crespi meldet sich zum Dienst, Sir.«

Als Thaves näher kam, musterte Crespi ihn unauffällig; der Admiral sah nicht so aus, wie er sich ihn vorgestellt hatte. Er hatte gehört, daß Thaves den größten Teil seiner Laufbahn im Fronteinsatz verbracht hatte, aber die Gestalt vor ihm wirkte weich, sein ergrautes, welliges Haar war streng nach hinten gekämmt. Er hatte etwas von diesen alten Kämpen an sich, die Crespi aus den Kriegsholovids kannte – aufrechte Haltung trotz Wanst –, doch ihm schien, als läge das letzte Gefecht, an dem Thaves teilgenommen hatte, schon Jahrzehnte zurück.

Andererseits sah das Gesicht des Admirals aus, als hätte es an jedem Kampf teilgenommen, der in den letzten fünfzig TS ausgetragen worden war – verwittert und zerfurcht, mit labberigen Wangen. Seine Nase war mindestens einmal gebrochen und schlecht wieder gerichtet worden; zudem glühte sie wie verdorbene Rote Bete. Die geplatzten Äderchen kündeten von zu vielen Viersterne-Martinis.

Thaves stellte sich vor ihn und lächelte, die Zähne ebenmäßig, aber fleckig. Crespi nahm einen leichten Dunst von Zigarren und Haaröl wahr. Der Admiral schlug ihm auf die Schulter, als wären sie alte Freunde, die sich nach Jahren der Trennung endlich wiedersahen.

»Stehen Sie bequem, Crespi. Willkommen auf der *Innominata.*« Er nickte und grinste noch breiter. »Sie dürften zu Hause einige einflußreiche Freunde haben – viele gute Leute haben für diesen Posten Schlange gestanden.«

Thaves machte kehrt und ging, ohne auf eine Antwort zu warten, zur Tür der Landebucht zurück. Crespi seufzte in sich hinein und folgte ihm.

»Ich bin mir keiner einflußreichen Freunde bewußt, Sir«, sagte er und achtete darauf, seinen Tonfall neutral zu halten. »Meiner Erfahrung nach –«

»Von Vetternwirtschaft war nicht die Rede, Doktor«, schnitt Thaves ihm das Wort ab und hob, ohne sich nach ihm umzudrehen, seine fleischige Hand. »Ihre Akte spricht für sich. Sehr erfolgreich, he?«

Der ältere Mann verhielt sich recht jovial, doch Crespi hatte entschieden den Eindruck, daß Thaves ihm etwas vormachte, einen Tanz aufführte, den hohe Tiere oft vom Stapel ließen, wenn *sie* es mit jemandem zu tun bekamen, den sie nicht kannten. Anscheinend war er sich bewußt, daß man Crespi nicht nur aus einem Grund geschickt hatte – doch was meinte Thaves wohl, wieviel er selbst wußte?

Er versuchte es erneut. »Nun ja, bis zu einem gewissen Maß, Sir. Der Abwehrdienst war nie meine starke –«

»Ja, äußerst beeindruckend, ein guter theoretischer Analytiker ist immer wertvoll.« Endlich warf Thaves ihm doch einen kurzen Blick zu, noch immer grinsend. »Colonel Doctor Church wird sicher Verwendung für Sie haben.«

Thaves drehte sich wieder um und ging weiter, führte ihn durch die breite Automatiktür in einen stillen Korridor. Militärisches Material, aufgestapelt bis hin zur Wandverkleidung aus dunklem Plastikret und schrottreifen Heizleisten. Sehr minderwertig, und das sah man auch; Risse durchzogen den nackten Boden, der an manchen Stellen abblätterte, hauptsächlich um die Heizeinheiten herum – sie setzten den Wänden arg zu, sorgten aber dafür, daß die Luft in der Halle immer schön kühl war.

Die Atmosphäre in diesem Teil der Station ließ etwas zu wünschen übrig; die Luft war recycelt und roch schwach nach Desinfektionsmitteln und Schweiß. Sie hatte diesen seltsamen, faden Beigeschmack zu häufiger Wiederaufbereitung; Crespi hatte sich im Laufe der Jahre daran gewöhnt, aber irgendwie schien es hier schlimmer als sonst zu sein.

Schrecklich. Und wenn er den Grundriß richtig im Kopf hatte, gingen sie gerade zu den Offiziersunterkünften …

Welches Spiel wurde eigentlich getrieben? Abgesehen

davon, daß der Admiral ihn ständig unterbrach, hatte er zu verstehen gegeben, daß Crespi NI war, daß er gekommen war, um den Karren aus dem Dreck zu ziehen. Anscheinend dachte der Mann, daß er mehr wußte, als tatsächlich der Fall war – was *vorteilhaft* sein konnte, je nachdem, wieviel Bewegungsfreiheit ihm blieb …

»Natürlich nehme ich an, daß ich eng mit Colonel Doctor Church zusammenarbeiten werde.«

Der Admiral ging weiter, und er murmelte seine Antwort in einem übermäßig höflichen und entschieden gönnerhaften Ton. »Nun ja, nichts ist unmöglich …«

Schluß. Crespi runzelte die Stirn und ging schneller, um mit dem Admiral Schritt zu halten. »Sir, ich hoffe, es ist nicht zu einem Mißverständnis gekommen. Mein Auftrag lautet, als Colonel Doctor Churchs Forschungspartner die Nachfolge von Colonel Doctor Lennox anzutreten.«

Sie bogen um eine weitere Ecke im Gang, und Thaves deutete auf die erste in einer Reihe von Türen; er grinste noch immer. »Das ist Ihre Unterkunft, A89. Im Rechner finden Sie eine Briefing-Karte. Machen Sie sich mit der Etage vertraut, Ihre Ordonnanz steht bereit –«

»Admiral Thaves, ich *bin* doch hier, um mit Colonel Doctor Church zu arbeiten, oder nicht?«

Sie hatten vor seiner Unterkunft haltgemacht und standen sich jetzt gegenüber, wobei Crespi auf den untersetzten Admiral hinunterschaute. Thaves lächelte nach wie vor, aber es lag noch etwas anderes in seinen Augen: ein ungemein gleichgültiger Ausdruck, der nicht so recht zu seinem vernarbten Gesicht zu passen schien.

»Das wird sich finden. Wieso briefen Sie sich nicht erst und lassen sich von Ihrer Ordonnanz herumführen? Wir haben eine Lounge, die Sie bestimmt in Erstaunen versetzen wird, eine süße kleine –«

»Ich würde es vorziehen, Colonel Doctor Church sofort vorgestellt zu werden und mich umgehend an die Arbeit zu machen, Sir.«

Der Admiral lächelte noch breiter, allerdings wirkte es jetzt nicht mehr besonders freundlich. Es tat fast weh, als wolle er jeden einzelnen Zahn mit einbeziehen, um den Doktor davon zu überzeugen, wie *vernünftig* er sich doch verhielt.

»Crespi, Ihnen steht der größte Forschungsbereich auf dieser Station zur Verfügung. Sie werden genug Zeit haben, jede Tätigkeit anzugehen und durchzuführen, die Ihnen beliebt. Doch warum entspannen Sie sich vorher nicht ein wenig?«

Scheiße fressen, das ist der Ausdruck. Ein scheißefressendes Grinsen. Crespi war regelrecht fassungslos über die Fähigkeit des Mannes, um den heißen Brei herumzureden.

Thaves fuhr fort, und sein Grinsen wurde verschwörerisch und lüstern. »Vielleicht kommt Ihnen das ja ein wenig geradeheraus vor, aber ich habe die Erfahrung gemacht, daß so ein kleines Spiel zwischen Junge und Mädchen einem langen, kalten Schlaf die Härte nimmt. Oder, wissen Sie, was immer Ihnen sonst behagt. Also, in der Lounge finden Sie –«

»Um ebenfalls ein wenig geradeheraus zu sein, Sir, ich will wirklich nichts weiter, als Colonel Doctor Church vorgestellt werden und mit der Arbeit beginnen.«

Ehrlich gesagt, war er außerdem sehr geneigt, dem Admiral mit seiner Aktentasche den Schädel einzuschlagen – aber das wäre zu diesem frühen Zeitpunkt wahrscheinlich unklug gewesen.

Ein Jammer.

Thaves seufzte. »Also, es tut mir leid, Ihnen mitteilen zu müssen, daß Church erklärt hat, daß er keinen Stellvertreter braucht. Aber keine Sorge, Sie werden das beste Forschungsteam bekommen, das wir auftreiben können, mein Wort darauf, wir werden –«

Crespi hatte die Hände zu Fäusten geballt. Er war nicht sonderlich aufbrausend, und erst recht nicht gegenüber Vorgesetzten, aber dieser knetnasige alte Kämpe hatte es eindeutig zu weit getrieben.

»Sir, ich verlange bei allem Respekt, daß ich *auf der Stelle* Colonel Doctor Church vorgestellt werde!«

Thaves blieb die Ruhe selbst. Er zuckte mit den Achseln und breitete fast entschuldigend die Hände aus. »Tja nun. Ich muß Ihren Wunsch abschlägig bescheiden.«

Crespi starrte finster auf ihn hinab, wütender, als er seit langem gewesen war, bereit, dem Admiral dieses widerliche kleine Lächeln aus dem Gesicht zu prügeln –

Tief durchatmen, Tony.

Richtig. Langsam entspannte Crespi seine Finger wieder, erst die eine, dann beide Hände. Er hatte Rückendeckung durch Pickman, und Pickman hatte viel mehr Lametta als dieser Mann. Eine Prügelei war nicht nötig.

Crespi senkte seine Stimme und atmete noch einmal tief durch. »Admiral Thaves, ich habe einen Auftrag, und ich beabsichtige, ihn auch durchzuführen. Wenn ich dazu eine Eingabe machen muß, um jemanden seines Amts zu entheben, werde ich das tun.«

Endlich verschwand das Grinsen, wie weggewischt, und zum ersten Mal sah Crespi etwas von dem, was Thaves seinen hohen Rang eingebracht hatte. Der Admiral baute sich zu voller Größe vor ihm auf, und stählerne Kälte lag in seinem Blick.

»Schau an. Ein taffer Bursche. Wer hätte das gedacht?« Sarkastisch, aber wenigstens nicht mehr väterlich. »Warum entspannen Sie sich nicht ein wenig in Ihrer Unterkunft, während ich diese Angelegenheit mit Colonel Doctor Church bespreche?«

Thaves blickte finster zu ihm hinauf und wartete. Crespi salutierte pflichtgemäß. »Sir.«

Sein Kommandeur drehte sich um und ging davon, weiter den Korridor entlang. Crespi öffnete die Tür zu seinem neuen Zuhause und schmiß die Aktentasche quer durchs Zimmer.

4

Church saß an seinem leeren Schreibtisch und strich immer wieder zärtlich über den Schalter am Com. Eine leichte Berührung seiner flinken Finger, eigentlich eine Liebkosung; viel zu sanft, als daß die primitive Konsole es bemerkt hätte. Ein leerer Schreibtisch in einem leeren Zimmer, bis auf ein paar Knöpfe, die in den Monitor eingelassen waren, der ihn mit dem Rest der Station verband ...

Er seufzte, dann stupste sein langer Finger auf die Taste. Es war an der Zeit, den großen, einmaligen Crespi kennenzulernen, der Thaves soviel Verdruß bereitet hatte.

»Ja?«

Armer Admiral Thaves, soviel Verzweiflung in diesem einen Wort!

»In Ordnung. Schicken Sie ihn runter.«

»Schön, schön.« Die Erleichterung des Mannes war offensichtlich, obwohl er es zu verbergen versuchte. »Ich denke, das wird prima laufen, Doktor, ich billige Ihre Entscheidung –«

»Sehr gut«, sagte er und schlug auf den Discom, bevor er

dem Admiral weiter bei seinen Prahlereien zuhören mußte. Er war nicht sonderlich beunruhigt, aber Thaves schien die Ankunft des neuen Mannes fast in die Hysterie getrieben zu haben, und es zahlte sich aus, ihn zu beschwichtigen. Der Admiral brauchte das Gefühl, hier das Sagen zu haben, obwohl Church ihn schon seit Jahren in der Tasche hatte – eine Tatsache, die alle an Bord akzeptierten, so wie sie auch akzeptierten, daß Thaves dieser Tatsache gegenüber blind war. Der Admiral leitete die Station erfolgreich und ließ ihn in Ruhe, und Church wollte, daß es dabei blieb. Aber wenn dieser Crespi auch nur halb so gut war, wie Thaves zu glauben schien, dann konnte er sich durchaus als nützlich erweisen …

Und wäre das nicht eine erfreuliche Abwechslung?

Endlich einmal jemand an Bord, der einen Vergleich mit ihm aushielt! Es war schon zu lange her, Tage, Wochen, Monate – er wußte gar nicht mehr, wann es genau gewesen war. Wahrscheinlich gab es im ganzen bekannten Universum höchstens eine Handvoll Menschen, die seine Arbeit auch nur *ansatzweise* begreifen konnten, geschweige denn ihre tiefere Bedeutung; sogar noch weniger – es lag im Wesen der wissenschaftlichen Forschung, daß sie in völliger Abgeschiedenheit durchgeführt wurde, und die Chance, anderen zu begegnen, die auf demselben Gebiet tätig waren, war so gering wie die, daß eine Henne Zähne hatte. Normalerweise störte ihn das nicht, weil viele Menschen offenbar zur Langeweile neigten; in letzter Zeit sehnte er sich jedoch nach jemandem, mit dem er sich austauschen konnte, einem konkurrierenden, wenn auch nicht ebenbürtigen Verstand …

Das ärgerliche Plärren des Türsummers störte ihn bei seinen Gedanken. Man sollte das verdammte Ding abschalten oder wenigstens auf einen Ton umstellen, der angenehmer war. Wieder seufzte Church und erhob sich, um seinen Besucher zu begrüßen.

Er öffnete die Tür, und ein hochgewachsener, ernst dreinblickender Mann Anfang Vierzig stand vor ihm, dunkles Haar in militärischem Bürstenschnitt. Seine Züge wirkten kantig, fast zornig, die Falten zwischen den Brauen ließen darauf schließen, daß er nicht oft lachte.

Wie komisch!

»Colonel Doctor Crespi? Ich bin Paul Church. Wollen Sie nicht hereinkommen?«

Er machte einen Schritt zurück und bedeutete Crespi mit einer knappen Geste einzutreten.

»Danke«, sagte Crespi. Mürrische Stimme. Höflich, aber irgendwie angespannt. Anscheinend hatte Thaves ein wenig zu heftig an seiner Gemütsruhe gerüttelt.

Er wandte sich um und deutete auf den unbequemen Stuhl, der vor seinem Schreibtisch auf dem Boden festgeschraubt war. »Bitte setzen Sie sich doch.«

»Danke.«

Erstklassige Manieren, seine Mutter war zweifellos eine stolze Person; nun war es aber an der Zeit herauszufinden, aus welchem Holz er gemacht war.

»Angenehme Reise?« Church wartete, bis der Doktor sich gesetzt hatte, und ließ sich dann ihm gegenüber nieder.

Crespi lächelte halbwegs. »So ereignislos, wie es nur der Kaltschlaf sein kann.«

»Nein, ich meinte nicht Ihren Flug. Ich meinte die Monate, die vor Ihnen liegen. Werden sie angenehm werden – oder was sonst?«

Crespi antwortete nicht, sondern musterte ihn vorsichtig, unfähig, die Müdigkeit in seinem Blick zu kaschieren. Wenigstens dachte der Mann nach, bevor er sprach – ein gewaltiger Unterschied zu Admiral Thaves.

Church wartete, aber Crespi schien in seinem Mißtrauen gefangen zu sein und nach der passenden Entgegnung auf eine so unerwartete Frage zu suchen. Ach, wie *sehr* er doch intelligente Gesellschaft vermißt hatte! Nach Davids Tod war niemand es mehr wert gewesen, auch nur mit ihm zu reden, seine entsprechenden Bemühungen bei den Taugenichtsen, mit denen die *Innominata* verseucht war, hatten sich als reine Zeitverschwendung erwiesen …

Leider war die Zeit zu knapp, um unschuldige Spielchen mit seinem neuen Gast zu spielen, soviel Spaß ihm das auch gemacht hätte. Er mußte auf den Punkt kommen und sehen, wie dieser Crespi sich verhielt.

»Im großen und ganzen nehmen die Dinge hier den gewohnten Verlauf, Crespi. Bisher ist alles Routine. Es war überhaupt nicht nötig, Sie herzuschicken, um Lennox zu ersetzen. Ich habe sogar Schritte eingeleitet, um das zu verhindern.«

Er lächelte milde über die jetzt offene Wachsamkeit seines Gegenübers und fuhr fort. »Wenn er nicht gestorben wäre, hätte man ihn sicher versetzt. Es gab hier für ihn nichts mehr zu tun. Und für Sie gibt's auch nichts zu tun.«

Er lehnte sich zurück, die Hände am Hinterkopf, und sprach so freundlich und gelangweilt wie möglich.

Auf denn!

»Die Forschungsgelder fließen nicht mehr so gut. Sie reichen eigentlich kaum noch aus, um mich weiter zu beschäftigen. Das Klassifizieren von Weltraumviren macht nicht viel her.«

Er hielt den Blick auf Crespi gerichtet und wartete gespannt darauf, wie er reagierte. Church tippte auf Wut, obwohl es auch noch den ruhigen, diplomatischen Zugang gab …

Crespi stand auf, stützte die Hände auf dem Tisch ab und

beugte sich mit finsterer Miene vor. »Wenn ich richtig verstanden habe, hat eines Ihrer ›Viren‹ Doktor Lennox das Hirn durch den Hinterkopf geblasen.«

Wütend, aber gut gegeben, kühl und ruhig statt der erwarteten Großmäuligkeit. Offenbar hatte der gute Doc den Eindruck, es mit irgendeinem Handlanger zu tun zu haben – vielleicht jemandem, der dem Admiral hörig war? Oder irgendeiner anderen – Extremität?

Church kicherte. »O nein, Crespi. Was für eine makabre Bemerkung – Viren sind doch so niedliche kleine Dinger.«

Crespi beugte sich weiter über den Tisch vor. »Church, meine Toleranz für irgendwelche Albernheiten ist praktisch gleich null. Wenn Sie nicht ehrlich mit mir sind, können Sie den Grund dafür einem Untersuchungsausschuß erklären.«

Sieh mal an – autoritär!

»Die anderen Jungs spielen nicht fair, und jetzt rufen Sie nach Papi.« Er lächelte breiter, um zu zeigen, daß er nicht wirklich verletzt war. »Ehrlich, ich bin enttäuscht über Ihren Mangel an Geschick.«

Crespi blickte ihn weiter finster an. Humorlos, völlig humorlos.

Church hörte auf zu lächeln und konterte, des Spiels plötzlich überdrüssig. »Sie sind hier außerhalb Ihrer Liga, Crespi. Ihre Vorgesetzten haben Sie in die *Innominata* geworfen wie Höhlenmenschen, die einen Hund in einen Teich schmeißen, um ihr Spiegelbild zu fangen.«

Keine Antwort außer diesem kantigen und zornigen Gesicht. Sehr *männlich* von ihm. Er würde vorerst einfach um Crespi herumarbeiten müssen, ein Ärgernis, aber anscheinend der einzige Weg, um die Forschungen weiterführen zu können. Vielleicht konnte er einen Teil der Fleißarbeit übernehmen, mit der David sich immer beschäftigt hatte, bis Church beschlossen hatte, was mit ihm geschah.

»Na, kommen Sie, gehen wir.« Er lächelte wieder. »Ich zeige Ihnen mein Labor.«

Sie gingen zur Tür, und die Spannung wich ein wenig aus Crespis Zügen. Sie betraten den dunklen Korridor, und Church brachte sie zum G-Labor, wobei ihm auffiel, wie sehr Crespi seine Schultern hochzog. Jeder seiner Bewegungen haftete ein Ausdruck von Autorität an.

Das konnte wirklich interessant werden.

Paul Church war ganz sicher *nicht* das, was er erwartet hatte. Seite an Seite gingen sie durch den Korridor, und der kleinere Mann mit dem Aussehen eines exzentrischen Genies reichte Crespi kaum bis an die Schultern – zu dünn, lange, schmutzig weiße Haare über einer hohen fliehenden Stirn, eine verschmierte Brille und ein weites Sweatshirt unter dem Labormantel.

Es war weniger das Aussehen als dieses ausgesprochen merkwürdige Verhalten. Sehr spontan, beinahe unbekümmert – und doch hatte er irgendwie das Gefühl, daß Church mit ihm spielte oder wenigstens glaubte, das zu tun.

Nun ja. Er hatte seine Befehle, auch wenn das bedeutete, sich von dem mysteriösen Church von oben herab behandeln lassen zu müssen. Gut zwanzig Minuten hatte er in seiner Unterkunft geschmort, bevor Thaves ihm den Startschuß gab, was offenbar hieß, daß Church sein Einverständnis erteilt hatte. Wenn dazu ein Spielchen gehörte, sei's drum. Was zählte, waren nur die Ergebnisse.

Sie kamen an eine Labortür mit zwei bis an die Zähne bewaffneten Wachen davor; beide trugen schwere Kampfausrüstung, eine verbesserte Version des Zeugs, das er im Einsatz getragen hatte. Extrem widerstandsfähig und säurefest, sogar die Kopfbedeckung. Beide Soldaten trugen vollautomatische Einäscherungsgewehre von der Art, wie man sie verwendete, um mit Drohnbefall fertig zu werden …

Crespi wollte nicht daran denken.

Church lächelte den beiden Männern zu. »O'Hara, Lawless. Das ist Colonel Doctor Crespi, er wird mit mir im G-Labor arbeiten.«

Crespi erwiderte ihr Salutieren mit einem Kopfnicken. Warum zum Teufel standen sie hier Wache? »Ich muß natürlich noch vom Bioscan registriert werden.«

»Hmmm?« Church berührte mit einem knochigen Finger das Scannerfeld und gab einen kurzen Freigabekode ein. »Oh, das hat keine Eile. Erst mal sehen, wie die Dinge so laufen.«

Crespi biß die Zähne zusammen, um nicht laut aufzuschreien. Die schwere Tür glitt auf, und Church betrat einen Vorraum, der zu einem weiteren Durchgang führte, bei dem es sich offenbar um den Laboreingang handelte. Crespi wartete, bis die Tür wieder zuglitt, ehe er sprach.

»Darf ich Sie daran erinnern, Church, daß Sie nicht mein vorgesetzter Offizier sind. Wenn Sie mir ständig Hindernisse in den Weg legen, wird Ihnen das nicht viel bringen.« *Außer daß ich vor Frustration einen Herzschlag kriege.*

Church öffnete die zweite Tür, dann lächelte er ihm freundlich über die Schulter zu. »Gibt es auf der Erde immer noch so gute Schokolade? Ich habe gehört, sie wird nicht mehr hergestellt.«

Herr im Himmel, wen mußte er eigentlich umbringen, um eine ehrliche Antwort zu bekommen? Was für ein Ort *war* das hier? Eine *Militär*station konnte es nicht sein, auf *denen* gab es Vorschriften und Regeln, und was war hier so verdammt geheim, daß jeder Satz, den er sagte, für ihn noch einmal umformuliert wurde, damit ihm nur ja nicht einfiel, seinen *Job* zu tun?

Mit düsterer Miene folgte er Church in die Anlage hinein, wobei seine Schuhe leise auf dem polierten Plastikret knarrten. Sie standen auf einer kleinen, erhobenen Plattform in einem riesigen Raum, ungefähr zwei Meter über dem Boden. Vier oder fünf Techniker niedrigen Rangs liefen umher, zwei davon arbeiteten an einer Computerkonsole, die eine ganze Seite des gewaltigen Saals einnahm. Es stank nach Desinfektionsmitteln.

»Sie haben vielleicht Nerven, Church –«

»Das Kompliment nehme ich an, Crespi.« Der alte Wissenschaftler ging bis zum Ende der Rampe und sah über die Brüstung hinab in eine Art vertieft angelegte Einfriedung.

Mit erstauntem Blick sah Crespi sich um. Was hatte das zu bedeuten, bewaffnete Wachen und geheime Zutrittskodes? Hier wurden doch keine Viren klassifiziert; das sah eher wie ein Kriegsgebiet aus.

»Was dachten Sie wohl, wie lange Sie damit durchkommen?« Er deutete umher und fühlte sich noch verwirrter, als er den Tag über schon gewesen war.

Church schaute mit fast entschuldigender Miene von der Brüstung weg. »Haben Sie schon einmal gegen einen persönlichen Freund aussagen müssen? Ich könnte mich nicht dazu durchringen.«

»Was wollen Sie damit –«

Church lächelte freundlich, dann deutete er über die Brüstung hinweg nach unten.

»Schauen Sie.«

Crespi trat vor und sah in die Einfriedung –

Und spürte, wie sein Herz in seiner Brust zu hämmern begann, während ihm am ganzen Körper der kalte Schweiß ausbrach.

»Scht, wecken Sie ihn nicht«, wisperte Church, doch Crespi bekam die Worte kaum noch mit. Unter ihm kauerte in einer Ecke des warmen Pferchs ein erwachsener Drohn. Sein heimtückischer dunkler Schimmer schien das trübe Licht, in das der Raum getaucht war, zu schlucken, und als Crespi sich vorbeugte, hob der lange schwarze Schädel des Wesens sich ihnen entgegen, und sein Schwanz schlang sich leicht um den harten, metallischen Körper.

Wenn Church noch etwas gesagt hatte, so hörte er es schon nicht mehr. Obwohl sein Blick weiter auf den Drohn fixiert blieb, war Crespi nämlich plötzlich über eine Million Meilen entfernt.

5

Sergeant Crespi verbarg sein Gähnen diskret vor Captain Wilcox und dem Rest der Crew. Er hatte die Nacht zuvor nicht viel geschlafen, und der rollende Transporter schien trotz des holprigen Untergrunds eine einschläfernde Wirkung auf ihn zu haben. Er war Wilcox' Stellvertreter, wenigstens an Bord des Panzerfahrzeugs, und eine unruhige Nacht war keine Entschuldigung für Lahmarschigkeit – erst recht nicht vor dem Captain, einem Vorzeigeoffizier erster Güte.

Unruhig war noch eine maßlose Untertreibung. Ein Gespräch und ein paar Drinks mit Cady Trask hatten zu einer längeren Diskussion in ihrer Unterkunft geführt – was wiederum der Anfang von mehreren angenehmen Stunden gewesen war, in denen sie überhaupt nicht gesprochen hatten. Er ließ seinen Blick über ein paar der anderen Unteroffiziere schweifen und unterdrückte ein erneutes Gähnen. Corporal Trask fing seinen Blick auf und lächelte, ehe sie diskret zur Seite schaute, das dunkelrote Haar gelöst unter dem Helm. Sie sah nicht im geringsten müde aus; erstaunlich. Und auch ein klein wenig – enttäuscht?

Mein Gott, so schlecht war ich doch nun auch wieder nicht, oder?

Crespi war kein großer Spieler, war es nie gewesen – er hatte seine Jugend nicht damit vergeudet, sexuellen Vergnügungen nachzujagen, die meistens mehr Ärger einbrachten, als sie wert waren ... aber er war eigentlich der Ansicht gewesen, daß er auf diesem Gebiet nicht völlig *daneben* war. Wenigstens angemessen. Es war nur so, daß seine Arbeit offenbar vorging, immer vorgegangen war –

Aber Trask. Sie war schon etwas Besonderes. Klug, witzig, attraktiv – und sie arbeitete auf eine Ingenieurslaufbahn hin, Spezialgebiet Biotechnik. Wenn diese kleine Sache hier erledigt war, sollte er vielleicht herausfinden, wo man sie als nächstes stationieren würde ...

Der Transporter kam in einer Höhle mit mehreren Ebenen zum Stehen. Crespi blinzelte und richtete sich gerade auf. Zur Gruppe gehörten noch elf Kollegen, Wilcox und seine beiden Spezialagenten nicht mitgerechnet. Der Captain hatte anscheinend schon an Kämpfen gegen diese Brut teilgenommen, doch keiner der anderen Penner und Unteroffiziere hatte bisher je einen Aliendrohn zu Gesicht bekommen, außer auf Vids. Ihn eingeschlossen. Man hatte sie für diesen Einsatz zusammengestellt, damit sie mitbekämen, wie es an der Front eigentlich zuging; die meisten waren auf dem einen oder anderen Gebiet der Bioanalyse tätig, und das Korps schien es für wichtig zu halten, daß sie Erfahrungen aus erster Hand sammelten und so weiter. Es gingen Gerüchte um, wonach jene, die beschlossen, sich auf Drohnforschung zu spezialisieren, auf schnellstem Wege befördert würden, obwohl die Sesselfurzer auf der

Erde sich offenbar nicht in der Lage sahen, die dadurch entstehenden Lücken zu schließen. Diese Drohnkreaturen waren also die neueste Gefahr für Heim und Vaterland ... na schön. Das war doch immerhin was.

Nun ja, so tödlich können sie doch nicht sein, wenn sie uns hineinschicken. Crespi ließ seinen Kopf auf die Brust sinken, ihm war unbequem im leichten Kampfanzug. Vorbeugende Ausrüstung, bewaffnet und einsatzbereit, brabrabra. Wilcox hatte viel Zeit darauf verwendet, ihnen zu erzählen, wie schrecklich diese Wesen waren, doch er schien zuversichtlich zu sein, daß die Gruppe nur zu Beobachtungszwecken abkommandiert war. Na toll; Monate der Arbeit verschwendet, um auf einen namenlosen Planetoiden zu kommen und dabei zuzusehen, wie ein paar große Käfer niedergemetzelt wurden.

Der Captain stand auf und wandte sich der Crew zu. »Also gut, Leute. Die Vorschriften sagen, wir sind als Rückendeckung für das Einsatzteam hier und sollen beim Rückzug notfalls Begleitschutz geben.« Er räusperte sich und lächelte etwas überheblich. Es sah seltsam aus auf seinem schmalen, zerfurchten Gesicht.

»Was ihr tatsächlich tun werdet, ist, euch zurücklehnen, entspannen und zusehen, wie Rupp und Hollister jedes Alien in dieser Höhle eindampfen.«

Wilcox deutete auf seine beiden Spezialagenten, die stocksteif hinter ihm standen. Sie sahen *wirklich* wie Aliens aus – bis an die Zähne bewaffnet, in schweren, versilberten Kampfanzügen, die Gesichter hinter dickem, pechschwarzem Plexiglas. Jeder der beiden war mit dem Allerneuesten an Militärtechnologie ausgerüstet: Partikelplasmaprojektoren. Die schweren Waffen befanden sich an den Außenseiten ihrer Arme, voll gepanzert und gefährlich aussehend, praktisch tragbare Raketenwerfer – nur daß sie einen gebündelten Strahl hochaktiver Teilchen ausschickten. Crespi hatte Prototypen im Test gesehen; stellte man sich ihnen in den Weg, wurde man in heiße Schlacke verwandelt.

Die Rückwand des Transporters glitt nach oben, und die Rampe klappte auf, so daß die feuchte, übelriechende Höhlenluft über ihre Gesichter strich. Gott, wie das stank! Die Luft trug den starken, warmen Geruch von Verwesung herein, wie von schlecht kompostiertem Material. Widerlich.

Die Scheinwerfer des Fahrzeugs reichten gut zehn Meter weit und zeigten nackte Felswände, die zu glänzen schienen und glitschig aussahen. Sicher ein Leck weiter oben, das würde auch die Feuchtigkeit erklären – doch dieser *Gestank*, der war einfach beispiellos.

Wilcox wandte sich an die beiden Männer in den schweren Kampfanzügen. »Räuchert sie aus, Leute. Ich will, daß hier keine Mikrobe überlebt.«

»Aye, aye, Sir«, sagte einer von ihnen, und seine knisternde Stimme drang seltsam hohl und leer aus dem Intercom. Die beiden gingen die Rampe hinunter und verschwanden in der düsteren Höhle.

Crespi beugte sich vor, um besser sehen zu können. Die Männer bewegten sich vorsichtig, ihre dicken Stiefel schlugen bei jedem Schritt schwer auf den Höhlenboden. Jede Bewegung schickte Echos durch die stille Dunkelheit, der einzige andere Laut war ihr verstärkter Atem.

Als sie vielleicht fünf oder sechs Meter entfernt waren, rief einer von ihnen (Hollister?) hastig:

»Da drüben!«

Ein plötzliches Klappern: Klauen auf Stein. Und etwas, das wie ein leises, heiseres Zischen klang –

Sie waren zu dritt, groß und schwarz. Sie sprangen in den Lichtkreis, den der Transporter warf, und kauerten sich hin – lange, schlanke Schädel und auf- und zuklappende Kiefer, aus denen der Geifer tropfte …

Plötzlich zerteilten zwei gleißende Lichtbahnen die Schwärze der Höhle, begleitet vom mahlenden *Srumm* des Partikelprojektors. Ein dritter und vierter Strahl, als Rupp feuerte. Die Kreaturen konnten nicht gewußt haben, was sie traf, als ihre dunklen Glieder von der gebündelten Wucht sengender Säure ruckartig nach hinten geschleudert wurden und ihre Schuppenkörper leblos zusammensackten.

Der Felsen hinter ihnen brannte, ätzender chemischer Rauch quoll auf.

»Heilige Mutter Gottes«, flüsterte jemand hinter Crespi.

»So aus dem Stegreif würde ich sagen, das ist wohl das Ende der Aliengefahr –«

»Mach keinen Scheiß, Sherlock –«

Crespi konnte den Blick nicht von den schwelenden Felsen und den zerstückelten – *Dingern* lösen, die vor ihnen lagen. Sein Körper war wie erstarrt, als hätte er statt Blut jetzt flüssigen Stickstoff in den Adern. Die Soldaten hinter ihm murmelten ehrfürchtig oder lachten angespannt, doch Crespi empfand etwas dem Entsetzen Vergleichbares. Monster. Sie waren *Wissenschaftler,* wo zum Teufel hatte man sie hingeschickt? Die meisten von ihnen hatten nicht die geringste Kampferfahrung, hatten ihre Kenntnisse seit der Ausbildung vor vielen Jahren nicht mehr benutzt. Marines, ja, aber ausgebildete Kämpfer? Sie nicht, *keiner* von ihnen, jetzt nicht mehr. Instinktiv langte er nach seiner Waffe und legte seine kühle Hand an den Lauf.

Benommen wandte er den Blick für einen Moment ab und sah Captain Wilcox, der die toten Drohne anstarrte, ein seltsames Lächeln um die dünnen Lippen.

»Nimmt einem irgendwie den ganzen Spaß an der Sache, was?« sagte Wilcox mit leuchtenden Augen.

Oh, Scheiße ... Crespi spürte es, tief in sich drin. Das war übel, höchste Alarmstufe, diese Dinger waren verdammt noch mal *tödlich* –

Hollister und Rupp hatten sich außer Sichtweite begeben, waren im toten Winkel des ATV verschwunden. Auf einmal wurde das Zischen der schmelzenden Schlacke lauter, eindringlicher.

Das war keine Schlacke –

Die Stimmen der Spezialagenten plärrten aus dem Intercom selbstbewußt und aufgeregt. »Wow, scheint ihre Brutstätte zu sein!«

»Erledigt sie, bevor sie sich verteilen!«

Ein Blitz und mehrmaliges leises Summen, und diesmal erklangen unmenschliche Schreie der Wut, wie es schien, gellend und schrill, so laut, daß es Dutzende, vielleicht *Hunderte* dieser Dinger gewesen sein mußten.

Zischend traf jetzt Säure auf Fels, und mit unglaublicher Geschwindigkeit quoll Rauch in den kleinen Transporter. Wilcox sprang nach vorn und schlug mit der Hand auf den Schalter der Klapptür. Kurz bevor sie sich schloß, sah Crespi noch einen Schwall der zähen Säure über den Felsboden auf den Transporter zubranden.

Er drehte ruckartig den Kopf und fing Cadys entsetzten Blick auf, sah die plötzliche Furcht auf den Gesichtern der anderen. Die Projektoren summten weiter, wieder und wieder, der Rauch wurde dichter –

»Hollister!« schrie Rupp, die Stimme panikerfüllt. »Ich kann nichts sehen. Ich seh' nichts!«

Plötzlich kippte der ATV auf die Seite. Mehrere Crewmitglieder schrien erschrocken auf, als Rupp und Hollister zu brüllen begannen.

»Das Zeug kommt rein! Der Rauch dringt *ein,* die Konzentration ist zu stark, ich kriege keine *Luft* mehr –«

»Der Transporter! Die Räder, sie schmelzen!«

Soviel Säure – Crespi sprang auf und stieß sich den Weg zum vorderen Bereich des ATV frei. Von draußen klangen die schrecklichen Alienschreie herein, so viele jetzt, daß die Projektoren dagegen beinahe verstummten.

Wilcox brüllte: »Crespi! Schlagen Sie auf die Bolzen der Fluchtluke!«

»Ja, Sir!«

Die Luke wurde nach draußen gesprengt, und eine weitere Qualmwoge brandete von oben in Crespis Gesicht. Er zog seine Waffe, eine tragbare automatische Maschinenpistole, und kroch in die verschwimmende Dunkelheit hinaus.

Hinter ihm schrie Wilcox: »Kämpft! Kämpft! Tötet sie, Marines!«

Crespi fuhr herum und suchte unter dem Nebel der brennenden Felsen nach den beiden Spezialagenten. Da, drei Uhr, einer am Boden –

– und auf ihm hockte eine Vision wie aus einem Alptraum: zum Leben erwachte Schwärze. Gut und gern dreieinhalb Meter groß, ein unglaublich widerliches Ding aus schwarzem Metall und rostfreiem Stahl. Ein langer, stacheliger Schwanz, der die Luft peitschte und durch den knöcheltiefen Teich aus ätzendem Blut spritzte.

Leblose Körper so vieler Kreaturen überall um ihn herum, Teile und Fetzen zertrümmerter Gliedmaßen und explodierter Schädel. Und ständig kamen lebendige nach, die mit geifernden Mäulern aus dem rauchverhangenen Schatten krochen –

Wild um sich schießend kletterten Crespi und die anderen aufs Dach und legten an. Crespi visierte das Monster auf dem zu Boden gegangenen Spezialagenten an, zog wieder und wieder den Abzug durch –

Der Rauch nahm ihnen fast die Sicht, brannte in Crespis

Hals und Nase. Hollister feuerte blindlings auf die heranstürmenden Kreaturen und versprühte dadurch noch mehr Säure in der Höhle. Crespi hörte hinter sich die Schreie von Menschen, deren ungeschütztes Fleisch mit Alienblut bespritzt wurde –

Aus dem Nichts heraus sprang einer der Drohne ins Licht, packte Hollister von hinten, umschlang ihn mit seinen langen Chitinarmen – und dann schossen seine Metallkiefer vor, rissen dem Mann mit einer sprudelnden roten Fontäne die Kehle mitsamt der Wirbelsäule heraus.

»Sie haben Hollister!«

Wilcox brüllte kaum hörbar in dem ohrenbetäubenden Lärm: »Sie haben uns *alle,* du bescheuerter Hurensohn! Kämpft! *Kämpft!«*

Noch mehr Drohne sprangen heraus und stürmten durch die gerinnenden Blutlachen auf den Transporter zu. Das ätzende Zeug spritzte auf und traf auf menschliche Haut.

Crespi war benommen, riß das leere Magazin aus seiner Waffe und steckte ein neues hinein. Er fuhr herum und sah gerade noch, wie einer der Männer vom Dach hinunter in die Säure fiel. Der Lärm des Geschoßhagels übertönte die Schreie, als ein zweiter, Corporal Chan, in den tödlichen Sumpf stürzte.

»Mutter, ich brauche Hilfe –«

Wieder feuerte Crespi, drehte sich um und sah Tom Olsen, der die Hände fest auf seine blutenden Eingeweide preßte. Olsen taumelte nach hinten und brach zusammen, die Spitzen seiner blutigen Rippen begannen zu schmurgeln und zu schmelzen. Private Olsen, sein Freund, tot –

Viele Drohne sackten zusammen und starben, doch selbst durch den dunklen Rauch konnte Crespi sehen, daß noch weitere kamen, über schwarze Körper stiegen und auf den Transporter zudrängten.

»Barmherziger Buddha, neeiiin –«

»Ich bin tot! Ich bin tot!«

Crespi fuhr herum, und seine Kugeln zerrissen eines der Dinger, das auf dem Dach gelandet war. Ihm blieb gerade noch genug Zeit, um das schmelzende Gesicht des Mannes oder der Frau zu sehen, der/die ihm zum Opfer gefallen war – eine breiige, blubbernde rote Masse. Weiter hinten feuerte Corporal Akely, als er plötzlich umfiel und eine lange Kralle aus seinen Eingeweiden drang – das Monster hatte sich durch den Rumpf gegraben. Vierzehn Marines, und nur noch vier, vielleicht fünf waren übrig –

Die Schreie der Aliendrohne waren jetzt lauter als das Geschützfeuer.

Crespi schrie, während er ein weiteres Magazin in seine Pistole rammte. »Hoffnungslos! Das ist hoffnungslos!«

»Schießt weiter!« hörte er Wilcox irgendwo hinter sich, obwohl Crespi nicht mehr erkennen konnte, wo. Tränen quollen unter seinen verbrühten Lidern hervor, und es war ihm fast unmöglich, noch etwas zu sehen –

»Tony –?«

Beim Klang seines Namens verharrte er, fuhr herum –

Und sah Cady Trask, die vor ihm hockte und beinahe ruhig zu ihm hochsah. Ihr rotes Haar hing jetzt herunter, der Helm war weg, und ihr Gesicht leuchtete in der rauchverhangenen Dunkelheit blaß und vergeistigt.

Ihr rechter Arm war weggerissen, der Stumpf an ihrer Schulter zischte und schlug rote Schaumblasen. Blut sickerte aus ihrem Mund, da sie sich im Schock vor Schmerz die Unterlippe zerbissen hatte.

Sie starrte ihn kaum eine Sekunde lang an, die ihm wie eine Ewigkeit erschien – dann wurde sie von einem langen, dürren Arm weggerissen und in die brodelnde Masse aus Säure und Gliedmaßen hinabgezogen.

»NEIN!« Crespi feuerte auf die todgeweihte Kreatur, als sie zwischen den Rauchschwaden verschwand – in der Hoffnung, daß seine Kugeln sie vor den Zähnen der Bestie erreichten ...

Plötzlich erklang ein reißendes *Kracks,* das all seine Sinne betäubte. Der ATV machte einen Satz, kippte nach vorn und schickte einen weiteren Marine in den Säuretod.

»Was geschieht hier?!« schrie Crespi.

Wilcox schickte einen Kugelhagel in einen ihn anspringenden Drohn. »Der Boden gibt nach! Er –«

Der Rest ging in einem weiteren ohrenbetäubenden Knirschen unter. Crespis Gehirn raste, obwohl er erschöpft und von Übelkeit erfüllt war – *eine Höhle mit mehreren Ebenen –*

»Schnappt euch etwas, haltet es unter euch, *bleibt oben!«*

Crespi stürzte, schlang einen Arm um eine Metallstrebe, immer noch das Gewehr fest umklammert – als die Welt mit einem letzten dröhnenden *Kracks* sich um ihn zu drehen begann und das kleine Fahrzeug durch absolute Leere ins Nichts hinabstürzte.

6

Crespi wappnete sich für den Aufprall, die Augen zusammengekniffen, und hielt sich mit aller Kraft an der dicken Strebe fest. Der schwere Transporter stürzte ein paar unerträglich lange Sekunden durch die Dunkelheit, und Crespi hörte überall um sich herum die Schreie der Kreaturen, die ihnen nach unten folgten.

BLAMM!

Der Aufprall kugelte ihm die Schulter aus und rammte seinen Kopf so heftig gegen die Metallverkleidung, daß vor seinen Augen alles verschwamm. Ihm blieb keine Zeit, sich auszuruhen – er zerrte seinen Arm raus und nach oben und knirschte vor Schmerzen mit den Zähnen, als der Knochen und die Sehnen an die alte Stelle zurückschnalzten.

Felsen und Trümmer regneten von oben herab, prasselten widerhallend auf den Höhlenboden, begleitet von Entladungen der Elektronik des ruinierten ATV. Die Luft war klarer hier unten. Gedämpfte Lichtstrahlen zuckten durch einen Spalt zu seiner Linken.

Noch jemand versuchte sich freizukämpfen. Ein halb zermalmter Drohn, dort in einer Halde zertrümmerter Felsen.

Crespi glitt vom schrägen Dach des verbeulten ATV herunter und zielte. Drückte ab. Und sah zu, wie die merkwürdige, verdrehte Gestalt explodierte und blasenwerfend zur Ruhe kam.

Noch ein Geräusch, hinter ihm, leise im klingenden Nachhall des Schusses. Crespi fuhr herum, zielte –

Sergeant Karl Gibbs kroch unter dem Transporter hervor und hustete, eine Waffe in der Hand. Er stand auf und stolperte zu Crespi hinüber. Der Ausdruck der Angst schien auf seinen markanten Zügen fehl am Platz, die Anspannung beugte seine gewaltigen Schultern; Gibbs stemmte Gewichte, im alten Stil, erst vor wenigen Tagen hatte Crespi mit ihm darüber geplaudert …

Crespi schüttelte den Kopf bei diesem unwillkürlichen Gedanken, unfähig, sich zu konzentrieren. *Das ist unmöglich, ist nicht passiert,* kann *gar nicht passiert sein! Sie waren Marines, um Himmels willen!*

Einen Moment lang suchten sie die Trümmer um sich

herum mit Blicken ab, die abgerissenen, zischenden Stücke der Drohnkörper – und die größtenteils nicht mehr identifizierbaren Überreste der Marines, die mit ihnen in die Tiefe gerissen worden waren. Crespi sah Wilcox, erkannte ihn aber nur noch an der Uniform; wo sein Kopf hätte sein sollen, befand sich jetzt ein massiver Felsblock. Er wollte nicht hinschauen, wollte nicht Cady oder Tom oder einen der anderen sehen, nicht so –

Von irgendwo draußen in der Dunkelheit hinter ihnen hörte er ein Geräusch, das sein Verstand nicht wahrhaben wollte, das er lieber für eine Illusion gehalten hätte, nie hatte er sich etwas sehnlicher gewünscht. Er überprüfte den Zähler an seiner Waffe. Noch drei Salven. *Drei.*

Ein Zischen. Klauen auf Fels.

»Scheiße!« Gibbs taumelte zu Wilcox' Leiche hinüber und nahm dem Captain die Waffe aus der schlaffen Hand. Crespi blickte sich verzweifelt um, sah nur Felsen und den Tod.

Aus dem nutzlosen Transporter drang ein statisches Summen, der Empfang wurde durch die Felsschichten gestört. »TV103 kommen … Was ist – los – bei euch –«

Crespi rannte zu dem zertrümmerten Fahrzeug und brüllte auf das stotternde Intercom ein. »Kode Rot, sie kommen! Holt uns hier raus! Kode Rot!«

Gibbs schrie hinter ihm : »Crespi!«

Er suchte nach einer Waffe – nichts. Es war keine Zeit zu verlieren; er rannte zurück und sah, daß Gibbs auf den ersten Drohn feuerte: ein weiterer hinter ihm, niedergestreckt von einem Gewitter aus Kugeln und Säure. Ein dritter –

Crespi zielte sorgfältig und empfand keine Erleichterung, als seine letzten drei Salven das kreischende Monster zerfetzten. Es kamen noch mehr, doch die waren weiter entfernt, noch einige Sekunden, vielleicht die letzten paar Sekunden seines Lebens –

Mitten in den verklingenden Nachhall der Schüsse und den Lärm der näher kommenden Drohnhorde hinein ertönte das Quäken des ATV-Intercoms.

»– unsere Sicherheit nicht aufs Spiel setzen –« Störung. »– hinaus ins Freie, over?«

Mistmistmist! Sie wollten nicht ... sie *konnten* nicht herein, jetzt waren sie am Arsch!

»Crespi! Granate links!«

Er drehte sich um und sah, daß Gibbs eine Sechs-Sekunden-Thermoladung in den lichterfüllten Spalt in der Höhlenwand warf. Crespi ließ seine nutzlose Waffe fallen, als er über einen Felshaufen kletterte, um sich hinter den Transporter zu kauern, Gibbs gleich neben ihm.

Ein entsetzlicher Schrei hinter ihnen. Gibbs fuhr herum, feuerte auf die metallische Schwärze, die auf sie zurannte –

Wuuuuummm!

Eine ohrenbetäubende Explosion erfüllte die Höhle, als die Granate zerbarst und Felsen und Staub aufwirbelte. Der ATV schaukelte und schwankte und kam dann wieder zur Ruhe. Crespi spürte, wie ihm Flüssigkeit aus Ohr und Nase sickerte. Kaum nahm er die plötzliche Stille wahr, als Gibbs ihn rüttelte und am Arm zog.

Sie stolperten durch die sich senkende Wolke pulverisierten Gesteins, und dann stieg Gibbs irgendwo hinauf und zerrte ihn hoch.

»Komm schon –« Crespi hörte lediglich ein Flüstern, obwohl Gibbs geschrien haben mußte.

O Gott, Tageslicht. Eine sehnsuchtsvolle Hoffnung erfüllte plötzlich sein umnebeltes Gehirn. Sie waren draußen, krochen durch das zerklüftete Loch, das die Granate hinterlassen hatte, und fanden sich auf halber Höhe einer karstigen Schräge in einer karstigen Hügellandschaft. Crespi spähte in die Dunkelheit zurück und sah dunkle Gestalten, die sich aus der Tiefe auf sie zubewegten –

Gibbs schubste ihn derb den steilen Hügel hinunter, fort von dem Loch, in dem die Monster hausten. Crespi spürte, wie eine Rippe nachgab, und schrie auf – aber wenigstens war da Licht, wenigstens befanden sie sich nicht mehr in der todbringenden Höhle.

Die Kullerpartie endete, und er sah Gibbs neben sich liegen. Der Sergeant fuchtelte wild mit den Armen und schrie: »Komm schon, wir können es schaffen!«

Crespi blickte auf und sah, worauf Gibbs deutete. Das Schiff. Das wunderbare Transportschiff, das sie von diesem verdammten Alptraum wegbringen würde …

Laufen, sie mußten laufen. Das Schiff würde nicht näher kommen, nur noch wenige hundert Meter, sie konnten es schaffen –

Crespi blieb stehen und warf einen Blick zurück: unzählige glänzende schwarze Gestalten, bei Tageslicht nicht weniger entsetzlich, die aus dem Riß im Fels krochen. Sie kamen.

Gibbs begann hinkend zu rennen. Crespi machte einige Schritte, dann fiel er hin, rappelte sich auf und schleppte sich trotz der schrecklichen Schmerzen weiter; Rippen, Schulter, sein ganzer Körper pochte. Hinter ihnen brach die Hölle aus.

Er schaute nicht zurück, hielt seinen trüben Blick fest auf das Schiff vor ihnen gerichtet. Sie kamen beide nur langsam voran, zu langsam. Das Schiff schwebte, wirbelte weit vor ihnen Staubwolken auf.

Wegen des Klingens in seinen Ohren hörte Crespi es nicht, aber er wußte es, plötzlich wußte er es – etwas war direkt hinter ihnen. Etwas, das viel schneller war als er.

Jäher Schmerz durchraste seine rechte Seite, als eine riesige dunkle Klaue seine gebrochenen Rippen packte. Er wurde herumgeschleudert, sich vage bewußt, daß er schrie, doch er war unfähig, das Ausmaß des Entsetzens in seiner eigenen Stimme zu hören, als er das Ding sah, das ihn festhielt.

Ein riesiges, zornbebendes Tier mit einem gewaltigen, schwarz glänzenden Schädel. Es hatte zwei Armpaare, mit denen es ihn hielt, lang und vielgliedrig, aus hautengen Schichten irgendeines schwarzen Materials, die Klauen scharf und spitz. Blut lief aus den Verletzungen an seiner Brust, und hinter dem Monster erkannte er einen weiteren Eingang in die Höllengrube – ihr Nest. Dieses Ungeheuer war nämlich zweifellos die Königin, noch einmal halb so groß wie ihre Drohndiener. Sie zischte und schrie ihn an – sprachlos.

Dann zog sie ihn näher an sich heran, dicht genug, daß er den schaumigen Geifer auf ihren Stahlzähnen glitzern sehen konnte. Die gräßlichen Kiefer öffneten sich unheimlich weit, und er sah, wie sich das innere zweite Paar vorschob, langsam, ganz langsam –

Crespi wehrte sich, schrie, trat mit den staubigen Stiefeln gegen ihren Schädel, doch sie war zu stark, hob ihn mit Leichtigkeit an ihre tropfenden Kiefer. Er würde sterben.

– es tut mir ja so leid, so leid –

Plötzlich zuckte sie zusammen, kreischte auf, und noch durch das Klingeln in seinen Ohren hindurch hörte er das Pfeifen der Kugeln, und er sah das brodelnde Blut aufspritzen, das aus den Einschußlöchern auf ihrem Rücken schoß und den Staub hinter ihnen bedeckte. Ihre gewaltigen Greifer packten fester zu, wollten ihn zerquetschen –

– und ließen ihn fallen. Sie drehte sich um, brüllend vor Wut und Schmerz –

– und stürzte hin, krümmte sich, schleppte sich schwer angeschlagen in ihre Dunkelheit zurück.

Wie durch ein Wunder hatten ihn nur einige wenige Tropfen ihres ekelhaften, zersetzenden Bluts getroffen und sich auf dem Brustpanzer seines Kampfanzugs verteilt.

Hände ergriffen ihn, nahmen die zischende Brustplatte ab und warfen sie beiseite. Gibbs. »Alles okay?«

Er wurde wieder auf die Beine gezogen und stieß einen erstickten Seufzer aus; er lebte noch; er litt Höllenqualen, aber er lebte noch. »Nein –«

Gibbs schlang Crespis Arm um seine Schulter und hinkte weiter, stöhnte bei jedem schlurfenden Schritt auf. »Wir müssen ins Freie hinaus, damit sie die Schleuse öffnen, wir schaffen es, halt durch –«

Eine Ewigkeit schien zu vergehen, in der sie sich durch Felsen und Staub schleppten, und schließlich hörte Crespi die Kompressoren des Schiffs allmählich lauter werden – doch hinter ihnen nahmen auch die Schreie der Kreaturen immer mehr an Lautstärke zu. Gibbs redete weiter auf ihn ein, murmelte aufmunternde Worte. Crespi wurde klar, daß er einen Schock hatte, denn trotz der wüstenähnlichen Temperaturen, die auf dem Planetoiden herrschten, zitterte er vor Kälte.

Es war Gibbs' Lachen, das ihn schließlich veranlaßte aufzublicken. Vor ihnen, keine fünf Meter entfernt, senkte sich die Schleusenrampe des Transportschiffes langsam bis in ihre Reichweite. Gibbs ließ ihn einen Moment lang los, stemmte sich auf die Gitternetz-Plattform und griff dann nach Crespi.

Der große Mann hob ihn mühelos hoch und schob ihn vor sich her über das hüfthohe Geländer in die Schleuse hinein. Gibbs grinste breit, als er mit ermatteten Armen nach ihm griff, um ihm zu helfen. Das Schiff hob ab, stieg höher und höher hinauf, und der Felsen in der Wüste wurde unter ihm mit unglaublicher Geschwindigkeit kleiner.

Großer Gott, sie waren in Sicherheit! Sie hatten es geschafft, lebend, und Crespi begann zu lachen, während Gibbs grinste und er an seinen Augen sah, daß es stimmte, wirklich und wahrhaftig stimmte.

Und dann wurde das Grinsen breiter, die Augen traten plötzlich aus ihren Höhlen. Gibbs schrie auf, seine dicken Finger umklammerten zuckend das Drahtgitter, die Haut platzte auf –

NEIN!

Ein dunkler Metallstab, rot und glitschig, mit Sägezähnen besetzt, schoß aus Gibbs' offenem Mund. Sein zerplatzter Kopf wurde länger, brach auf und besprühte Crespi mit warmem, zitterndem Fleisch und Unmengen von Blut. Der Sergeant griff mit einer sterbenden Hand nach vorn, ein letzter Instinkt, ihn zu retten – und kippte nach hinten, das Alien, dessen innere Kiefer feucht durch seinen Hinterkopf klickten, noch in seinem Körper gefangen. Er stürzte in einem Schwall seines eigenen Bluts hinab, in das von schwarzen Drohnen wimmelnde Nest weit unten, aus dem sie zischend und schreiend ihren Zorn in den Himmel hinaufschickten.

Crespi fiel auf die Knie, der heiße Wind strich flüsternd an seinen gepeinigten Ohren vorbei. Er kippte zur Seite, zu einem Knäuel aus Schmerzen und Wunden zusammengekrümmt. Und schlief schließlich ein.

7

Church beobachtete, wie Doktor Crespis Gesicht erblaßte und seine Augen – offenbar in Erinnerung an einen alten Traum – glasig wurden; ein Alptraum, dem Ausdruck nach. Interessant; vielleicht waren sie geistesverwandt oder hatten zumindest gemeinsame Erfahrungen. Oder vielleicht hatte ihn auch auf irgendeiner belanglosen Mission hinter einem Felsen hervor ein kleiner Drohn angesprungen und den armen Crespi so erschreckt, daß er sich naß gemacht hatte. Traumatisch, soviel war sicher …

Church starrte zu dem Drohn hinunter, der jetzt schlief, und spürte, daß sich ein leises Lächeln in seine Mundwinkel stahl. Manchmal schloß sich der Kreis wieder; was für ein Glück, daß er hier war, um die Ironie des Schicksals mitzuerleben.

Er blinzelte, und in diesem kurzen Moment der Dunkelheit fiel es ihm wieder ein. Nicht die Details, die Geräusche und Gerüche, sondern das *Gefühl* – wie es war, den Haß auf das Fleisch zu spüren; der lautlose Schrei, den die Trennung von Körper und Geist mit sich brachte –

Ein weiteres Blinzeln, und es war weg. Unter ihnen zischte die Bestie leise, in ihrer eigenen dunklen Wirklichkeit des Schlafs gefangen. Und jetzt lächelte Church *tatsächlich,* als ihn eine plötzliche Woge von so etwas wie Zärtlichkeit für dieses Wesen überkam. Immerhin war *er* jetzt nicht mehr gefangen.

Doktor Crespi war durch seine ungewollte Rückschau ziemlich weggetreten, daher räusperte Church sich höflich, bevor er das Wort an ihn richtete.

»Ist dieser lebhafte kleine Kerl nicht hinreißend?«

Der Schleier vor Crespis Augen hob sich ein wenig, aber sein Gesicht war noch immer aschfahl. »Was – was ist, wenn – es kann doch nicht rausspringen?«

Church schüttelte den Kopf. »Keine Sorge. Da ist natürlich ein Kraftfeld. Und die Grube ist sieben Meter tief, ohne Hebevorrichtung – solides, säurebeständiges Metall.«

Crespi sah nicht gerade überzeugt aus und fixierte den Drohn mit seinem Blick. Church deutete auf eine der zwölf Elektroden, die in die Wände der Einfriedung eingelassen waren. »Sehen Sie die Elektroden? Sie werden bei Bewegung aktiv. Wenn ein Alien versuchen würde zu springen, würde es lebendigen Leibes gebraten.«

Sie standen noch eine Weile da und schauten, doch das schlafende Wesen rührte sich nicht. Church wandte sich ab und ging die Rampe wieder zurück. Als er bemerkte, daß Crespi ihm nicht folgte, blieb er an der Metalltreppe stehen.

»Colonel Doctor Crespi?«

Der Mann schien sich zu schütteln, dann verließ er die Aussichtsplattform und ging zu ihm.

Church führte ihn die Treppe hinunter zum eigentlichen Boden der Anlage und hinüber zur Vidkonsole. Er tippte auf einige Tasten vor einem kleinen Bildschirm und rief einen Grundriß der Laboranordnung auf.

»Das gibt Ihnen einen Eindruck vom Ausmaß dieser Operation.«

Crespi studierte die Karte und runzelte nachdenklich die Stirn. »Das dürfte die Hälfte der nicht erneuerbaren Ressourcen der *Innominata* verschlingen.«

Church lächelte. »Eher fünf Achtel.«

Als Crespi aufblickte, war seine Stirn noch immer in Falten, aber sein Gesicht hatte wieder etwas Farbe angenommen. »Warum sind Sie so versessen darauf, mir dabei zu helfen, den Laden hier zu schließen?«

Church beugte sich neben ihm vor und tippte auf einige weitere Tasten, dann deutete er auf den Vidschirm, der flackernd zum Leben erwachte. »Fragen Sie mich später. Toi, toi, toi.«

Der Schirm zeigte eine Nahaufnahme des schlafenden Drohns, die geschützte Kamera gab die Kreatur in vollen, kräftigen Farben wieder. Church lächelte abermals; er mußte es zugeben, dieser Teil gefiel ihm.

Er stupste mit der Fingerspitze auf eine kleine gelbe Taste, und schreiend erwachte der Drohn.

Crespi rutschte das Herz in die Hose, als der gräßliche Schrei dumpf im Labor widerhallte. Das Bild auf dem Vidschirm zeigte nackte Wut; das Alien sprang seine Wache an, die Arme ausgestreckt und zur Vernichtung bereit. Sein langer Schwanz peitschte umher, teilte einen Wirbel metallischer Schläge gegen die Wände der Grube aus; von seinen Kiefern tropfte Blutwasser, während es immer wieder herumfuhr und nach seinem Peiniger suchte. Church hatte es kalt erwischt.

Mit einem Zittern in der Stimme fragte Crespi: »Warum haben Sie das getan?«

Church sah ihn ernst an, keine Spur mehr von seinem früheren Humor. »Es ist erforderlich, ihnen regelmäßig Elektroschocks zu versetzen, wenn sie in Gefangenschaft sind; das verhindert, daß sie in einen Ruhezustand verfallen. Ich habe noch vier weitere erwachsene Spezimen an Bord, in semikrygenischen Zwingern. So isoliert von ihrem Klan leben sie nicht lange. Ich muß aus ihnen alles herausholen, was ich kann.«

Crespi wandte sich wieder dem Schirm zu und musterte den wütenden Drohn. Die Erforschung mochte interessant sein, sicher, aber wie sollte er es aushalten, mit den Ungeheuern zu arbeiten, die seine Freunde und seine Geliebte abgeschlachtet hatten und beinahe auch *ihn* getötet hätten …? Noch Monate, Jahre nach dem Angriff war er nicht in der Lage gewesen, darüber zu sprechen, die bloße Erwähnung der Brut hatte ihn erbleichen lassen und zum Zittern gebracht.

Und doch –

»Um die Wahrheit zu sagen, hätte ich nichts dagegen, diesem Ding selbst ein oder zwei Schocks zu versetzen. Ich bin einmal über ein Nest von denen gestolpert.«

Churchs Blick war kalt, ausdruckslos. »Was Sie nicht sagen.«

Crespi betrachtete das Wesen, das allein im Pferch saß und wieder zischte, langsam seinen widerlichen Kopf von einer Seite zur anderen drehte.

»Ja. Vor Jahren, lange her … auf einem Felsen namens Solanos Mond. Sie haben meine Schwadron angegriffen und bis auf mich alle getötet. Wir wußten natürlich, daß sie gefährlich sind, aber wir hatten keine Ahnung –« Er zögerte, suchte nach den richtigen Worten und konnte sie nicht finden. »Ich hatte keine Ahnung, wie sie *waren.*«

Crespi schien den Blick nicht von dem Drohn abwenden zu können. Er befürchtete, wieder in den Erinnerungen an diesen schrecklichen Tag zu versinken, Erinnerungen, die er so mühsam versucht hatte loszuwerden. »Woran ich mich erinnere – alles, woran ich mich noch erinnere, ist diese Haut, dieser Gestank, dieses aufblitzende Gebiß. Gibbs, er –«

Er sah Church an und bemerkte, daß er über Dinge sprach, die der Doktor sicher bereits kannte.

»Jedenfalls sind alle gestorben.«

Churchs Blick zeigte immer noch kein Mitgefühl. »Sie Ärmster, das muß ja *furchtbar* für Sie gewesen sein.«

Crespi nickte und versuchte sich zu sammeln. Das war

lange her, ein ganzes Leben. Er schob die Erinnerungen beiseite und konzentrierte sich wieder auf Church.

»Sagen Sie, habe ich nicht irgendwo gelesen, daß Sie auch so eine Begegnung überlebt haben?« Das hatte Crespi tatsächlich, und zwar in Churchs Akte, bevor er die Erde verließ. Allerdings waren keine Einzelheiten zu erfahren, außer dem Datum, vor etwa vierzig Jahren –

»Sir, das System ist bereit.«

Crespi zuckte zusammen und drehte sich um. Ein junger Techniker in einem sauberen grauen Overall war zu ihnen gestoßen.

Church lächelte. »Sehr gut, Hawks.« Er machte eine Geste zu Crespi. »Das ist Colonel Doctor Crespi, er ist hier, um unsere – illegale Operation aufzudecken.«

Hawks salutierte hastig, das Gesicht unsicher. »Freut mich sehr, Sir. Illegale Operation? Ich verstehe nicht.«

Church ging zu einem anderen Vidschirm und rief über seine Schulter: »Das ist schon in Ordnung, Hawks, er auch nicht. Treten Sie mal hier herüber, Doktor.«

Crespi erwiderte den Gruß ungeduldig und folgte Church. Er war nicht hier, um Horrorgeschichten auszutauschen. Der Schock, wieder einen lebenden Drohn gesehen zu haben, ließ allmählich nach; jetzt war es an der Zeit für ein paar ehrliche Antworten.

Wirklich, Doktor? Oder willst du dich nur vor weiteren Erinnerungen drücken?

Crespi herrschte seinen Verstand an, still zu sein.

Der Schirm, vor dem sie jetzt standen, war größer und zeigte einen anderen Blickwinkel des Pferchs. Crespi krauste die Stirn, als in der Einfriedung eine Tür aufglitt und den Weg zu einer Art Korridor freigab, der wahrscheinlich in das Labyrinth der tiefer gelegenen Gänge führte, die er auf Churchs Computerskizze gesehen hatte.

Der ältere Mann sagte leise, als erkläre er es einem Kind: »Diese Tür führt in einen Irrgarten. Einmal drinnen, sieht die Kreatur sich mit mehreren Wahlmöglichkeiten konfrontiert. Mal sehen, ob Sie ihr Verhalten einschätzen können.«

Crespi warf ihm einen finsteren Blick zu, öffnete den Mund, um etwas zu sagen – und überlegte es sich dann anders. Das Videobild wechselte zu einer Kamera hinter dem Drohn, als dieser vorsichtig den Korridor betrat. Da war ein kleiner Tisch, fest mit der Wand des Ganges verschraubt – und darauf lag ein Schwein, ein echtes Schwein, betäubt oder schlafend. Und daneben –

»Da drin ist ja ein Mensch!« Crespi konnte die Angst in seiner Stimme hören. Der Kerl war bewaffnet und trug einen Kampfanzug, aber *o Gott*, was *tat* Church denn da?

Der Doktor mit der Brille nickte ruhig. »Ja. Aliens haben keine Augen, mit Hologrammen kann man sie nicht täuschen. Aber keine Sorge, ich habe alle erdenklichen Vorsichtsmaßnahmen ergriffen. Wenn das Alien angreift, aktivieren die automatischen Sensoren die Elektroden.

Also, Crespi – dieser Drohn ist am Verhungern, und wie Sie vielleicht wissen, sind diese Wesen ganz versessen auf Schweinefleisch. Was wird es tun?«

Church wirkte entspannt und selbstsicher. Es lag auf der Hand, daß er nicht einfach nach Lust und Laune Freiwillige töten lassen konnte, die Sicherheit des Projekts mußte voll gewährleistet sein – obwohl Crespi sich fragte, was zum Teufel sie diesem Mann wohl geboten hatten, damit er allein dort hineinging.

Er schluckte und versuchte, die Frage nach allen Seiten hin abzuwägen.

»Nun ja. Ich weiß, daß es sich nicht zurückziehen wird, aber ...« *Am Verhungern, das Ding ist am Verhungern.*

»Ich glaube, es wird das Schwein angreifen, es fressen und sich dann auf den Mann werfen.«

Der Drohn kroch weiter in den Gang hinein, ein leises Zischen im dunklen Rachen.

»Falsch, Crespi.« Churchs Stimme war lediglich ein Flüstern. »F-A-L-S-C-H, falsch.«

Das Alien schrie gellend auf und hechtete auf den Mann im Anzug zu, die Krallen ausgestreckt. Crespi blieb gerade noch genug Zeit, das Entsetzen auf dem Gesicht des armen Mannes zu sehen, bevor er die Waffe hob, zu spät –

Ein waberndes Flirren, und der Drohn schrie noch einmal auf, diesmal vor Enttäuschung und Schmerz. Benommen brach er auf dem Boden zusammen, Dampf oder Rauch stieg aus seinem schwarzen Exoskelett auf. Der Bewaffnete war blaß, aber unverletzt. Er zog sich zu einer Tür wenige Meter hinter sich zurück und ging schnell hinaus.

Church sprach weiter, als wäre nichts Besonderes vorgefallen. »Wie Sie gesehen haben, hat er kaum gezögert. Er würde eher verhungern, statt eine Gelegenheit auszulassen, einen Feind anzugreifen.«

Crespi nickte und zwang sein hämmerndes Herz gedanklich, langsamer zu schlagen.

Church deutete zu dem reglosen Drohn auf dem Schirm. »Ich glaube nicht, daß sie sich als Individuen betrachten; sie kämpfen für ihre Spezies, nicht für sich selbst. Man kann sie weder erschrecken noch ängstigen, noch sie dazu verführen, auf einen Angriff zu verzichten, weil eine Gefahr für einen eine Gefahr für alle ist – und diese Gefahr bestehen zu lassen hieße gegen ihren grundlegenden Instinkt zu verstoßen. Schmerz, Erschöpfung, überwältigende Übermacht ... nichts vermindert ihre Aggression.«

Er nickte in Richtung Vid. Der Drohn hatte sich langsam

wieder aufgerappelt und zischte jetzt seinem unsichtbaren Feind hinterher.

Church lächelte schwach. »Wie Sie sehen können, ist er schon wieder auf dem Damm. Und in einer Minute wird er abermals eine Wahl treffen müssen.«

Das Alien näherte sich dem Schwein, und die Kamera schaltete auf eine Perspektive von oben um. Crespi konnte sehen, daß eines der Beine des Schweins an den Tisch gekettet war. Der Lärm des Angriffs hatte es ein wenig aufgeweckt, und es grunzte schläfrig, als die Kreatur sich auf das hilflose Tier zubewegte.

Zur Linken des Köders befand sich ein schmaler Gang, der in den Boden eingelassen war. Das Alien stand zwischen dem Schwein und dem Ausgang, sein Schwanz schlug leicht auf den Boden.

Church vergrößerte das Vidbild ein wenig durch die Berührung einer Taste. »Hier wird es mit der Wahl zwischen Nahrung und einer Fluchtmöglichkeit konfrontiert. Dieser kleine Tunnel führt zu einem Vorratslager. Das Alien kann spüren, daß unten im Tunnel keine Menschen sind; wenn es fliehen will, ist das der richtige Weg.«

Crespi hob die Augenbrauen. Der Drohn würde die Nahrung wollen, aber gegen eine Chance zur Flucht ...?

Das Wesen wandte sich dem Gang zu, als das Schwein leise in sich hineinschnaubte. Crespi spürte, wie seine Muskeln sich etwas entspannten; ihm war gar nicht klar gewesen, unter welcher Anspannung er gestanden hatte, bis –

Der Drohn fuhr herum und riß das nun quiekende Schwein von der Kette. Das schrille Gezeter des entsetzten Tiers erfüllte das Labor, als die monströsen schwarzen Klauen sein Fell zerfetzten, so daß dicke Blutfontänen gegen die Wände klatschten.

Das Alien stieß seinen Schädel nach vorn, und seine inneren Kiefer schossen heraus und rissen das hilflose Schwein in Stücke. Das Tier schien in einer Masse sich windenden, sterbenden Fleischs zu explodieren, das schwere Blut bespritzte die bösartige Gestalt, als sie noch einmal triumphierend aufschrie.

Diesmal keine Elektroden. Crespi wandte sich vom Schirm ab, unfähig, der Kreatur beim Fressen zuzusehen. Und als er sich abwandte, sah er, daß Church das Videobild eingehend musterte.

Church lächelte.

8

McGuinness lehnte sich in ihrer kargen Unterkunft schließlich vom Com zurück und versuchte sich zu entspannen. Sie war über eine Stunde im Hauptsystem der *Innominata* eingeklinkt gewesen, doch die ihr zugänglichen Daten verrieten ihr nicht, was sie wissen wollte – obwohl sie sich ehrlich gesagt nicht ganz sicher war, wonach sie eigentlich suchte. Nach Namen und Zahlen, die wahrscheinlich ohne entsprechenden Zutrittskode für sie gar nicht verfügbar waren. Mit der Zeit hätte sie sich den Zutritt gewiß verschaffen können, *wenn* sie denn gewußt hätte, wohinter sie her war. Aber sie hatte keinen blassen Schimmer.

Sie seufzte und starrte auf den leeren Bildschirm des altmodischen PC vor ihr. Sie war an einem besseren Gerät ausgebildet worden, und das war – wie lange her?

Fünfzehn *Jahre*? Barmherziger Jesus. Wenn ihr damals jemand gesagt hätte, wo sie sich jetzt befände, hätte sie gelacht, bis ihr die Tränen gekommen wären. Oder ihr wären einfach nur die Tränen gekommen. Eine Systemtechnikerin der Klasse drei – noch immer im Korps. Mit dem Schreiben gerichtsmedizinischer Programme hätte sie hundertfünfzig Creds die Stunde machen können, statt dessen saß sie auf einer hinterwäldlerischen Wissenschaftsstation fest und grub nach Geheimnissen.

Nachdenklich kaute sie an ihrer Unterlippe. Sie war keine Spionin; sie hätte gar nicht erst herkommen, geschweige denn sich neu verpflichten sollen. Sie hätte vor sechs Monaten aussteigen können, frei und aller Sorgen ledig.

Aber wenn ich *es nicht tue, wer dann?*

Richtig. Keiner hätte es getan, und ihr Leben wäre einfach so weitergegangen, dabei war sie vielleicht die einzige Person, die die Wahrheit darüber aufdecken konnte, was hier eigentlich los war. Und jeder Tag hätte neuerlichen Schmerz gebracht und die Gewißheit, daß sie ihre Erinnerungen verkauft hatte ...

Sie schüttelte den Kopf, wollte nicht daran denken; sie war hier, um herauszufinden, was Doktor Church verbarg, und würde versuchen müssen, ihre Gefühle aus dem Spiel zu lassen. Church oder vielleicht Thaves würden schon noch einen Fehler machen. Es könnte zum Beispiel etwas so Simples wie ein falsch abgelegtes Dokument oder irgendein Hinweis auf chemische Schmuggelware sein; sie mußte einfach nur wachsam bleiben, auf alles vorbereitet. Zwischen dem Hacken und ihrem gerichtsmedizinischen Background würde sich sicher etwas ergeben.

Bis dahin würde sie eben warten müssen. Geduld war nicht gerade eine ihrer Stärken, doch sie brauchte Beweise, ehe sie sich an Crespi wenden konnte. Und bevor nicht etwas geschah, was aus dem Rahmen fiel, würde sie nicht wissen, wo sie überhaupt anfangen sollte.

Wieder seufzte sie und stand auf. Bis zum Briefing, bei

dem man ihr ihre Aufgaben an Bord der Station zuweisen würde, mit denen sie sich an die Arbeit machen konnte, war es noch gut und gern eine Stunde. Vielleicht sollte sie vorher auf einen Sprung in der Noncom-Lounge vorbeischauen und ein paar Fragen stellen –

Der Com plärrte, und eine Nachricht tauchte auf dem Schirm auf. McGuinness beugte sich stirnrunzelnd vor.

// Alle autorisierten TFC- und Systemüberwacher sofort auf den Stationen melden / Sicherheitsleck K4 Klasse 07 //

Sie spürte, wie sich ihr Magen verkrampfte. Technisch gesehen, war sie nicht dazu autorisiert, irgend etwas zu tun – doch wenn sie rein zufällig zu einer der Konsolenstationen schlenderte, ohne von dem Alarm zu wissen …

McGuinness schnappte sich ihre befristete ID und ging zur Tür. Es war wahrscheinlich zu früh, jetzt schon zu hoffen, nach so kurzer Zeit an Bord, aber das mochte der Schlüssel zu allem sein – das Ereignis, das ihrem gemarterten Verstand etwas Frieden brachte und Paul Church den verdienten Ruin.

Church ließ den Drohn ungefähr die Hälfte des abgeschlachteten Schweins verzehren, ehe er ihn mit einem weiteren Schock widerstrebend zum Gehorsam zwang; er sah ihnen gern beim Fressen zu, er mochte die Wahrhaftigkeit dieses Vorgangs, das unverfälschte Vergnügen, das sie an ihrem Sieg hatten …

Zwei schwerbewaffnete Techniker krochen in den Durchgang und entfernten die Reste des tropfenden Kadavers, ohne auch nur für einen Moment den Blick von der zu Boden gestreckten Kreatur zu nehmen.

»Darf nicht zulassen, daß er zuviel frißt«, kommentierte Church die Aktion. »Wenn er sich in seinem geschwächten Zustand den Magen verdirbt, könnte er sterben.«

Crespi gab sich interessiert, hatte aber noch immer diesen hartnäckigen Gesichtsausdruck, diesen mürrischen Blick eines kleinen Jungen, der entschlossen war, nicht nachzugeben.

Nun, das wird sich bald ändern.

»Sie haben sicher bemerkt, daß es dieses Schwein nicht einfach getötet hat, es hat es regelrecht zerfetzt. Ängstliche Opfer scheinen Aliens anzuziehen und sie dazu anzuregen, besonders blutrünstig zu töten; ich glaube eigentlich nicht, daß es so etwas wie ein Spiel ist, aber es scheint ihnen zu gefallen.«

Crespi schluckte schwer und nickte. Er fühlte ein gewisses Unbehagen, was enttäuschend für ihn war; offenbar beeinflußte sein emotionaler Zustand seinen wissenschaftlichen Verstand, ein Problem, das Church schon vor Jahren erfolgreich gemeistert hatte. Es war schwer, damit fertig zu werden, doch ein wahrer Gelehrter fand einen Weg auf seiner Suche nach der größeren Wahrheit. Wenigstens schenkte er diesem Gefühl Aufmerksamkeit, das war doch schon ein Anfang …

Zwei andere Techniker betraten das Labyrinth und warteten darauf, daß das Alien sich rührte. Einer hatte ein automatisches Maschinengewehr, während der andere unbewaffnet war.

Der Drohn zischte leise und erhob sich taumelnd, wobei er seinen langen Schädel langsam vor und zurück bewegte.

Church versuchte noch einmal, Crespi in das Spiel einzubeziehen. »Möchten Sie raten, wen von den beiden er zuerst angreift?«

Crespi zögerte, dann räusperte er sich. »Eh – den Bewaffneten?«

Noch während er sprach, sprang der Drohn den Mann mit dem Gewehr an, flink und lautlos. Das nackte Entsetzen auf dem Gesicht des Mannes war beinahe komisch; die Sensoren traten in Aktion und streckten die hagere Kreatur mit einer elektrischen Energieentladung zu Boden.

Church war entzückt. »Richtig getippt, Doktor! Ein Alien wird sich immer gegen eine wahrgenommene Gefahr wenden. Bei den Hunderten ähnlicher Tests, die ich an Dutzenden von Aliens durchgeführt habe, gab es nicht eine einzige Abweichung von dieser Regel.«

Crespi blickte ihn offensichtlich verblüfft an. »Hunderte von Tests? Dutzende – was Sie mir da sagen, kommt einem Schuldbekenntnis gleich, Church.«

Church seufzte innerlich und sah ihn eindringlich, aber höflich an. Begriff er denn nicht, womit er es hier zu tun hatte? Männer von seinem Schlag *töteten,* um diese Art von Forschung betreiben zu können, und da spielte er den braven Soldaten für eine Anzahl paranoider Sesselfurzer. Es war erbärmlich, wirklich, daß er sich solche Grenzen auferlegte – und in höchstem Maße ärgerlich.

Crespi hielt seinem Blick eine Weile stand, dann runzelte er die Stirn und sah zur Seite. »Okay, sehen wir vorerst darüber hinweg. Sie haben einige äußerst simple Verhaltensmuster herausgefunden – aber was sollen diese ständig wiederholten Experimente?«

Endlich!

»Es sind keine Wiederholungen. Jedesmal, wenn der Irrgarten aktiviert wird, haben wir zuvor neue Sensoranlagen eingebaut. Ich sammle Datenmaterial, das einen Standard in der Bioanalyse setzen wird.«

Church starrte auf den Schirm, sah Copper und diesen anderen, Wagner, wie sie den Korridor des Aliens betraten. Das Wesen begann sich gerade zu regen.

»Jetzt werden Sie etwas Interessantes zu sehen bekommen«, sagte er leise. »Keiner der beiden Männer ist bewaffnet, aber der hintere ist randvoll mit FITR, einem Telepathin, das ein Gefühl von Unverwundbarkeit und größere mentale Kraft hervorruft.«

Wahrhaftig, Copper sah aus, als wollte er die Kreatur auf dem Boden bei lebendigem Leibe fressen; den Kopf erhoben, die Schultern durchgedrückt. Er fletschte sogar ein wenig die Zähne, als riete er dem Alien, sich nur ja nicht zu bewegen.

»Der andere Mann ist absolut nüchtern und macht sich, wie Sie sehen können, vor Angst fast in die Hose. Passen Sie auf.«

Wieder erhob der Drohn sich taumelnd vom Boden und bewegte sich auf die beiden Männer zu. Ohne zu zögern sprang er Wagner an, der aufschrie und eine Hand hochhielt, wie um den Angriff abzuwehren.

Und diesmal schaltete der Sensor sich nicht ein.

Crespi sah, wie der Drohn auf die Männer zusprang, und – *o Scheiße* – wo blieb der Elektroschock? Das Wesen war schon fast über dem entsetzten Labortechniker und konnte ihn jeden Moment in Fetzen reißen!

Der unter Drogen stehende Mann trat vor und starrte den angreifenden Drohn an, als wollte er ihn mit Blicken umbringen. Schreiend griff das Alien nach ihm, die Klauen ausgestreckt –

Und zögerte. Blieb stocksteif stehen.

Erst dann erfüllte das Blitzen der Energieentladung den Videoschirm und sorgte dafür, daß der Drohn zusammenbrach.

Church war ganz aufgeregt, hüpfte förmlich auf und ab. »Da, haben Sie das gesehen?!«

Crespi schaute vom Bildschirm weg, auf dem zu sehen war, wie die beiden Männer von zwei anderen hinausgeführt wurden. Der Techniker, den das Alien beinahe getötet hätte, zitterte unkontrolliert.

»Ich bin mir nicht sicher, *was* ich gesehen habe. Es wollte angreifen, aber dann – hat es sich die Sache wohl anders überlegt.«

»Nicht ganz. Erst ging es auf den verängstigten Mann los; was seinen Angriff stoppte, war der Wille des unter Drogen Stehenden.« Church begann auf und ab zu gehen, die Hände auf dem Rücken verschränkt.

»Aliens verständigen sich telepathisch miteinander. Sie spüren die Angst bei anderen Lebewesen. Meine Arbeitshypothese lautet, daß sie die Gedanken von Menschen sozusagen ›sehen‹, aber sie können sie nicht verstehen.«

Crespi zuckte mit den Achseln. »Ich denke, das klingt plausibel, aber –«

»Was aber? Sie haben doch gerade gesehen, daß das Alien seinen Angriff nicht zu Ende führte. Ist Ihnen so etwas schon jemals untergekommen? Der Mann, der unter dem Einfluß von FITR stand, hat den Drohn kraft seines *Willens* von einem Angriff abgehalten!«

Church war vor ihm stehengeblieben, und plötzlich sah Crespi etwas, was ihm bisher nicht aufgefallen war. Ein Glanz lag in den Augen des alten Doktors, ein gleißendes Licht, das Intelligenz und Eingebung ausstrahlte. Der Blick eines Genies.

Oder eines Irren …

»Doktor Crespi. Dieses und andere Experimente zeigen, daß der menschliche Geist in exaltiertem Zustand die Handlungen eines geschwächten Aliens beeinflussen kann.«

Church sprach nicht weiter, wohl, um seine Worte wirken zu lassen. Crespi durchdachte die Sache auf einmal weitaus weniger objektiv, als ihm lieb war. Mein Gott, war das möglich?

»Wenn das, was Sie sagen, stimmt«, begann er und zögerte dann. »Die Konsequenzen –«

Church grinste. »Wenn es stimmt, werde ich es auch beweisen. Die Forschungen haben eben erst angefangen. Stellen Sie sich vor, Crespi – künstliche E-Wellen! Aliens, die auf einen bloßen Tastendruck hin zu schwänzelnden Hunden werden! Ganze Nester, die zu Streichelzoos mutieren!«

Das Grinsen war plötzlich wie weggewischt, und Church wandte ihm wieder eine ausdruckslose höfliche Miene zu. »Aber ein bißchen zu esoterisch für die traditionellen Wege der Forschung, he? Riskant, blutig, ohne Beweiskraft – möglicherweise sogar unmoralisch. Profundes Potential für einen Mißbrauch ... eine unbezahlbare Perle. Geheimnisse über Geheimnisse, offizielle Täuschungsmanöver –«

Church wandte unschuldig den Blick ab. »– sogar Top-Nachrichtenspezialisten werden geschickt, um etwas herauszufinden.«

Crespi runzelte die Stirn. »Was sagen Sie da?«

Church ignorierte die Frage, beantwortete sie mit einer Gegenfrage. »Wie wär's, wenn wir Sie jetzt vom Bioscan registrieren ließen?«

Crespi zögerte unsicher. Man hatte ihn ganz schön durch die Mangel gedreht, aber das Angebot bestand noch: Er war herzlich eingeladen, sich an den Forschungen zu beteiligen. Es war schon hart genug gewesen, die Kreatur zu beobachten, aber mitmischen ...? Konnte er das?

Plötzlich stieg das aschfahle, hinreißende Gesicht von Cady Trask vor seinem geistigen Auge auf, wie sie ausgesehen hatte, bevor sie für immer in der Dunkelheit verschwand, bevor diese widerliche Monsterhorde sie verstümmelt und dann getötet hatte. Der Geruch nach schmelzenden Felsen kam ihm in den Sinn, der Rauch in seinen

Augen; die Wochen nach seiner Genesung, die er mit dem Psychomodul verbracht hatte; das nächtliche Entsetzen und der hoffnungslose Selbsthaß, den zu überwinden er Jahre gebraucht hatte; die schlußendliche Einsicht, daß er nicht mehr hatte tun können, als er getan hatte …

Mitmischen … Konnte er das?

Wie hätte er ablehnen können?

Das war eine wirklich große Sache, eine, die schließlich eine Veränderung zum Guten herbeiführen konnte. Church war seltsam, doch die Arbeit war innovativ, aufregend – und potentiell tödlich für die Alienbrut. Er konnte Admiral Pickman einen nichtssagenden Bericht über etwas schicken, was damit im Zusammenhang stand, vielleicht etwas über Telepathieforschungen – das wäre nicht einmal gelogen …

Aber Gott, die Gefahren, die damit verbunden waren! Wieviel hatte Church ihm vorenthalten? Wie weit war er bereit, in der Sache zu gehen?

Noch eine Frage, dann würde er akzeptieren.

»Wie viele Crewmitglieder sind im Verlauf Ihrer Forschungen bereits gestorben?«

Church lächelte, und seine Augen gleißten noch immer von diesem inneren Licht.

»Hängt davon ab, wen Sie fragen.« Dieser seltsame Humor, fast spöttisch.

»Ich frage Sie.«

Church zögerte nicht, blickte ihn offen und ehrlich an. »Keiner.«

Crespi musterte für einen Moment sein Gesicht, die tief eingegrabenen Falten um die gleißenden Augen herum. Er nickte langsam.

»Es wird mir ein Vergnügen sein, mit Ihnen zu arbeiten, Doktor.«

Church lächelte breit und erwiderte das Nicken. »Gut.«

Eine junge Frau kam herbeigeeilt, die Absätze ihrer Stiefel klackten laut auf dem polierten Boden. Ihre Miene war besorgt, die Stirn gerunzelt.

»Verzeihen Sie, Colonel Doctor Church – wurde das Spezimen in K4 verlegt?« Ihre Stimme hörte sich zittrig an, unsicher.

Church antwortete bedächtig. »Verlegt? Nein.«

Die Frau, ihrer Uniform nach Technikerin der Gerichtsmedizin, biß sich offenbar zutiefst beunruhigt auf die Lippen. »Dann ist etwas schiefgegangen, Sir.« Sie holte tief Luft und schluckte.

»Die Tür von Zwinger 4 steht offen – und das Alien ist weg.«

9

Church zuckte nicht einmal mit der Wimper. »Sind Sie sicher?«

Die Frau nickte. »Ja, wir haben gerade nachgesehen –«

Aber Church war schon unterwegs und erteilte lautstark Anweisungen. Crespi folgte ihm, so verwirrt, wie er bereits den ganzen Tag war; das war doch nicht *möglich*, nicht bei diesen angeblich ausbruchsicheren Pferchen, den Überwachungssystemen –

Es sei denn, jemand hatte es freigelassen.

Der Gedanke ließ ihn schaudern.

»– sofort Alarm geben. Williams, sichern Sie die Labors, dann gehen Sie an die Spürgeräte. Briggs, informieren Sie Admiral Thaves, und, eh« – Church sah sich rasch um –, »Webster, führen Sie eine Zählung durch.«

Von allen Seiten erklang ein »Ja, Sir!«, als Church die Treppe zur Beobachtungsplattform hinauf und weiter zum bewachten Eingang eilte. Crespi hatte Mühe, mit dem alten Doktor Schritt zu halten, der den Wachleuten jetzt energisch Befehle zurief.

»Verrammelt diese Tür. Holt Verstärkung und sichert den Umkreis des Labors!«

»Ja, Sir!«

Church rannte fast schon, und Crespi joggte neben ihm her durch einen Irrgarten aus Abzweigungen und Nebenkorridoren, dorthin, wo er das Überwachungszentrum vermutete. Mit jedem neuen Korridor wuchs seine Angst, daß sie um eine Ecke bogen, und da wäre es dann, lang und schwarz und blutrünstig schreiend ...

Er schüttelte den Gedanken ab und legte Tempo zu. Das war ein Tag, wie man ihn sich wünschte, zum *Verrecken* schön. Alles geschah viel zu schnell – da waren die von dem Drohn wachgerufenen Erinnerungen, der Drohn selbst, die seltsame Wendung, daß er auf einmal hier sein *wollte* und es gar nicht abwarten konnte, seinen Beitrag zu leisten –

Nein, nicht hierzu, Forschung ist eine Sache – aber auf Killermaschinen Jagd machen wollte ich nicht, nie wieder –

Church sagte etwas, versuchte zu erklären. »– unmöglich, aber wir sind auf das Unmögliche vorbereitet; die Aliens tragen alle Sender, so daß es nur eine Frage der Zeit ist ...«

Seine Worte wurden unverständlich, als sie in einen weiteren Korridor abbogen und einen der Räume betraten. Die Wände waren mit Dutzenden kleiner Videinheiten bedeckt, vor denen mehrere besorgte Techniker saßen.

Crespi sah Sharon McGuinness hinter einem der Männer

stehen, die Fäuste mit weißen Knöcheln auf der Rückenlehne seines Stuhls. Sie blickte verkniffen auf, als die beiden Männer in den Raum geeilt kamen.

»Lagebericht!« rief Church.

Eine blecherne Stimme drang aus einem der Intercom-Systeme. »Colonel Doctor Church, das Personal hat sich vollständig gemeldet, bis auf Lieutenant Mortenson.«

Church trat vor einen der Gittermonitore. »Schafft mir Mortenson vor die Kamera! Ich finde das Alien schon.«

Crespi fuhr sich mit der Hand durchs Haar und blickte sich hilflos um. Es gab für ihn nichts zu tun, er konnte nur zusehen und warten. McGuinness schien es genauso zu gehen, und für einen Moment begegneten sich ihre Blicke. Er sah die Frustration in ihren Augen, bevor sie sich beide wieder den Schirmen zuwandten.

»Wie sieht's aus?« Eine dröhnende Stimme erfüllte den Raum, als mit hochrotem Gesicht Admiral Thaves hereinstürmte.

Indem er eine Hand hob, brachte Church ihn wirkungsvoll zum Schweigen, womit sich Crespis Vermutungen bestätigten: Church hatte hier das Sagen, unabhängig vom Rang.

Church deutete auf drei rote Punkte auf dem Gitterschirm. »Das sind die im Zwinger ...« Er sah nach unten, als der Vidmonitor neben ihm aufleuchtete. »Und da ist Mortenson. Was zum Teufel treibt er da?«

Crespi spähte Church über die Schulter. Ein dünner Mann mittleren Alters in Arbeitsuniform kniete auf einem Stapel Entgiftungsanzüge. Als das Mikro angestellt wurde, konnte Crespi hören, daß der Mann summte.

Church wandte sich wieder dem oberen Schirm zu und sprach leise mit sich selbst, als flackernd die Bilder aus der Station vorbeihuschten. »Ach, wo nur, wo ist mein kleines

Hündchen – *da,* anhalten!« Er stieß mit dem Finger auf den kleinen roten Punkt. »Im Dressurraum!«

Gleich neben Mortenson.

Der Techniker, der links von Church saß, sagte schnell: »Soll ich Mortenson per Intercom rufen, Sir?«

Church schüttelte den Kopf. »Lassen Sie mich das machen. Dieses Alien ist nur zwanzig Yards entfernt, höchstens. Wenn Mortenson in Panik gerät, ist es in Null Komma nichts bei ihm.«

Church griff zur Seite und drückte auf eine Taste. »Mortenson, hier ist Colonel Doctor Church.«

Unter anderen Umständen wäre die Reaktion des Mannes zum Lachen gewesen. Er sprang abrupt auf, blickte sich wild um, erschrocken über die Stimme aus dem Nichts, und ließ das Werkzeug in seiner Hand fallen.

»Eh, ja, Sir! Colonel Doctor Church, Sir.« Er gewann seine Fassung zurück und schaute zur nächsten Kamera hoch.

Church sprach ruhig und bestimmt. »Ich will, daß Sie sofort zum Kompressorraum in SJ 12 gehen.«

Verwirrung spiegelte sich auf Mortensons schmalen Zügen. »Jetzt gleich, Sir?«

»Ja, auf der Stelle. Ich will, daß Sie in sechs Sekunden dort sind.«

Hinter Crespi grummelte Thaves wütend: »Was fummelt der Schwachkopf denn an diesen Anzügen herum?«

Das Vidbild schaltete um und zeigte Mortenson, wie er schnell einen schummrigen Korridor entlangging. Er befand sich auf einer der unteren Ebenen der Station, vorwiegend ein Wartungs- und Lagerbereich. Mortenson beeilte sich, schien aber keine Angst zu haben.

Crespi spürte, wie sein Herz bei jedem Schritt des Technikers pochte. Mein Gott, wenn er *wüßte* …

Mortenson betrat den Kompressorraum und wandte sich dort an die Kamera, die auf Augenhöhe in der Tür angebracht war. »Ich bin hier, Sir. Hören Sie mich?«

Church brachte ein derbes Grinsen zustande. »Laut und vernehmlich, Mortenson. Machen Sie bitte die Tür hinter sich zu und schließen Sie ab.«

Mortenson sah eine Sekunde zur Seite und dann wieder in die Kamera. Das Mikro übertrug deutlich das Geräusch der zugleitenden und sich verriegelnden Tür.

Crespi spürte, wie sich die allgemeine Spannung im Monitorraum langsam löste. Er atmete laut auf und bemerkte erst jetzt, daß er die ganze Zeit die Luft angehalten hatte.

»Ja, Sir. Noch etwas?«

Church legte den Kopf in den Nacken. »Ja. Danken Sie Gott. Sie sind gerade dem Teufel von der Schippe gesprungen.«

Mortenson runzelte die Stirn. »Wie meinen, Sir?«

Der Admiral trat vor und brüllte das Videobild an.

»Hier spricht Admiral Thaves. Was zum *Henker* haben Sie mit diesen Entgiftungsanzügen angestellt?«

Mortenson zuckte vom Intercom zurück und sagte nervös: »Ich habe die Filter ausgetauscht, Sir.«

»Auf wessen Befehl?«

»Auf Anordnung der Station, Sir. Gibt's ein Problem?«

Crespi hatte den Blick abgewandt, peinlich berührt von Thaves' aufbrausender Reaktion auf die Situation. Doch was er im Augenwinkel auf dem Gittermonitor sah, veranlaßte ihn, entsetzt den Schirm zu fixieren.

Ein vorwärts rückender roter Punkt.

Ehe er etwas sagen konnte, geschah es schon. Sie alle sahen, wie plötzlich etwas unmittelbar hinter dem ahnungslosen Mortenson ins Videobild sackte.

»Gott«, flüsterte Crespi.

Der entflohene Drohn hing kopfüber herab, wahrscheinlich gehalten von einigen nicht sichtbaren Rohren an der Decke. Erst sein schimmernder langer Schädel, die vom Geifer triefenden Zähne – und dann der spindeldürre schwarze Arm, als er die Klaue ausstreckte –

Church schrie zuerst auf, die anderen im Raum griffen die Warnung auf. »Mortenson, raus da!«

Er ahnte noch immer nichts. Der Mann mit dem schmalen Gesicht hob entschuldigend die Hände und sagte ins Intercom: »Aber Sir, ich bin doch gerade erst –«

Er beendete den Satz nicht, *konnte* ihn nicht mehr beenden, weil sich die scharfen Klauen um seinen Hals legten und ihn hochhoben, so leicht wie eine Feder.

Er stieß einen erstickten Schrei aus, ohne zu wissen, was ihn im Griff hatte, was ihn jetzt näher an die ausgefahrenen Kiefer heranzog –

Sein heiserer Schrei wurde abgeschnitten, als der Metallstab des inneren Gebisses der Bestie nach vorn schoß, in seinen Hinterkopf und durch ihn hindurch. Er gab so leicht nach wie feuchter Zellstoff, und plötzlich war das Videobild rot gesprenkelt von Mortensons Blut auf der Kameralinse.

Dann war *alles* rot, und hinter dem tödlichen Schleier auf dem Schirm ließen sich die Vorgänge nur noch erahnen. Übelkeitserregende schmatzende Geräusche, die Laute von ausgespucktem Knorpel klangen durch den Raum.

Church streckte die Hand aus und stellte den Lautsprecher ab. Er wandte den Blick von der stummen Röte des Bildschirms und sagte leise: »Hawkins, Sie und Stockdale schnappen sich Ihre Anzüge und erledigen diese sterbende Kreatur.«

Thaves sprach voller Wut, aber sein Gesicht war blaß. »Was hatte dieser Mann da unten auch zu suchen? ›Auf Anordnung der Station‹, meine Fresse.«

Church schaute ihn an. »Sir, bei allem Respekt – was immer er dort zu suchen hatte ist jetzt von zweitrangiger Bedeutung.«

Crespi hätte sich am liebsten übergeben. Churchs Stimme war ruhig und verriet kaum etwas von seiner Anspannung. Der stumme, triefend rote Bildschirm zeigte ab und zu ein malmendes Gebiß und blutnasse Fleischfetzen.

Thaves wandte sich der Tür zu und nahm wieder etwas von seiner polternden Art an. »Church, ich erwarte, daß man mir morgen Punkt 0800 die Ergebnisse einer eingehenden Untersuchung vorlegt.«

»Ja, Sir«, sagte Church ruhig. Mit ausdrucksloser Miene wandte er sich wieder dem Schirm zu und beobachtete eine Zeitlang die verschwommenen Bewegungen.

Schließlich seufzte er und deutete auf einen der Techniker in den Anzügen. »Blackman, Sie und ...«

McGuinness hatte sich zu der Gruppe gesellt. Church sah sie an. »Wer sind Sie?«

»Sharon McGuinness, Sir. TFC.«

Church lupfte eine Braue, und etwas wie Wiedererkennen blitzte in seinen Augen auf. »McGuinness ...«

Was immer es gewesen war, es war weg. Church räusperte sich und fuhr fort: »Blackman, Sie und McGuinness sorgen dafür, daß das Alien wieder eingefangen wird. Und dann will ich, daß Sie Sektor SJ abriegeln und eine Oberflächenanalyse durchführen.«

Er sah auf den Techniker hinunter, der vor dem Monitor saß, einen stämmigen, dunkelhäutigen Mann. »Williams, säubern und schließen Sie das Labor. Ich will lebende Wachen vor dem Zwinger.«

»Ja, Sir.«

Church stand eine Weile anscheinend gedankenverloren da, eine Hand am Kinn. Seine Schultern hingen herab, sein

Gesicht wirkte ausgezehrt. Crespi empfand ein gewisses Mitleid für ihn; der Doktor hatte getan, was er konnte, aber es war nicht genug gewesen.

Und du weißt, wie sich das anfühlt, nicht wahr?

Church blickte zu Crespi hoch. »Wir treffen uns in acht Stunden im Labor.« Er schien noch mehr sagen zu wollen, drehte sich dann jedoch um und ging langsam davon. Er sah aus wie ein geschlagener Mann, wie jemand, der alles verloren hatte.

»Natürlich. Ich bin in meiner Unterkunft«, sagte Crespi, und Church winkte zur Antwort halbherzig über die Schulter, bevor er den Raum verließ.

Crespi stand da, fühlte sich deprimiert und ausgelaugt. Er sah auf seine Uhr und seufzte. Kaum zwei Stunden war er an Bord der Station, und schon war mehr geschehen als in den letzten zwei *Jahren* auf der Erde.

Plötzlich war er sich sicher, daß er nicht hätte kommen sollen, daß er ein Narr gewesen war, eine Tätigkeit anzunehmen, über die er nichts wußte. Mit einer Art Wehmut dachte er an die unbestimmte Angst zurück, die er an jenem Morgen im Transportschiff empfunden hatte, denn bei allen Unannehmlichkeiten war er wenigstens nicht hier gewesen, auf dieser Station. Etwas stimmte hier nicht, etwas war hier tierisch faul –

Reg dich ab, Crespi, es wird sich alles zum Guten wenden. Du hattest nur einen schlechten Tag –

Nein. Lieutenant Mortenson hatte einen schlechten Tag gehabt. Crespi war einfach nur in einer überaus düsteren und beschissenen Stimmung, und jetzt mußte er sich erst einmal irgendwo hinsetzen und versuchen, sich zu entspannen.

Wieder seufzte er und machte sich auf die Suche nach seiner Unterkunft.

Mit klopfendem Herzen eilte McGuinness den schäbigen Korridor entlang. In Gedanken sprach sie die Zahl auf jeder Tür aus, an der sie vorbeikam, und betete, daß Crespi zu Hause war.

85 – 87 – da, A89. Sie blieb vor seiner Tür stehen und holte tief Luft. Sie würde es langsam angehen müssen, durfte nicht mit Anschuldigungen herausplatzen, die sie nicht beweisen konnte; was sie tief in ihrem Inneren *wußte* und was sie beweisen konnte, das waren zwei verschiedene Dinge ...

Sie holte ein weiteres Mal tief Luft und drückte auf den Summer. Nach einer Weile drang Crespis Stimme aus dem Intercom.

»Ja?«

»Lieutenant McGuinness, Sir.«

»Kommen Sie rein, McGuinness.«

Crespi saß in einer Ecke einer kleinen, ausgeblichenen Couch an der Wand seines Zimmers. Sie sah sich kurz um; die Unterkünfte der höheren Offiziere waren größer, einige zusätzliche Stühle, aber ansonsten auch nicht der Rede wert ...

»Darf ich mich setzen, Sir?«

Crespi nickte und machte eine vage Geste zur Couch, das Gesicht blaß; Mortensons Tod war erst wenige Stunden her.

»Ich dachte, Sie wären noch am Schauplatz des Unglücks.«

McGuinness setzte sich neben ihn und strich sich das Haar hinters Ohr zurück. »Wir haben etwas Vorarbeit geleistet und ein paar Details untersucht, und jetzt sind die Spezialagenten da unten.«

Crespis Blick wurde forschend, vielleicht wegen der Anspannung in ihrer Stimme. »Was gefunden?«

Sie sprach ruhig und artikuliert. »Der Sender an dem

entflohenen Alien wurde abgeschnitten. Gekappt, als ob jemand mit einer Klinge drangegangen wäre. Wir haben ihn im Dressurraum gefunden; keine Alienrückstände.«

Crespi starrte sie an, dann vergrub er sein Gesicht in den Händen. »O Mann.«

McGuinness fuhr fort: »Im Kompressorraum haben wir an den Röhren, zwischen denen das Alien sich versteckte, eine klebrige Substanz gefunden. Roch wie Pheromon.«

Crespi behielt den Kopf unten. »Ich glaube nicht, daß ich das hören will«, murmelte er.

»Es kommt noch schlimmer. Mortenson war *wirklich* auf Anordnung der Station dort.«

Da war's!

Crespi blickte stirnrunzelnd auf. Ihre Blicke trafen sich.

»Die Zwingertür wurde auch von der Station geöffnet.«

»Wollen Sie damit sagen, es war vorsätzlicher Mord ...?«

»Sieht ganz so aus, Sir.«

Sie hielt inne und sah, wie seine Ungläubigkeit wich; es war förmlich zu beobachten, wie eiserne Entschlossenheit in seinen Blick trat. Und dann stellte er die Frage, auf die sie am meisten gehofft, die sie sich am sehnlichsten herbeigewünscht hatte.

»Können Sie den Stationskode knacken und diese Anordnung im Zentralrechner aufspüren?«

Sie zögerte, wollte nicht den Eindruck erwecken, zu versessen darauf zu sein. Das war der knifflige Teil, und sie hoffte, daß Crespi den Köder schluckte; ohne ihn war sie ganz auf sich allein gestellt. »Nicht ohne Ermächtigung ...«

Er nickte, traf die Entscheidung, ohne mit der Wimper zu zucken. »Die haben Sie. Viel Erfolg, McGuinness, und lassen Sie sich nicht erwischen. Berichten Sie nur mir. Haben Sie verstanden?«

»Ja, Sir.«

»Ich will, daß das unser kleines Geheimnis bleibt«, sagte er und lächelte knapp. Damit war das Thema für ihn erledigt.

Sie stand auf, ging hinaus und wartete, bis die Tür sich geschlossen hatte, ehe sie sich erlaubte, ebenfalls zu lächeln.

Die Falle war gestellt.

Church würde gar nicht mitkriegen, wie ihm geschah.

Paul Church legte die Fingerspitzen unter dem Kinn aneinander und nickte langsam, während er zusah, wie Crespi sein Treffen mit McGuinness zum Abschluß brachte.

»Ich will, daß das unser kleines Geheimnis bleibt.« Seine Stimme klang irgendwie gedämpft und zu leise aus dem Video-Intercom. Das Mikrofon mußte woandershin; Church würde schon dafür sorgen.

Noch immer nickend, lehnte Church sich auf seinem Bürostuhl zurück, als McGuinness Crespis Zimmer verließ. So ungefähr hatte er sich das bei dem guten Doc gedacht – tatsächlich hätte es ihn überrascht, wenn Crespi oder einer seiner Handlanger *nicht* ein wenig tiefer gegraben hätte. Die Frage war nur, wie sollte er das verwenden? Zu diesem Zeitpunkt war es noch unnötig, es war nicht genug geschehen, um sich über die eigenen Trümpfe Gedanken zu machen ... aber alle Informationen waren nützlich, und er legte es unter den Dingen ab, die er nicht vergessen durfte.

Ein Geheimnis, das absolut sicher war; Church würde es keiner Menschenseele verraten.

10

Church schloß die Augen und erinnerte sich.

So viele Geheimnisse ...

An Bord waren sie zu neunt gewesen, als sie landeten, zu zehnt, wenn er Judith mitrechnete – und er mußte sie mitrechnen, Syntho oder nicht. Er hatte seine Jungfräulichkeit an Judith verloren und war bis über beide Ohren in sie verliebt gewesen, wenn es auch blinde Liebe gewesen war, kein Wunder, denn als das geschah, war er erst zwölf. Ihre Aufgabe hatte in erster Linie darin bestanden, die kleine Crew sexuell zu befriedigen, aber außerdem hatte man sie noch als Botanikerin programmiert; sie kümmerte sich um den kleinen Garten an Bord der *Incunabulum,* ihres Schiffes, und bereitete ihnen für gewöhnlich die Mahlzeiten zu.

Jason und Lucian Church, seine Eltern. Die Crew, drei Männer: Taylor, Hewett und Johanson. Sie verrichteten größtenteils die Schwerarbeit. Und in diesem letzten glücklichen Monat drei weitere – Quentin und Louise Clark, beide Wissenschaftler, und ihre Tochter Rebecca. Rebecca war wunderschön gewesen, vielleicht sogar noch schöner als Judith, die sich nie verändern, nie altern konnte – Pauls blinde Leidenschaft niemals erwidern würde. Rebecca war nur zwei Jahre älter als Paul gewesen und schien *fast* ebensosehr an ihm interessiert zu sein wie er an ihr; »fast« reichte für ihn aus, um von ihr zu träumen ...

Sie waren also zu zehnt gewesen auf ihrer wonnevollen Reise der Unwissenheit nach RLW 1289, einer großen Siedlung auf einem erst kürzlich kolonisierten Planeten, wo sie die Clarks absetzen wollten, um anschließend weiterzufliegen. Churchs Eltern waren Terraformer, die

»Gottes Werk verrichteten«, wie sie immer sagten, bevor sie dann lachten und ihren kleinen Jungen zärtlich und liebevoll ansahen.

Nur eine Station vor RLW 1289, eine routinemäßige Datenübernahme, eine Zeitkapsel auf einem kleinen Mond, der vor fünfzehn Jahren terraformt worden war. Paul hatte sich auf den Aufenthalt gefreut, hatte gehofft, daß er und Rebecca sich davonmachen könnten, um gemeinsam durch das von Menschenhand erschaffene Eden zu laufen und sich gegenseitig ihre Geheimnisse anzuvertrauen. Paul wollte Wissenschaftler werden und hatte im Alter von neunzehn Jahren sogar schon ein kleines Stipendium von der Regierung bekommen, für seine Forschungen auf dem Gebiet der Immunisierung. Seine Eltern waren so stolz auf ihn gewesen! Und er war noch so voller Jugend, Ideale und Fragen und der Sehnsucht, geliebt zu werden …

Und mit Gottes Hilfe landeten sie.

Lucian Church konnte anscheinend nicht aufhören, die Stirn zu runzeln. »Glaubst du, es ist sicher?«

Pauls Vater zuckte lässig mit den Achseln, klang allerdings ein wenig angespannt. »Ist bestimmt nicht weiter der Rede wert. Und wenn sie nicht dasein sollten, können wir ja gleich wieder starten, okay?« Er lächelte ihr beruhigend zu, bevor er sich wieder den Kontrollen zuwandte.

»Alle Mann festhalten, wir landen.«

Die *Incunabulum* schwebte auf die Lichtung hinab und setzte unweit der Genesis-Station auf, nur ein paar hundert Meter von dem seltsamen Schiff entfernt. Jason Church war ein Pilot der Spitzenklasse, kaum ein Rucken war zu spüren, als die Landestützen den Boden berührten.

Paul und die anderen lösten ihre Gurte, erhoben sich und

streckten sich. Rebecca lächelte Paul nervös zu, und er erwiderte das Lächeln, versuchte ruhiger zu wirken, als er sich fühlte. Terraformte Welten waren für den allgemeinen Reiseverkehr gesperrt, und er teilte die Sorge seiner Eltern; eigentlich sollte hier niemand sein, und doch hatten die Sensoren ein Schiff registriert – ein Schiff, das auf ihre Funkanrufe nicht reagierte.

Paul hörte, wie Rebeccas Mutter ihrem Mann ängstlich zuflüsterte: »Schmuggler?«

Der Wissenschaftler schüttelte den Kopf. »Ich weiß nicht, Liebes. Hoffentlich nicht.«

Pauls Vater ging zur Tür und lächelte ihnen verkniffen zu. »Judith, warum schauen wir beide nicht einfach nach, was da draußen los ist? Ihr anderen bleibt, wo ihr seid, wir sind gleich zurück –«

Wieder runzelte Lucian Church die Stirn, nickte jedoch, und Paul empfand eine gewisse Erleichterung. Judith war so stark wie jedes andere der drei Crewmitglieder, hatte aber bessere Reflexe, denn sie war dazu entworfen, nicht zuzulassen, daß ihren menschlichen Schiffskameraden irgendein körperlicher Schaden entstand. Falls ihnen so etwas drohen sollte.

Die beiden verließen das Schiff, die Tür schloß sich hinter ihnen. Paul und die anderen drängten sich vor der Konsole zusammen, um auf dem kleinen Beobachtungsschirm alles mit zu verfolgen.

Man konnte sich nur schwer vorstellen, daß an so einem wunderschönen Ort etwas Böses geschehen sollte. Paul hatte schon über ein Dutzend Planeten und Monde wie diesen gesehen, doch jedesmal erfüllte ihn der Anblick wieder mit Ehrfurcht – eine neue Welt, unbefleckt von der Menschheit. Die Genesis-Programme waren wirklich erstaunlich, und seine Eltern machten ihre Arbeit hervorragend – jedes Projekt erschuf eine ungezähmte Wildnis, grün und von Leben strotzend.

Judith und Jason erreichten das seltsame Schiff, einen schäbigen Klasse-neun-Springer der einfachen Bauart. Die Rampe war unten, und Judith ging als erste hinein; Jason folgte kurz darauf.

Nach wenigen Sekunden tauchten sie wieder auf, und Pauls Vater zuckte in Richtung der *Incunabulum* übertrieben deutlich mit den Schultern. Die Gruppe seufzte einvernehmlich auf, und Paul fühlte, wie Rebeccas Hand seine ergriff und sie leicht drückte, ehe sie wieder losließ. Ein plötzliches Gefühl von Wärme für sie durchlief ihn, und etwas regte sich in seiner Leistengegend.

Mein Gott, Paul, werde endlich erwachsen! Er grinste sie an und hoffte, daß er nicht knallrot wurde. Fast einundzwanzig, und er reagierte immer noch wie eine *Jungfrau.* Sicher, sie war seit seiner Pubertät das erste Mädchen, mit dem er Kontakt hatte (nun ja, Judith ausgenommen), und *doch ...*

Sein Vater winkte ihnen zu herunterzukommen, und Paul spürte, wie sein Herz zu jubeln begann; er liebte ihr Leben, ihre Reisen und all das, aber seinen Fuß wieder auf festen Boden zu setzen – darüber ging doch nichts, rein gar nichts. Normalerweise dauerten ihre Aufenthalte ein oder zwei Stunden, Zeit, die sie damit verbrachten, draußen einfach nur herumzulungern, *echte* Luft zu atmen, die einzigen menschlichen Wesen auf einer ganzen Welt ...

Nun ja, diesmal vielleicht nicht. Wo waren die Piloten des anderen Schiffs? Seltsam.

Josh Hewett, der älteste unter den drei Crewmitgliedern, öffnete ihren kleinen Waffenschrank und verteilte das halbe Dutzend Betäubungsstäbe unter ihnen. Paul steckte seinen in eine seiner Westentaschen, ein wenig aufgeregt bei dem Gedanken, daß es Ärger geben könnte. Aber natürlich würde es das nicht, es gab nie Ärger, also erlaubte er sich, in Phantasien zu schwelgen, wie er die bösen Buben fertigmachte und Rebecca vor einem Schicksal bewahrte, das schlimmer war als der Tod …

»Kommst du, Liebling?« Seine Mutter stand an der Tür und lächelte ihren Sohn zärtlich an. Du meine Güte, sie *strahlte* geradezu, und Rebecca bekam es mit, ein selbstgefälliges kleines Lächeln auf dem hübschen, dunklen Gesicht. Dieses Lächeln war einfach zuviel, es schrie förmlich: *Ach, ist das nicht süß?*

Scheeeiiiße. Paul nickte und versuchte trotz des Umstands, daß er sich auf einmal wie ein Neunjähriger fühlte, wie der Wissenschaftler auszusehen, der er war.

»Eh, ja, ich wollte mir nur noch einen Saft holen. Komme sofort.«

Seine Mutter nickte, dann ging sie die Rampe hinunter, Rebecca hinter ihr her. Paul verdrehte die Augen, dann ging er zum Saftspender.

Bloß er und Taylor waren noch an Bord. Das Crewmitglied durchstöberte seinen Tornister, wahrscheinlich auf der Suche nach einer seiner stinkenden Zigarren. Er grinste zu Paul hinüber.

»Hast du eine kleine Freundin, Paul?«

Paul runzelte die Stirn. »Klappe, du Torfkopf. Wenigstens müßte ich nicht *teilen.*«

Taylor lächelte unschuldig. »Hey, Judy hat nichts dagegen. Und wer sagt, daß Rebecca nicht auch teilen würde? Wer sagt, daß sie's nicht schon getan hat?«

Paul versuchte, wütend dreinzuschauen, hielt es aber nicht durch. Er lachte, und im nächsten Moment stimmte Taylor in sein Gelächter ein.

Paul schnappte sich ein Glas Saft und ging auf die Rampe

hinaus. Es war ein herrlicher Tag, vielleicht früher Nachmittag im Zyklus dieser Welt. Die Luft war kühl und rauh, mit einem leichten Geruch nach –

Paul legte die Stirn in Falten und schnüffelte. Verfall? Das war ungewöhnlich nach nur fünfzehn Jahren – vielleicht hatte ein Sturm irgendwann ein paar Bäume und Sträucher ausgerissen, obwohl es nicht nach pflanzlicher Substanz roch …

»Hey, gehst du jetzt weiter, oder muß ich dich umrempeln?«

Taylor stand hinter ihm, eine nicht angezündete Zigarre zwischen seinen grinsenden Zähnen.

»Ja, klar«, murmelte er, dann eilte er die Rampe hinunter und war plötzlich, ohne zu wissen, warum, nicht mehr in der Laune für Geplänkel. Er machte sich schnell auf den Weg zu den anderen, die sich nahe der Station, an der Aufhängung der Zeitkapsel, versammelt hatten.

Er hatte in den Geschichtsmodulen über Eden gelesen, über den Garten, aus dem der erste Mann und die erste Frau angeblich vertrieben worden waren – und bestimmt hatten sich die Autoren bei der Schilderung des Paradieses einen Ort vorgestellt, der so schön war wie dieser. Über alle Maßen üppig, rein und frisch wie ein neuer Gedanke – das war der Stoff, aus dem die Wachträume sind, dieses Licht, süße Phantasien dicht unterhalb der Schwelle zum Bewußtsein. Es *war* Eden oder doch etwas, was dem so sehr glich, wie die Menschheit sich in ihren kühnsten Träumen nur erhoffen konnte –

Hütet euch vor der Schlange …

Paul grinste über seinen eigenen Pessimismus; die Kehrseite alles Perfekten, natürlich.

Sein Vater hatte den Freigabekode eingegeben und schwatzte gerade mit den Clarks, als Paul zu ihnen stieß.

»– nicht die geringste Ahnung. Sieht so aus, als wäre das Schiff schon seit ein paar Jahren verlassen, dem Staub nach. Und noch jede Menge Vorräte.«

Louise Clark hatte die Arme fest vor der Brust verschränkt. Sie wirkte nervös.

»Vielleicht eine Krankheit, die Crew ist erkrankt und hier gestorben. Riecht ihr etwas? Ist mir aufgefallen, als wir ausgestiegen sind, wie eine Art Moder, organisch. Womöglich sogar – menschlich?«

»Habe ich auch bemerkt«, sagte Paul. »Riecht *wirklich* seltsam.«

Jason Church nahm die kleine Kapsel aus der Aufhängung und nickte. »Also gut. Wir haben das, weshalb wir gekommen sind – wir sollten besser starten, mit der Gesellschaft Verbindung aufnehmen, sobald wir wieder in Reichweite sind, und ihnen davon berichten; ist nicht unsere Aufgabe, das hier zu überprüfen.«

Er lächelte Paul zu und erhob dann die Stimme, damit alle ihn hören konnten. »Das Picknick fällt heute aus, Leute! Tut mir leid!«

Ein gutmütiges Stöhnen von den versammelten Crewmitgliedern, aber Paul hatte den Eindruck, als löse sich eine Klammer um seine Brust: prima. Dieses Schiff und dieser seltsame Geruch hatten allem einen Dämpfer aufgesetzt. Er und Rebecca konnen genausogut –

Da hörte er etwas, was seine Gedanken verstummen ließ, was alle um ihn herum in gespanntes Schweigen versetzte.

Ein Pfeifen. Ein tierischer Laut, entschieden nicht menschlich – und wie keiner, den er jemals bei einem Tier gehört hatte.

Aber es gibt hier keine Tiere –

Nun ein Laut wie Metall auf Metall, doch nicht mechanisch. Lebendig.

»Was zum –« Taylor hinter ihm.

Eine blitzartige Bewegung hinter der Genesis-Station, dunkel und unglaublich flink. Erst eins, dann noch eins – dann kamen ein Dutzend in Sicht, schneller, als er in seiner Benommenheit zählen konnte.

Rebecca schrie auf und deutete in die Richtung.

Aliendrohne. Paul hatte von ihnen gehört, sie alle hatten das.

Johanson zog seinen Betäubungsstab heraus, aber wenn die Geschichten auch nur den geringsten Kern von Wahrheit hatten, würde er nutzlos sein.

Paul fuhr herum und blickte zum Schiff zurück. Drei oder vier der häßlichen dunklen Gestalten sprangen und hockten dort bereits herum.

Er wandte sich wieder um, diesmal, als Quentin Clark den Namen seiner Frau schrie. Eines der grotesk aussehenden Wesen hatte sich herabfallen lassen, Louise Clark gepackt und hielt sie mit seinen spindeldürren Armen fest.

Paul hörte das Zischen eines Betäubungsstabs, dann noch eins und als Antwort nur das wütende, schrille Kreischen der unverletzten Drohne.

Wie auf ein geheimes Signal hin, begannen sie massenweise zu schreien und sprangen nach vorn, um auch die anderen zu ergreifen; ihre gräßlichen, dornbesetzten Schwänze peitschten hinter ihnen her.

Paul schrie auf, wandte sich zur Flucht –

– und dunkle, kalte Arme umschlossen ihn, preßten ihm die zuckenden Glieder an den Leib.

Sie waren verloren, sie alle, ein brutaler, entsetzlicher Tod stand ihnen bevor, die Alienmonster würden ihre Körper in blutige Stücke reißen …

Church schlug die Augen auf.

Wenn wir dieses Glück doch nur gehabt hätten.

11

Sie hatten Mortenson zusammengeflickt, so gut es ging, aber selbst der Plastikhautüberzug, der den größten Teil seines Gesichts bedeckte, konnte die grausame Wahrheit nicht verbergen – daß die untere Hälfte vom Kopf des Mannes weg war und sich jetzt (wie Crespi angewidert dachte) im Magen eines entflohenen Drohns befand.

Nun ja, wenigstens hat man den Reißverschluß des Leichensacks fast ganz nach oben gezogen.

Mortensons Leiche lag auf einer Trage vor der kleinen Gruppe, die sich versammelt hatte, der Leichensack war bis zu dem von einem Techniker angefertigten Faksimile seiner Nase hinauf geschlossen. Nicht viele waren bereit gewesen, der Totenfeier beizuwohnen, und Crespi begann sich zu wünschen, daß auch er sich dagegen entschieden hätte; selbst zurechtgeflickt sah der Lieutenant noch schrecklich aus.

Crespi war bereits erschöpft, und dabei war es erst 0900. Er hatte die letzte Nacht so gut wie keine Ruhe gefunden, obwohl er sich relativ früh schlafen gelegt hatte. Kurz nachdem McGuinness seine Unterkunft verließ, hatte Church ihn angerufen und ihr Treffen im Labor abgesagt, angeblich weil der Untersuchungsbericht für Thaves ihn zuviel Zeit kostete. Crespi hatte sein Abendessen hinuntergewürgt und war ins Bett gegangen, wo ihn die ganze Nacht Mortensons Todesgrimasse verfolgt hatte, die Träume in blutrote Schleier gehüllt.

Wenn Church lange wach gewesen war, so sah man es ihm nicht an. Er stand an der Trage, den Kopf gesenkt, aber seine Schultern waren gerade und sein Blick klar.

McGuinness kam herein und gesellte sich zu den wenigen anderen Technikern, die sich locker im Raum verteilt hatten. Mortenson hatte wohl nicht allzu viele Freunde, oder die, die ihm nahegestanden hatten, ließen sich das nicht anmerken. In dem kühlen Lagerraum herrschte eine bedrückte Atmosphäre, aber es gab keine Tränen, keine trauernden Mienen.

Anscheinend gab es an Bord der Station keinen geistlichen Beistand, und Crespi nahm nicht an, daß der Admiral die Absicht hatte, eine Rede zu halten, daher überraschte es ihn nicht sonderlich, als Church sich räusperte und das Wort ergriff.

»Ich, eh, kann nicht behaupten, daß ich Lieutenant Mortenson besonders gut kannte oder daß ich, in aller Offenheit, den Wunsch hatte, ihn kennenzulernen. Ich glaube, alle werden mir beipflichten, wenn ich sage, daß wir einander nicht sehr ähnlich waren.«

Church griff nach unten und legte dem Toten seine Hand auf die wächserne Stirn. »Es heißt, daß mehr Unterschiede zwischen zwei Menschen bestehen als zwischen zwei Tieren verschiedener Spezies. Ich glaube das, aber ich habe das Gefühl, daß Mortenson und ich etwas gemeinsam hatten, was uns zu Brüdern machte – unsere Menschlichkeit.«

Church führte seine Hand zum Reißverschluß des Leichensacks hinunter und zog ihn hoch, und das Geräusch der Plastikzähne hallte laut in dem stillen Raum wider. »Wenn wir jemals unsere Lebensgeschichte miteinander verglichen hätten«, fuhr er fort, »so bin ich sicher, daß wir auf viele Gemeinsamkeiten gestoßen wären. Beide haben wir die seltsame Unwissenheit der Kindheit erlebt, die Schwierigkeiten beim Heranwachsen, den segensreichen Schmerz, den die erste Liebe bringt –«

Church blickte ernst auf den bedeckten Leichnam hinunter. »Nun hat alles, was ihn zum Menschen machte, ein Ende gefunden. Keine Befriedigung mehr, keine Freude – aber auch keine Frustration ... oder Angst.

Wir übergeben seine sterblichen Überreste der Leere. Es gibt nichts mehr zu sagen außer – Lebewohl.«

Jemand hüstelte. Church beugte einige Sekunden lang den Kopf und sah dann zu einem der beiden Noncom-Sanis hinüber, die in der Nähe standen.

»Bringt den Leichnam zur Frachtschleuse.«

Crespi runzelte die Stirn. Kein sehr glorreicher Abschied. Schon verteilte sich die kleine Gruppe wieder.

Mein Gott, hoffentlich ergeht es mir *einmal besser.*

Admiral Thaves trat vor und hob eine Hand. »Einen Moment. Colonel Doctor Church, Mortenson hat ein Organspendeformular unterschrieben. Vielleicht sollten wir den Leichnam lieber aufheben –«

Church schüttelte den Kopf. »Das ist nicht nötig, Admiral. Das Protokoll schreibt vor, daß jeder, der im Einsatz fällt –«

Thaves schnitt ihm das Wort ab und deutete mit einem fleischigen Finger auf Church. »Wagen Sie es nicht, mir mit den verdammten Vorschriften zu kommen!«

Church zuckte nicht einmal zusammen. »Ich möchte doch sehr bitten, Sir.«

Crespi schaute zu, neugierig, ob Thaves klein beigeben würde, obwohl er die Antwort bereits kannte.

Es war keine Frage des Ob, sondern des Wie.

Der Admiral blickte für einen Moment finster drein, dann fuchtelte er mit der Hand, als wäre die Sache für ihn erledigt. »Es ist Ihre Feier, Church. Ich dachte nur, der dämliche tote Mistkerl könnte uns noch nützlich sein; der Himmel weiß, daß es an der Zeit wäre.«

Church sagte leise: »Ich möchte bei allem Respekt darauf hinweisen, daß eine Bestattung im Weltraum mit allen Ehren angemessener ist.«

Thaves ging bereits davon und knurrte in sich hinein: »Von mir aus, nur zu, wenn Sie schon dabei sind, pumpen Sie ihm doch gleich den Arsch voll Diamanten ...«

Church wandte sich wieder den Sanis zu und nickte. »Bringt ihn in die Frachtschleuse. Ich will ihn persönlich dem All übergeben.«

»Ja, Sir.«

Church drehte sich wieder, und sein Blick fiel auf Crespi; er nickte.

»Nett von Ihnen, daß Sie gekommen sind, Doc.«

Crespi stand unbehaglich da und wußte nicht, was er sagen sollte. »Das gehört sich doch.«

Church musterte ihn, als warte er darauf, daß er noch etwas hinzufügte.

»Tja«, sagte Crespi. »Das war eine schöne Rede.«

»Ach, finden Sie?« Church lächelte. Es war kaum mehr als ein leichtes Kräuseln seiner Mundwinkel – aber seine Augen strahlten vor Heiterkeit. Er sah aus, als lache er innerlich, was Crespi noch mehr Unbehagen bereitete.

Nun ja, der Tod führte oft zu seltsamen Reaktionen. Crespi lächelte müde zurück, versuchte den Älteren zu beruhigen. Church hatte wahrscheinlich eine Menge Schuldgefühle, und sicher hatte er auch nicht gut geschlafen ...

Church schaute kurz auf seine Uhr. »Es wird noch ein paar Stunden dauern, bis wir uns im Labor treffen und uns wieder an die Arbeit machen können. Warum gönnen Sie sich nicht eine kleine Ruhepause?«

»Danke. Ich wollte sowieso den Fitneßraum ausprobieren. Geben Sie mir Bescheid, wenn Sie soweit sind?«

»Sicher.«

Crespi wollte gerade den Lagerraum verlassen, als McGuinness auf ihn zueilte.

»Colonel Doctor Crespi, bevor Sie gehen, könnte ich da noch kurz mit Ihnen sprechen ...? Wegen der neuen – Dienstanweisung.«

Crespi nickte. *Du meine Güte, wie diskret.* »Natürlich, McGuinness.«

Als sie gemeinsam hinausgingen, warf Crespi einen Blick zurück und sah, daß Church mit immer noch strahlenden Augen hinter ihnen herlächelte. Na toll; wahrscheinlich dachte er, daß sie's jetzt miteinander trieben. Nette Vorstellung. Nicht, daß McGuinness nicht klug und attraktiv gewesen wäre, das war sie durchaus, aber –

Eigentlich sogar ziemlich attraktiv; willst du wirklich in den Fitneßraum ...?

Crespi lächelte in sich hinein, als sie durch den Korridor wieder zurück zum Hauptdeck gingen, aber der Gedanke verflog schnell wieder. Ein Mensch war gestorben, und irgendwer auf der *Innominata* kannte den Grund; er brauchte McGuinness, damit sie herausfand, wer der Schuldige war, nicht mehr und nicht weniger.

Basta.

McGuinness führte Crespi in die Hauptmesse der Station, die zu dieser Stunde fast völlig leer war. Höchstens ein Dutzend Personen trieben sich herum, größtenteils Techniker und Handlanger, und in der Luft lag der Geruch von konserviertem Essen und Instantkaffee.

Sie steuerte auf das Sichtfenster an der gegenüberliegenden Wand zu, in Richtung der ewigen Nacht, die draußen herrschte.

»Da können wir ungestört reden«, sagte sie leise.

Crespi nickte knapp und folgte ihr.

Obwohl sie fest entschlossen war, hatte sie feuchte Handflächen, und das Herz hämmerte ihr in der Brust. Was sie herausgefunden hatte, war wirklich unerhört, und Crespi mußte dringend davon erfahren –

Aber das andere sollte er auch erfahren.

Sie seufzte und blickte zum Fenster hinaus, zögerte auf einmal, ihm das Geheimnis, das sie so lange für sich behalten hatte, anzuvertrauen. Das war jetzt ihr Leben, ihr einziges Leben, und die einzige Therapie, die sie hatte – das, was sie hatte durchhalten lassen, wenn der Schmerz einfach zu groß zu werden drohte.

Als sie sich bereit erklärt hatte, auf diese Station zu kommen, war ihr klar gewesen, daß sie irgendwann einmal damit herausrücken mußte – und wahrscheinlich bei Crespi, weil er es war, den das Korps ausgewählt hatte, um Licht in das Dunkel der *Innominata* zu bringen. Sie vertraute seiner Integrität als Offizier, aber ihre eigenen Beweggründe hatten vermutlich reichlich wenig mit den seinen zu tun … und er konnte beschließen, sie aufgrund der Unterschiede aus dem Rennen zu nehmen.

Crespi wartete.

Sie holte tief Luft, suchte seinen Blick und merkte, daß sie ihm nicht standhalten konnte.

»Ich habe einige beunruhigende Dinge herausgefunden, Sir, aber bevor ich Ihnen davon erzähle, muß ich erst reinen Tisch machen.«

Crespi runzelte die Stirn und sagte leise: »Nur zu.«

»Auf dem Transportschiff fragten Sie mich, warum ich mich freiwillig für diesen Auftrag gemeldet habe. Ich wollte es Ihnen nicht sagen, aber dafür gab es einen *Grund.* Der Mann, dessen Nachfolger Sie hier werden sollten, David Lennox, er war mein … Verlobter ist wohl das richtige Wort.«

Sie hielt den Blick jetzt zu Boden gerichtet, wollte Crespis Gesicht nicht sehen. »Wir sind uns vor fünf Jahren begegnet, zwei Jahre, bevor er hierhergeschickt wurde, um Church bei seinen Forschungen zu helfen. Er versuchte wiederholt, sich versetzen zu lassen, aber sein Gesuch kam nie durch ...«

Die Stimme versagte ihr, dann knöpfte sie ihre Schultertasche auf und zog das Foto heraus, das sie bei sich trug, von ihr und David vor Jahren. Sie reichte es Crespi und wußte, was er darauf erblicken würde – einen gutaussehenden jungen Offizier, der schelmisch grinste, den Arm um eine glückliche Sharon McGuinness gelegt. Auf dem Gesicht des Mädchens waren noch keine Linien des Schmerzes oder der Trauer, in den Augen noch kein wehmütiger Ausdruck, wie er ihr jetzt aus dem Spiegel entgegensah, ein Blick, den sie kaum noch als ihren erkannte.

Crespi musterte das Bild, und seine freundliche Miene verfinsterte sich allmählich.

Sie sprach rasch weiter. »Er versuchte mir eine kodierte Nachricht zu schicken, aber sie kam nur bruchstückhaft an. Dann teilte man mir mit, er sei an Herzversagen gestorben – hier, auf dieser Station. Kurz darauf wurde in mein Apartment eingebrochen und alles, was er mir jemals geschickt hatte, gestohlen, sogar –«

Sie zögerte, fuhr dann jedoch fort. »– sogar die Liebesbriefe. Ich will – nein, ich *muß* wissen, was hier geschehen ist. Ich *muß* ganz einfach.«

Es war heraus, alles, und trotz der Schmerzen, die ihr das bereitet hatte, fühlte sie sich plötzlich erleichtert. Sie hatte es schon viel zu lange mit sich herumgetragen, und, Besessenheit oder nicht, Crespi würde es verstehen müssen – was es hieß, im dunkeln zu tappen, und wie wichtig es war, daß sie endlich Taten folgen ließ und die Wahrheit herausfand, koste es, was es wolle.

Crespi starrte sie lange an. Sie wartete, ruhiger, als sie für möglich gehalten hätte; David wäre stolz auf sie gewesen …

»Lennox war ein Narr, daß er Ihnen kodierte Informationen geschickt hat«, sagte er, und seine leise Stimme klang wütend. »Und Sie sind eine noch viel *größere* Närrin, daß Sie hierherkommen, um Ihre eigene kleine Wahrheitssuche zu betreiben.«

Sie war wie benommen. Noch vor fünf Minuten hätte sie eine solche Antwort erwartet, eine andere überhaupt nicht für *möglich* gehalten. Aber verdammt noch mal, hatte er denn kein Wort von dem verstanden, was sie sagte? Ihr Vorgehen war *begründet;* für wen hielt er sich eigentlich, daß er sich als Richter über ihre Motive aufspielte, wo er sie doch gebeten hatte, für ihn im Dreck zu wühlen? Zorn loderte in ihr auf, heiß und schnell, und sie mußte sich zusammenreißen, um ihn nicht anzubrüllen.

»Für *Sie* habe ich auch eine kleine Wahrheitssuche betrieben, vergessen Sie das nicht! Wollen Sie wissen, was ich herausgefunden habe, oder wollen Sie lieber auf Ihrem hohen Roß sitzen bleiben und darauf warten, daß Ihr Kumpel *Gott* Ihnen alles in den Schoß legt?«

Crespi hob abwehrend die Hände, und seine Wangen liefen rot an. »Sachte, sprechen Sie leiser.«

Sie blickte sich in der Cafeteria um und spürte, wie ihr Zorn so schnell wieder verrauchte, wie er gekommen war. Niemand beobachtete sie oder hatte auch nur aufgeschaut.

Crespi ließ seine Hände sinken und wandte den Blick von ihr ab, hinaus in die Leere. »Ich – tut mir leid, Lieutenant. Was haben Sie herausgefunden?«

Sie strich sich das Haar aus dem Gesicht und nickte nach

einer Weile. »Also gut. Zunächst einmal, ich konnte die Anordnung der Station, auf die hin der Drohn befreit wurde, nicht finden. Es gibt eine zugriffsgesicherte Datei, aber ich weiß nicht, ob ich sie knacken kann, sie ist vielleicht mit einem Alarm verbunden.

Zweitens, alle medizinischen Unterlagen über die Crewmitglieder wurden verändert. Keine Ahnung, wieso, bevor ich nicht *diesen* Kode geknackt habe.«

Crespi lupfte eine Braue und beugte sich weiter vor. »Haben Sie eine Zahl über Todesfälle in der Crew?«

McGuinness nickte. »Jetzt halten Sie sich fest. Vierunddreißig in den letzten drei Jahren.«

Crespi bekam große Augen. »Das ist unmöglich!«

»Wäre mir auch lieber.«

»Elf pro Jahr? Und jährlich fliegt nur ein einziges Shuttle die Station an? Wie soll das gehen? Ich meine, woher kommen die Ersatzleute?«

McGuinness verschränkte die Arme, ihr Ton wurde vertraulicher. »Vielleicht kamen sie ja mit den drei außerplanmäßigen Shuttles, die in den letzten *fünf* Jahren alljährlich hier eingetroffen sind. Ist alles im Hauptrechner gespeichert. Was immer hier auch vorgeht, es hat Rückendeckung von ganz weit oben.«

Crespis Entsetzen war ihr irgendwie eine tiefe Genugtuung.

»Dieser Schwanzlutscher«, flüsterte er.

»Wollen Sie, daß ich weitermache, auf meine närrische Weise, und versuche, diese zugriffsgesicherte Datei zu knacken? Sir?«

Crespi schien seine Erregung innerlich abzuschütteln und richtete seine Aufmerksamkeit wieder auf sie. »Dafür entschuldige ich mich, McGuinness. Ja, machen Sie auf jeden Fall weiter.«

»Vielen Dank, Sir.«

Er nickte und glaubte aus dem milden Ton ihrer Antwort eine Entschuldigung herauszuhören. »Ich brauche Ihnen nicht zu sagen, daß Sie verdammt vorsichtig sein müssen, wenn Sie der Sache nachgehen. Aber wenn man Sie erwischt, werde ich für Sie geradestehen.«

Sie stieß einen tiefen Seufzer aus und war diesem Mann plötzlich dankbar, für mehr, als sie zuzugeben bereit war, sogar sich selbst gegenüber. Ihr war nicht klar gewesen, was für eine große Last das gewesen war und wieviel Angst sie gehabt hatte, von dem Projekt abgezogen zu werden; David hatte keine Familie gehabt, nur sie …

Etwas trieb draußen vorbei, weit hinter dem Fenster. McGuinness spähte hinaus und erkannte den Umriß von –

»Oh!«

Es war ein Leichensack.

»Mortenson«, wisperte sie, und Crespi folgte ihrem Blick hinaus in die Dunkelheit.

Einen Moment lang standen sie da und sahen dem einsamen Schemen zu, der sanft aus dem Licht der Station in die kalte, luftleere Gruft hinausschwebte.

»Lassen Sie sich nicht erwischen, McGuinness«, sagte Crespi, dann drehte er sich um und ging hinaus, bevor ihr noch etwas einfiel, was sie hätte sagen können.

12

Crespi holte tief Luft, hielt den Atem an und schob die Griffe der Druckmaschine nach oben. Seine Arme zitterten; Schweiß lief ihm in Strömen übers Gesicht und den

Hals hinunter. Das letzte Mal, zweiter Durchgang, und er spürte die Anspannung auf Schultern und Rücken, den leichten, sich ausbreitenden Schmerz, der ihm verriet, daß er es richtig machte …

Er atmete aus und brachte das Gewicht wieder nach unten, ließ zwischen zusammengebissenen Zähnen allmählich die Luft entweichen.

»Zehn«, keuchte er und ließ die Griffe los. Nicht schlecht, angesichts der Umstände. Die Stimulatoren in den Schlafkammern waren ganz ordentlich, aber ein gewisser Muskelschwund ließ sich nicht vermeiden – obwohl er fast schon wieder soweit war, daß er sein eigenes Körpergewicht stemmen konnte, früher, als er es so bald nach dem Tiefschlaf erwartet hatte.

Er lag noch einen Moment da, schnappte nach Luft und dachte darüber nach, was McGuinness ihm erzählt hatte. Vierunddreißig Crewmitglieder tot. Wie viele davon hatten mit Churchs Forschungen zu tun gehabt? Er hatte behauptet, keiner, aber waren denn alle an Herzversagen gestorben? Unmöglich.

Nein, Church verbarg etwas vor ihm, und es schien, als wäre Thaves darin verwickelt; es gab keinen Weg, wie man so viele Todesfälle geheimhalten konnte.

Aber warum eigentlich nicht? Wenn McGuinness nicht so gute Arbeit geleistet hätte, hättest du es doch auch nicht erfahren – und die hohen Tiere auf der Erde wüßten immer noch nichts davon …

Tatsächlich? Crespi erwog den Gedanken und verwarf ihn nach wenigen Sekunden wieder. Verschwörungstheorien waren eine prima Sache für Romane, aber das hier war das wirkliche Leben. Außerdem, wenn das Korps etwas damit zu tun hatte, hätten sie sich nicht die Mühe gemacht, ihre Tests so weit draußen durchzuführen oder mit zivilen

Technikern; sie hätten dafür gesorgt, daß sie in Heimatnähe stattfanden und mit ihren eigenen Leuten.

Church. Er war entschieden exzentrisch, aber war er dermaßen durchgeknallt, daß er zum Zwecke seiner Forschungen Menschen *tötete?* Er arbeitete doch an telepathischer Kommunikation zwischen Menschen und Aliens, um Menschenleben zu *retten.* Und was zum Teufel hätte er mit so einem Haufen Leichen anfangen sollen?

Dann war da noch Mortenson. Es erschien wahrscheinlich, daß man ihn ermordet hatte – aber wieso? War er auf etwas gestoßen, das ihn nichts anging?

Crespi seufzte tief. Zu viele Fragen, und die verfügbaren Antworten ergaben keinen großen Sinn.

Es sei denn …

Sharon McGuinness. Ihre Geschichte über David Lennox klang wahr, und sie stellte ein vernünftiges Motiv dar, der Angelegenheit auf den Grund zu gehen – doch er hatte nur ihr Wort, daß das alles passiert war. Ihr Wort und einen alten Schnappschuß, der sie mit einem Colonel Doctor zusammen zeigte, von dem sie *behauptete,* daß er Churchs früherer Assistent gewesen sei …

Er verwarf auch diesen Gedanken. Sein Instinkt sagte ihm, daß sie in dieser Sache zu den Guten gehörte, und ihr Zornesausbruch in der Messe beseitigte bei ihm jeden Zweifel; wenn seine Geliebte unter so mysteriösen Umständen gestorben wäre, hätte er genau das gleiche getan und sich einen Dreck um die Konsequenzen geschert. Und er wäre auch jedem gegenüber laut geworden, der ihn deswegen als Idioten hätte abstempeln wollen.

Was also ging auf der *Innominata* vor? Zu viele Puzzlestücke fehlten noch, um auch nur einen Verdacht äußern zu können, aber was er bisher erfahren hatte, verhieß nichts Gutes. Es stank regelrecht zum Himmel.

Er setzte sich auf und griff nach dem Handtuch, wobei er einen Blick auf die Uhr an der Wand warf. Es war ein annehmbarer Fitneßraum, er hatte tüchtig geschwitzt. Jetzt war eine Dusche fällig, vielleicht ein Happen zu essen, und dann würde er sich mit Church treffen und versuchen, ihn wegen Mortensons Tod auszuhorchen. Er wollte nicht, daß der Doktor von seinem Gespräch mit McGuinness erfuhr oder was er bisher herausgefunden hatte, aber ihm ein wenig auf den Zahn zu fühlen könnte sich als nützlich erweisen …

Draußen im Korridor schrie eine Frau entsetzt auf.

Crespi sprang von der Bank und packte seine Trainingstasche, als weitere Schreie dazukamen.

»Flieht! Lauft weg!«

»O mein Gott –«

Wo steckt sie nur, wo …! Crespi durchwühlte hektisch die Tasche, seine Toilettenartikel und Kleidung. Seine Hand legte sich um die Maschinenpistole, und dann rannte er auch schon auf den Gang hinaus.

»Schaffen Sie es weg. O Gott, *halten Sie es zurück!*«

Crespi sprintete in die Halle und zielte mit hämmerndem Herzen in die Mitte des Tumults –

Und erstarrte. Es war Paul Church, und er lächelte. Und hielt eine Leine.

Mit einem Aliendrohn am anderen Ende.

Church sang dem kleinen Drohn etwas vor, als sie durch den Ebene-B-Korridor gingen, ein Lied aus seiner Jugend, an das er sich nur halb erinnerte. Größtenteils summte er und streute ab und zu ein paar Worte ein, wenn sie ihm passend erschienen.

»Hey, dadamm, didelidamm, die Katze und der Mohn … hmh-hmh, der Hund frißt den Mond zum Lohn …«

Das Wesen versuchte verzweifelt, auf dem glatten Boden Halt zu finden, und seine Schreie drangen gedämpft aus dem Maulkorb aus Metall. Church hielt das isolierte Ende der Leine in der einen Hand, den »Bestrafungsstock« in der anderen. Jedesmal, wenn der Drohn sich von ihm entfernte, schickte er eine heftige elektrische Entladung durch den Maulkorb.

Es funktionierte *perfekt;* das Metallgitter reichte bis auf die Schultern des sich windenden Drohns hinab und führte dann über sein Rückgrat bis zum Schwanzende, so daß die Kreatur gezwungen war, auf allen vieren zu gehen. Von beiden Schultern führte eine geschweißte Stange zu den Kiefern des Wesens und in den Schlund hinein, wo sie einen stabilen Knebel bildeten. Natürlich gab es ein kleines Problem mit dem Geifer, aber man konnte sich eben nicht um alles kümmern. Obwohl es dadurch sicher ein leichtes gewesen wäre, ihre Spur zu verfolgen …

»Einfach den Pfützen folgen, eh, Trix?«

Er rief über seine Schulter Blackman etwas zu, der ihnen in einiger Entfernung folgte. »Nicht ausrutschen! Unser Hündchen sabbert heute morgen offenbar ein bißchen viel!«

Wieder versuchte der Drohn, nach vorn zu springen, und Church schockte ihn stirnrunzelnd. »Böse! Aus!«

Der Stromstoß war natürlich nicht so stark wie in den Zwingern – er wollte es der Bestie ja nicht schwerer als *nötig* machen. Nein, es war nur ein – ein *liebevoller* Stups, nicht mehr als ein kleiner schwächender Schmerz, gerade genug, damit Trixie sozusagen auf den Füßen blieb.

Sie kamen im Korridor an einigen Personen vorbei, von denen die meisten erbleichten und trotz Churchs sicherem Auftreten das Weite suchten. Das fand er zwar bedauerlich, aber es überraschte ihn nicht sonderlich; unter anderen Umständen konnten Drohne recht unangenehm werden.

Aber nicht heute, Trixie. Heute gehörst du mir.

Das Machtgefühl war erstaunlich, und Church spürte, wie es ihm fast zu Kopf gestiegen wäre. Es war sein erster Versuch, einer der Kreaturen Geschirr anzulegen und ihr seinen Willen aufzuzwingen, während er ihr nahe genug war, um ihren bitteren Moschusgeruch wahrzunehmen. Es bestand kein Zweifel, wer hier das Sagen hatte, obwohl die Gesichter der wenigen Personen, die vorbeikamen, etwas anderes auszudrücken schienen.

Sollen sie doch denken, was sie wollen. Letzten Endes halte ich die Zügel in den Händen, und du kriechst vor mir im Staub.

Sie bogen um eine Ecke und schlenderten Korridor 5 entlang, von dem die kleinen Fitneßräume der Station abgingen. Crespi hatte erwähnt, daß er trainieren wollte; vielleicht war er noch da und würde sehen, was Church tat, und diesen ganzen rosaroten Dunst mit der McGuinness-Tante vergessen. Wie konnte ein Mann, zumal ein *Wissenschaftler,* sich mit belanglosen Geheimnissen abgeben, wenn für ihn die Macht des Tiers in Reichweite war?

»Hey, kleine Blume, du da im Korn… hmh-hmh … verbirg besser dein Lachen, denn der Hund frißt da vorn …«

Eine Technikerin kniete mitten im Gang vor einer in den Boden eingelassenen Kontrollfläche. Um sie nicht zu erschrecken, führte Church den Drohn sanft auf die andere Seite des Korridors, und sie waren nur noch wenige Meter entfernt, als sie zufällig aufblickte.

Und einen Schrei ausstieß, der Tote aufgeweckt hätte.

Einige andere Personen weiter hinten im Gang drehten sich um und erkannten die Lage – dann stimmten sie mit panikerfülltem Kreischen in den falschen Alarm ein.

Church war außer sich. Hatten sie denn keine *Augen* im Kopf? Sahen sie nicht, daß einzig und allein ihr kleinkariertes *Vorurteil* ihnen diese Angst einjagte?

Die törichte schreiende Frau hatte sich an die Wand gedrückt und flehte Church nun an, daß er es wegschaffen möge. Er seufzte schwer auf.

»Haben Sie keine Angst vor Trixie, Ma'am, er beißt nicht –«

Sie schien ihn nicht zu hören, zu sehr in ihrer Hysterie gefangen, verloren im Lärm ihrer schrillen Klage.

Etwas bewegte sich vor ihm, und sein Drohn zerrte an der Leine; jemand war auf den Korridor hinausgerannt und zielte mit einer Waffe auf sie.

Church grinste. Crespi natürlich, randvoll mit Adrenalin und klitschnaß von Männerschweiß. Der Ausdruck auf der Miene des armen Kerls war unschlagbar.

Er ließ seine Waffe sinken, und deutlich drangen seine Worte an Churchs Ohren.

»Was zum *Teufel* –«

Plötzlich hechtete der Drohn wieder nach vorn, zweifellos aufgebracht von Crespis aggressivem Auftreten. Church verpaßte ihm eine Ladung und spürte dieses kleine Aufbranden von Lust, als die Kreatur sich wand und unter dem Maulkorb schwache, gedämpfte Schreie ausstieß.

»Böse«, sagte er wieder.

Crespis verblüfftes Schweigen währte nicht lange. Er trat näher an Church heran (wenn auch nicht *zu* nahe) und brüllte ihn zornig an.

»Was in aller Welt *treiben* Sie da?!«

War das nicht offensichtlich? »Ich gehe nur mit Trixie Gassi«, sagte er, aber er sah schon, daß Crespi das Witzige an der Sache entging.

Crespis Gesicht verzerrte sich zu einer Maske der Wut. »Sie gehen mit ihm – Gassi?! Ich sollte Sie auf der Stelle verhaften!«

Church runzelte die Stirn. »Mich verhaften? Weshalb?«

»Weshalb? Wie wär's denn mit unsachgemäßem Umgang mit geschmuggelten Lebensformen, Klüngelei mit dem Feind, rücksichtsloser Gefährdung der Öffentlichkeit, Befehlsverweigerung gegenüber einem ranghöheren Offizier? Wie wär's mit kriminellem *Wahnsinn?!*«

Church verlor seine Fassung. »Ich – ich wollte doch nur etwas beweisen«, setzte er an, doch Crespi schnitt ihm energisch das Wort ab.

»Was in Buddhas Namen könnte *das* schon sein?«

Plötzlich stieg leichter Ärger in Church auf. »Daß ich diese Kreaturen voll und ganz unter Kontrolle habe«, sagte er kalt. »Daß sie keine Gefahr darstellen.«

Crespi wirkte immer noch fuchsteufelswild. »Erzählen Sie das Mortenson.«

Mein Gott, war Mortenson nur deshalb gestorben, damit man es Church jetzt vorwerfen konnte? »Er war ein Narr, der gestorben ist, weil er sich an einem Ort befand, an dem er nichts zu suchen hatte.«

Church wandte sich um und sah Blackman, der mit ein paar anderen Schaulustigen hinter ihm stand. »Blackman, bereiten Sie die Zelle vor.«

»Ja, Sir.«

Er drehte den Drohn herum und begab sich wieder zum Zwinger, wobei die Crewmitglieder sich hastig an die Wände drückten, um dem Alien auszuweichen.

Crespi hatte anscheinend nicht die geringste Phantasie und keinerlei Wertschätzung für die einfachen und nützlichen Freuden seiner Forschungen; das mußte sich ändern, wenn sie weiter zusammenarbeiten wollten. Aber würde er je seinen Hang zu Gefühlsausbrüchen im Zaum halten können?

»Sieht so aus, als müßten wir ihm erst ein paar Dinge beibringen«, flüsterte er, aber das Alien achtete nicht darauf. Es sabberte und hechtete nach vorn, seine Klauen rissen Furchen in den abgewetzten Korridorboden unter ihm.

Church seufzte und verpaßte ihm wieder eine Ladung.

13

Spät in der Nacht kam McGuinness zu seiner Unterkunft. Crespi lag bereits im Bett und war schon halb eingeschlafen.

»Nur herein«, sagte er. Vielleicht hatte sie noch ein paar Informationen, einen Schlüssel zu diesem merkwürdigen Ort.

»Tut mir leid, daß ich so spät vorbeikomme, aber ich wollte über ein paar Dinge mit Ihnen reden.«

Er setzte sich auf und knipste die kleine Lampe neben seinem Bett an. Wie üblich schlief er in seinen Boxershorts, so daß sein Oberkörper entblößt war. Er wollte schon nach seinem Unterhemd greifen, doch sie schüttelte den Kopf.

Sie setzte sich neben ihn und lächelte etwas schüchtern. Das Haar wallte herab und sah dicht und dunkel aus, wunderschön. Es umgab ihr Gesicht, umrahmte das süße Lächeln und die reine, faltenlose Haut.

Plötzlich fiel es ihm schwer zu sprechen; seine Kehle war wie ausgedörrt. »Lieutenant –«

»Sharon, bitte.«

»Ehm. Sharon. Geht es um etwas Spezielles? Was Sie mit mir, eh, besprechen wollten?«

Sie blickte ihn unablässig an, und ihr Tonfall war unbeschwert – und als sie sprach, wanderten ihre Hände zur Vorderseite ihres Hemds, und sie knöpfte es langsam auf, enthüllte ihre cremefarbene Haut.

»Nein, eigentlich nicht. Ich wollte nur wissen, ob wir uns vorhin verstanden haben, ich meine, weshalb ich hier bin und weshalb *Sie* hier sind. Ich habe David geliebt, aber David ist jetzt tot, und ich habe schon lange nicht mehr mit jemandem geschlafen. Wollen Sie? Möchten Sie mit mir schlafen?«

Crespi war buchstäblich sprachlos. Er streckte die Hand aus, wahrscheinlich nur, um ihr Haar zu berühren, und sie nahm sie und drückte sie sanft an ihre Brüste. Er stöhnte auf, als er das runde Gewicht ihres Fleischs fühlte und spürte, wie er unter der Decke hart wurde.

Sie beugte sich vor und über ihn und knipste das Licht aus. Das Zimmer war stockdunkel und ihr Atem warm auf seinen Lippen.

Sie küßten sich einen langen, feuchten Augenblick lang, dann entzog sie sich ihm. Er hörte das Geräusch von Kleidung, die auf den Boden fiel, das leise Zischen ihres Atems.

Zischen.

»Sharon?« Das Geräusch erschreckte ihn, so vertraut –

Das Zischen wurde lauter, tiefer, steigerte sich zu einem altbekannten Ton. Das war ganz und gar nicht ihre Stimme, sondern eine andere, wilde, die plötzlich zu einem schrillen, durchdringenden Kreischen anschwoll.

Crespi streckte die Hand aus, nach vorn –

Und fühlte den kalten harten Panzer, die spindeldürre Schwärze des Arms der Kreatur.

»Colonel Doctor Crespi«, krächzte es –

Er setzte sich in der Dunkelheit auf und unterdrückte einen Schrei.

»Colonel Doctor Crespi?«

Das Com. Church. Am Intercom.

Ein Traum, nur ein Traum, Gott sei Dank …! Er hatte die Waffe in seiner Rechten, das Metall leicht angewärmt von seiner Körperwärme. Er war eingeschlafen, während er sie gehalten hatte.

– der Arm der Kreatur –

Crespi tastete rasch nach der Lampe, als Church erneut sprach.

»Colonel Doctor –«

»Ja. Church?« Sein Kopf war benebelt, und das letzte furchtbare Bild aus dem Traum stand ihm noch deutlich vor Augen. Er legte die Waffe beiseite, voll plötzlicher Abscheu, sie zu berühren.

»Ja, hier Church. Tut mir leid, daß ich Sie stören muß – aber das Alien stirbt. Ich dachte mir, Sie wollten vielleicht dabeisein.«

Crespi nickte. »Oh … ja, gern. Ich komme sofort.«

Das Intercom verstummte.

Crespi stieg aus dem Bett und begann sich anzuziehen, warf einen müden Blick auf die Uhr. Er hatte weniger als eine Stunde geschlafen, aber das störte ihn nicht weiter. Es war schon in Ordnung, daß Church ihn benachrichtigt hatte; er wäre sicherlich ohnehin bald aus dem Alptraum erwacht und hätte anschließend so bald … keinen Schlaf mehr gefunden.

Fünf Minuten später stand er gähnend vor dem Labor. Seine Augen waren verklebt, und seine Muskeln schmerzten noch vom Training, doch alles in allem fühlte er sich erstaunlich wach.

Die beiden Wachen winkten ihn ohne viel Aufhebens durch, der obligatorische Bioscan wurde von freundlichem Kopfnicken begleitet; Church mußte ihnen gesagt haben, daß er ihn erwartete.

Crespi trat auf die Beobachtungsplattform hinaus und sah dort Church, der sich mit den Armen auf dem Geländer abstützte. Der Doktor drehte sich nicht um, als Crespi zu ihm hinüberging.

Der Drohn lag in einer Pfütze aus grünlich-schwarzem Geifer auf dem Boden der Einfriedung. Er hatte sich zur Fötushaltung zusammengekauert und war so still, daß Crespi einen Moment lang glaubte, er sei schon tot.

Dann öffnete das Alien seine Kiefer, und langsam schob sich das innere Gebißpaar heraus, bis es schließlich auf dem kalten Boden zur Ruhe kam.

»Woran stirbt es?«

Church klang müde. »Wer weiß? Zu lange weg von seinem Stock, zu lange weg von der Königin. Entmutigung. Alter. In Gefangenschaft sterben sie einfach, wie ich schon sagte. Sie sterben einfach.«

Absurderweise überkam Crespi das Bedürfnis, den alten Doktor zu trösten; das plötzliche Hinscheiden des Drohns schien ihn zu deprimieren, ja fast in Verzweiflung zu stürzen.

»Sehen Sie es sich an, Crespi. Was sagt Ihnen Ihr Herz beim Anblick dieses Monsters? Steht Ihnen angesichts des blinden Schädels des Zerstörers nicht die ausweglose Angst Ihrer Väter vor Augen?«

Crespi wußte nicht, was er sagen sollte. Churchs Stimme hatte einen geistesabwesenden Tonfall angenommen, als spräche er seine Gedanken gerade so aus, wie sie ihm in den Sinn kamen.

»Als die Menschen zum ersten Mal einen Blick in die

äußere Leere warfen, in den Weltraum, blickten sie in die Seele dieser seelenlosen Kreatur. Wenn die Menschen einander töten und ihre Kinder verletzen und ihre Augen so fest verschließen, daß das Gute sie nicht davon ablenken kann, dann huldigen sie dieser Kreatur.«

Crespi betrachtete den reglosen Drohn, und sein erschöpfter Verstand versuchte, seinen Haß auf dieses Ding aufrechtzuerhalten – doch es wirkte erbärmlich, so zusammengekauert auf dem Boden, wie ein riesiger, zerquetschter Käfer, der in einer Pfütze aus seinen eigenen Körpersäften allmählich starb.

Church sprach weiter in diesem leisen, nachdenklichen Ton. »In ihrem Herzen wären alle Menschen gern wie diese Kreatur – unermeßlich stark, frei von Gewissensnöten, erfüllt vom düsteren Sinn des Kosmos, sich zu vermehren und zu vernichten ...«

Church beugte den Kopf. »Leb wohl, du düsteres Ding.« Seine Stimme war jetzt nur noch ein Flüstern.

Crespi wußte immer noch nicht, was er sagen sollte. Church schien ehrlich durcheinander zu sein, weit entfernt von seiner eher gleichgültigen Haltung bei Mortensons Tod. Daß Church die Alienbrut bewunderte, war unübersehbar, wenn auch vielleicht ein wenig seltsam. Gestern hatte er sich noch um diese Frage gedrückt, doch jetzt hätte Crespi nur zu gern gewußt, was für Erfahrungen Church eigentlich mit den Kreaturen gemacht hatte; wieso hatte er sich dafür entschieden, mit ihnen zu arbeiten?

Wieso solltest du *dich dafür entscheiden, Crespi?*

Er runzelte die Stirn. *Um die Dinge zum Besseren zu wenden, aufzuklären –*

Ach ja, wirklich? Und dein Gewissen *hat nichts damit zu tun?*

Darauf fand er keine Antwort.

Ein Labortechniker in einem Spezialanzug rief von der Hauptebene herauf: »Hirntod bestätigt, Sir.«

Church schien aus seiner Trance aufzuschrecken. »Danke Ihnen, Stockdale. Lassen Sie den Kadaver bitte ins B-Labor bringen.«

Crespi fand seine Stimme wieder. »Und jetzt?«

Endlich begegnete Church seinem Blick. »Jetzt kommt die Obduktion.«

Er wandte sich um und ging die Rampe hinunter, und Crespi folgte ihm, versuchte sich selbst zu überzeugen, daß es reine Einbildung gewesen war, daß es nur am Licht gelegen hatte – Churchs Augen erschienen ihm gerötet von nicht vergossenen Tränen.

Zwanzig Minuten später stand Church vor dem Kadaver des Drohns und wartete darauf, daß Crespi sich fertig angekleidet zu ihm gesellte. Stockdale wartete nicht weit entfernt an der Instrumententafel, sein Gesicht fast vollständig von der Filtermaske und der Schutzbrille, die auch Church trug, verborgen.

Das Labor war klein, das Computersystem gerade ausreichend, aber es hatte das sauberste Licht auf der Station, und nur hier gab es Tische, die aus hochwertigen Metalllegierungen bestanden. Die Helligkeit ließ die Kreatur, die vor ihm lag, irgendwie kleiner erscheinen, raubte ihr etwas von ihrer *allerdüstersten* Essenz – der Tod forderte in jedem Fall seinen Tribut …

Er seufzte und sah auf den Kadaver hinunter. Seine Melancholie verstrich, der Drohn war tot, und jetzt gab es Arbeit für ihn – doch sie zusammenbrechen zu sehen erfüllte ihn immer mit Ehrfurcht. Daß so eine großartige Maschine einfach beschließen sollte zu sterben … das schien so unnötig zu sein. So traurig.

Crespi betrat das Labor, im Anzug und startbereit. Kaum daß er den Tisch erreicht hatte, begann Church mit seinen Erklärungen.

»Seine Körpersäure ist abgezogen und durch neutralisierende Stoffe ersetzt worden. Trotzdem weiß man nie, worauf man vielleicht stößt; ein kleiner Einschluß mit heißem Saft, eine spritzende Drüse.«

Er schaute kurz zu Crespi. Der säureresistente Overall paßte ihm gut. »Ich hoffe, diese Schutzausrüstung ist Ihnen nicht zu hinderlich.«

Crespis Augen zeigten den Anflug eines Lächelns. »Im Gegenteil, sie schränkt die Bewegungen erstaunlich wenig ein. Ist das Ihr Entwurf?«

Church strich sich erfreut über den eigenen dunkelgrünen Anzug. »Ja. Die wohlbekannte Mutter aller Erfindungen war meine Muse. Stockdale, reichen Sie mir doch bitte die Bretz-Säge.«

»Ja, Sir.«

Crespi beugte sich vor, als Church das nahezu lautlose Schneidegerät anstellte und damit den Schädel der Kreatur bearbeitete. Er führte die Säge an der rechten Seite der dicken Hirnschale hinauf und wieder hinunter, schnitt ein Stück heraus, das so breit wie seine Handfläche und etwas über einen halben Meter lang war.

»Schon einmal in einen von denen hineingeschaut, Crespi?«

Der Doc zuckte mit den Achseln. »Nur wenn sie frisch erlegt waren.«

Church grinste, als er die Bretz ausschaltete und das herausgeschnittene Stück musterte. »Wie unglaublich heldenhaft von Ihnen.«

Er legte den Streifen beiseite, und Crespi beugte sich vor. Church deutete auf ein kleines, irgendwie verschrumpeltes nierenförmiges Organ weit vorn an der Öffnung, das in einem schwammigen, grau-grünen Sumpf von Chemikalien schwamm.

»Dieses Organ interessiert mich am meisten.«

Crespi runzelte die Stirn. »Was ist das?«

Church lächelte. *Ein Köder, Crespi! Wollen doch mal sehen, ob er dir schmeckt, oder?*

»Die Oberfläche ist mit gemischten Zellen aus fulleritverstärktem Hurlantium besetzt. Die innere Struktur besteht aus kräftigen Neuronen mit zweifach verbundenen Wedeln, die unglaublich dicht sind.«

Crespi nickte, sah genauer hin und bedeutete Church weiterzusprechen.

»Ich halte das sozusagen für den ›psychischen Empfänger‹ des Aliens. Das Fullerit und das Hurlantium fangen E-Wellen auf, und die Wedel bilden mit Hilfe elektromagnetischer Felder Interferenzmuster.«

Crespi zeigte endlich ein gewisses Interesse. »Es empfängt also nicht nur Gehirnwellen, sondern ermöglicht dem Alien auch, körperliche Eigenarten wahrzunehmen, indem es einen – flüchtigen Körper sieht.«

Wieder lächelte Church. Nicht schlecht, gar nicht schlecht. »Exakt. Deshalb haben starke EM-Felder so eine große Wirkung auf sie. Ich nehme an, sie bekommen die gleichen Kopfschmerzen, die eintreten, wenn … unsereiner zuviel getrunken hat.«

Crespi schien regelrecht aufgeregt zu sein. »Daran kann ich mich erinnern.«

Church deutete wieder auf das Organ. »Wie Sie sehen, ist dieses Ding allerdings verkümmert. Bei gesunden Spezimen hat es Kugelform und füllt die Höhlung voll aus. Doch bei länger anhaltender Gefangenschaft schrumpft es.«

Crespi sprang ein. »Was erklären würde, warum das

Crewmitglied unter Telepathin-Einfluß imstande war, das Verhalten des Drohns zu beeinflussen!«

»Genau. Stockdale, das Linnel?«

Church benutzte das kleine, diamantscharfe Skalpell, um die sehnigen grauen Fasern zu durchtrennen, die das Organ an seinem Platz hielten. Er legte es in eine Nierenschale und stellte es auf eines der Tabletts, die ganz in der Nähe auf Brusthöhe bereitstanden.

Crespi schaltete einen der kleinen, starken Strahler über dem Tablett an und betrachtete es eingehend. Church wartete.

Komm schon, Crespi, die Antwort liegt vor *dir!*

»Wenn Ihre Annahmen zutreffen, hat sich das Crewmitglied – auf diesen Empfänger eingestimmt.«

Crespi versteifte sich und sah Church mit großen Augen an.

Mein Gott, ich glaube, er hat's begriffen!

»Moment! Fullerit und Hurlantium lassen sich synthetisieren!«

Church versuchte, nicht so gönnerhaft zu klingen, wie er sich plötzlich fühlte. »Es liegt geradezu auf der Hand, nicht wahr?«

Crespi war vor Begeisterung außer Rand und Band. »Haben Sie versucht, es in einem Kältebehälter zu rekonstruieren? Oder in einer Computersimulation?«

»Noch nicht. Die Molekularstruktur ist zu kompliziert, um sie durch herkömmliche Vereisung verdoppeln zu können.«

»Was ist mit der Computersimulation?«

Church schüttelte den Kopf. »Bisher habe ich noch nicht genügend Strukturdaten.«

»Na, dann besorgen wir sie uns und bauen eines von diesen Dingern!«

Ah, das magische Wort! Crespi hing am Haken, keine Frage, man brauchte ihn nur noch einzuholen.

»›Besorgen‹? Heißt das, Sie betrachten das nicht länger als illegale Operation, Colonel Doctor?«

Crespi zögerte nicht. »Das heißt, daß ich diese Forschungen für zu wichtig halte, um ihnen nicht volle Aufmerksamkeit zu schenken.«

Church lächelte, froh darüber, daß Crespi seine Maske nicht durchschaut hatte.

»Nun, dann machen wir uns doch wieder an die Arbeit. Und stellen uns auf eine lange Schicht ein, das könnte Stunden dauern.«

Er ging wieder zum Tisch zurück, deutete auf verschiedene Organe und Strukturen im Körper des Aliens und nannte sie bei ihrem Namen, damit Crespi die Bauweise des Organismus verstehen konnte, während die Morgenstunden vergingen.

Crespi war so gut wie geangelt, gekocht und gegessen. Mit etwas Glück würde ihm dieser Mann keine Schwierigkeiten mehr bereiten.

Und vielleicht, nur vielleicht ... hast du den Assistenten gefunden, auf den du gewartet hast.

McGuinness saß vor ihrem Computerschirm und beobachtete die seltsame Autopsie. Hoffentlich checkte kein nächtlicher Hacker die Überwachungssysteme! Sie hatte das Bild mehrere Male überbrückt und umadressiert, aber einem echten Freak würde es nicht sonderlich schwer fallen, der Sache auf die Spur zu kommen – zumindest wenn er nach etwas Ungewöhnlichem Ausschau hielt.

Sie gähnte und warf einen geistesabwesenden Blick auf den kleinen PC, den sie sich aus dem Lagerraum geborgt hatte und der noch immer ihre Zahlen mit denen verglich, die sie vom Zentralrechner bekommen hatte. Ab und zu piepste er an seinem Platz neben ihrer Tasse kalten Kaffees, der leise Ton von Systemen, die durch seinen kleinen Chipverstand liefen.

Sie schaute wieder zu den grüngekleideten Gestalten auf dem Monitor. Der Voyeurismus machte sie ein wenig nervös, aber sie wollte Church möglichst auf der Spur bleiben. Crespi übrigens auch. Die Obduktion des Aliens schien ihn etwas zu sehr aufzuregen; womöglich deutete das auf mangelnde Objektivität hin, und sie wollte nicht die einzige sein, die der ganzen Angelegenheit auf der Spur blieb.

Doktor Church hatte kürzlich eines der Aliens in der Station ausgeführt; im Freizeitraum und auch beim Abendessen war dies das Thema schlechthin gewesen. Wenn ihr Verdacht sich als zutreffend erwies und Church *wirklich* mit Davids Tod in Zusammenhang stand, wurde der Grund dafür allmählich deutlich, alles fügte sich zu einem Bild von unleugbarer Klarheit zusammen – Paul Church war geisteskrank.

Sie dachte einen Moment lang an David, an ihre zu kurze gemeinsame Zeit, und schob den Gedanken schnell wieder beiseite. Von dem Tag an, an dem sie die *Innominata* betreten hatte, hatte sie sich den Luxus der Trauer verkniffen. Und jetzt würde sie ihn sich auch nicht gestatten, nicht, nachdem sie soviel herausgefunden hatte.

Sie fragte sich ungewiß, was er wohl jetzt von ihr denken mochte – Teufel, was *alle* von ihr denken mochten. Eine besessene Frau, die sich um Angelegenheiten kümmerte, die sie wahrscheinlich nicht das geringste angingen.

Na klar, Besessenheit war das richtige Wort, und warum auch nicht? Nichts zählte mehr, außer dem, was ihr half, um Church zur Strecke zu bringen.

Wieder piepste der PC, ein Abschlußsignal, und sie

langte hinüber, um per Tastendruck die lange Liste zu prüfen, die er ihr präsentierte. Es dauerte einige Minuten, bis sie durch war – Auskünfte über die Vernichtungskraft, Angaben über die Stärke …

Das Herz schien ihr in der Brust zu stocken. Sie ging zurück an den Anfang und las es noch einmal durch. Ein drittes Mal.

McGuinness lachte schrill und zittrig, schaute auf den Überwachungsmonitor und sah Church.

»Jetzt hab' ich dich, du Bastard«, flüsterte sie und hoffte bei Gott, daß es so war.

14

Crespi sah erschöpft aus, aber er hatte diesen glücklichen, verschleierten Ausdruck, der Church sagte, daß es gar nicht besser hätte laufen können. Sie stöberten im Labor herum, mit Stockdale, und reinigten peinlich genau die Instrumente. Bis zum »Morgengrauen« war es noch eine Stunde, dann würde die Station wieder zum Leben erwachen.

»– und dank des neuen Spezimens können wir noch sechzehn weitere Versuche simulieren, keine Frage.«

Church schälte sich aus dem Laborkittel, während Crespi voller Ideen plapperte und Vorschläge machte. Der jüngere Wissenschaftler schien diese drahtige Energie, die von zu wenig Schlaf kam, im Übermaß zu besitzen.

Church lächelte müde. »Wenn es Ihnen recht ist, fangen wir damit bei der nächsten Schicht an.«

Crespi lächelte. »Sehr gut, sehr gut. Dieses Projekt hat eine Bedeutung, die kaum zu ermessen ist, Doctor.«

Church musterte ihn mit ernstem Blick. »Da haben Sie völlig recht. Und wenn ich das sagen darf, es bedarf ganz besonderer Wissenschaftler, um das zu erkennen.«

Crespi lächelte und nickte knapp, nahm das Kompliment unbewegt hin.

Und es darf ihnen auch nicht klar sein, worauf es hinausläuft …

»Warum gönnen Sie sich nicht ein wenig Ruhe, eh? Sie sehen ziemlich geschafft aus.«

Crespi zuckte mit den Achseln und grinste. »Gern, aber ich weiß nicht, ob ich werde schlafen können. Wir sehen uns in acht Stunden.«

Er begab sich auf den Korridor hinaus und ging zu seiner Unterkunft; Church blieb sich selbst überlassen. Sein Zimmer lag neben einem der kleineren, unbenutzten Labors, auf der Betriebsebene der Station. Hier war es ruhiger, abgeschiedener, und das Gefühl, der einzige lebende Mensch hier unten zu sein, gefiel ihm …

Er nahm den Lift nach unten und ging gähnend zu seinem Quartier. Er war todmüde und eigentlich zu alt, um die Nacht über wach zu bleiben. Nicht, daß sein Körper das nicht mehr durchgehalten hätte, aber seine Gedanken rasten benommen in alle erdenklichen Richtungen.

Trotz seiner Erschöpfung wußte er, daß es eine Weile dauern würde, bis der Schlaf kam. Er litt schon seit mehreren Monaten an einer leichten Schlaflosigkeit, vielleicht wegen der mit den Forschungen verbundenen Aufregung. Seit er mit den Experimenten begonnen hatte, waren ihm einige Durchbrüche geglückt, und er hatte den Eindruck, seinem Ziel mit jedem verstreichenden Tag näher zu kommen.

Verstand Crespi das? Das schien doch die Frage zu sein, oder? Falsche Schmeichelei beiseite, der Mann war *wirk-*

lich ziemlich fähig, wenn auch irgendwie beschränkt. Sicher, es gab für Church überhaupt keinen Grund, ihn ad acta zu legen, er schien viele der kleinen Details zu begreifen, die frühere Assistenten nicht begriffen hatten. Aber reichte das aus? Konnte er zu hoffen wagen ...?

Schlaf jetzt.

Er betrat den dunklen Raum und ging zu dem kleinen Küchenbereich, wo er einige bestimmte Medikamente aufbewahrte – Einschlafmittel, Koffeindragees und dergleichen. Er füllte ein Glas mit Wasser und schluckte zwei Schlaftabletten, bevor er sich wieder ins dunkle Schlafzimmer begab.

Church zog seine Schuhe aus und setzte die Brille ab, dann legte er sich hin und wartete, bis die Pillen wirkten.

Komisch, wie der Tod des Drohns solche Gefühle in ihm geweckt hatte; normalerweise empfand er so etwas wie Bedauern, sogar Mitleid – aber die Gefühle, die ihn vorhin übermannt hatten, waren ungemein traurig gewesen, gewissermaßen nostalgisch. Er dachte nicht gern an ...

(verdammt)

... die Zeit, als seine Familie auf diesem kleinen Mond gelandet war, es war sinnlos und tat weh. Aber manchmal konnte er sich nicht dagegen wehren, konnte die Woge der Erinnerungen nicht eindämmen, die er so mühsam in den hintersten Bereich seines Denkens verbannt hatte. Die meisten waren inzwischen verblichen, die Gefühle erstorben, die Ereignisse und ihre Abfolge durcheinandergeraten ...

Church schloß die Augen, aber er konnte den Erinnerungen nicht Einhalt gebieten, während die Schlaftabletten durch sein Nervensystem rauschten.

Es gab einige Dinge, die er einfach nicht vergessen konnte.

Die Aliens zerrten und zogen die stolpernden Menschen durch das niedrige Buschwerk von Eden, fort von der Genesis-Station und ihrem Schiff.

»Paul? Paul!« Seine Mutter war irgendwo vor ihm, konnte nicht sehen, daß er noch am Leben war.

»Alles okay!« rief er, obwohl dies keineswegs zutraf. Das Monster, das ihn festhielt, entwickelte eine unglaubliche Kraft; seine Arme waren schon völlig lädiert und taten ihm weh, und er wußte ohne den Anflug eines Zweifels, daß sie alle zum Tode verurteilt waren.

Warum haben sie uns noch nicht getötet? Warum lassen sie uns –

Plötzlich befiel ihn wieder nackte Angst, und Übelkeit stieg in ihm auf. Diese Geschichten, die sie auf der Militärstation gehört hatten – von Aliens, die Menschen nicht nur als Nahrung verwendeten, sondern als …

Paul kämpfte heftiger gegen diese gnadenlosen Klauen an, aber die Kreatur griff fester zu, zischte. Kleine Rinnsale von Blut liefen seine Arme hinunter, als die Klauen seine Haut durchbohrten.

Vor ihnen befand sich ein riesiger Felsblock, mit Unkraut und grünem Moos bewachsen, sicher so groß wie ihr Schiff. Größer. Als sie näher kamen, konnte Paul sehen, daß es gar kein Felsblock war. Und der Geruch …

Er war die Quelle des Gestanks, der ihm zuvor schon aufgefallen war. Ein Geruch nach Zerfall und merkwürdig bitterem Moschus, wie er ihm noch nie begegnet war. Es roch nach verwesendem Fleisch, altem Schweiß, gärendem Erbrochenen und einfachen giftigen Chemikalien. Er wußte, daß er nie fähig wäre, es jemandem zu beschreiben, der es nicht selbst gerochen hatte, und gleichzeitig wurde ihm klar, daß er wahrscheinlich nicht so lange lebte, um …

Sie hatten den Stock bei der Landung nicht gesehen, weil

er von Vegetation überwuchert war. Ein dummer, möglicherweise tödlicher Fehler – denn die Drohne hatten *sie* gesehen, sie wahrscheinlich von ihrem widerlichen Nest aus beobachtet, dabei gezischt und vor wahnsinnigem Vergnügen geschrien –

»Alle Mann Ruhe bewahren, und keine Bewegung! Sie werden uns nicht gleich töten, wir haben noch –«

Die Stimme seines Vaters brach ab, als die Kreatur, die ihn in den Fängen hatte, ihn durch eine Öffnung im unteren Bereich des Stocks zwängte, ein dunkles, zerklüftetes Loch. Einer nach dem anderen wurden sie durch die Öffnung geschoben, gefolgt und geführt von den zischenden Drohnen.

Paul war zuletzt dran, und er konnte das unterdrückte Stöhnen der anderen hören, als der Gestank ihm entgegenschlug. Es war mehr als nur Gestank, ein faules Miasma, das seine Lungen zerriß und in seinen Augen und im Hals brannte. Er versuchte flach zu atmen, durch den Mund, aber die Luft schmeckte fast ebenso scheußlich, wie sie roch.

Er hörte, wie jemand sich übergab, Louise Clark, und er dachte wie ein Irrsinniger, daß die Kreaturen nun stehenblieben und ihr erlaubten, sich auszuruhen –

Nein. Das war der Gedanke eines Menschen, eine zivilisierte Geste, die an diesem Ort weniger als nichts bedeutete. Er mußte aufhören, seine Panik überwinden und akzeptieren, daß das alles wirklich geschah; weniger zu tun hieße, dem Wahnsinn Einlaß zu gewähren …

Der Drohn, der ihn davonschleppte, schloß zu den anderen auf, so daß er jetzt ihre bleichen Gesichter im düsteren Zwielicht sehen konnte, Grimassen der Furcht und des Entsetzens. Louise erbrach sich ständig; sie holte hastig und tief Luft, und die Galle tropfte ihr vom Kinn.

Die Reise dauerte wahrscheinlich höchstens eine Minute, aber er hatte den Eindruck, sie werde nie mehr enden, ein furchtbarer, grauenerregender Ausflug in eine gespenstische Höhle. Seltsame, unförmige Stränge eines dunklen Sekrets hingen von den Wänden, eine bizarre Symmetrie, so fremdartig wie die Kreaturen selbst. In den Wänden gab es Aussparungen, Gruben, aus denen schwarze, grinsende Schädel starrten und die Neuankömmlinge musterten, wobei ihre gleißenden, feuchten Gebisse aufblitzten.

Man brachte sie in eine Art offene Kammer und warf sie schroff zu Boden, die hohen Wände ragten in der stinkenden Dunkelheit auf wie eine Kathedrale aus Knochen. Seine Eltern drängten sich um ihn, wie auch Quentin und Louise Clark Rebecca in ihre Mitte nahmen – als könnten sie ihre Kinder an diesem Ort beschützen, vor Schaden bewahren. Judith trat zu Pauls Vater.

»Kannst du uns beschützen?« Seine Stimme war angsterfüllt und bebte.

Selbst sie wirkte in der Düsternis blaß, das einzige Licht drang durch einige Risse weit oben. »Wenn sie euch angreifen.«

Lucian Church war in Tränen ausgebrochen. »Das *haben* sie doch schon, siehst du das nicht? Kannst du sie nicht töten?«

Judith schüttelte den Kopf. »Ich werde euch nach Kräften verteidigen, aber wahrscheinlich kann ich keinerlei Schaden anrichten, ehe sie mich stoppen.«

Die Drohne hatte sich einen Moment lang zurückgezogen, doch jetzt näherten sie sich, tappten mit ausgestreckten Armen auf sie zu.

Es war hoffnungslos, es waren zu viele. Paul fuhr hektisch herum, suchte wie besessen nach einem Ausweg, aber es gab keinen; Risse und Spalte weit über ihnen schienen sie zu verhöhnen, warfen schwaches, süßes Licht aus Eden zu ihnen herab ... hier gab es nur die düsteren und zischenden Monster und das Versprechen der Befruchtung, daß man ihre Leiber dazu verwendete, die Brut heranzuziehen, eine grausame Folter bis zum Tod. Und dieser schreckliche, unausstehliche Gestank. Wenn er jemals wieder hier herauskäme, würde er es nie mehr vergessen, und auch nicht, wie es sich anfühlte, wenn einem nichts weiter als die Hoffnung blieb.

Niemals –

Er schlief ein, träumte, daß die Sonne gestorben war, daß sie ewige Finsternis über alle Welten brachte, die der Mensch jemals gekannt hatte.

15

Crespi kleidete sich gerade aus, um ins Bett zu gehen, als jemand an der Tür summte.

»Wer ist da?«

»Lieutenant McGuinness, Sir.«

Er stieg schnell wieder in seine Hose und griff nach kurzem Zögern nach seinem Hemd. Er hatte seinen Traum von letzter Nacht schon fast vergessen gehabt, aber ihre kühle Stimme aus dem Intercom erinnerte ihn wieder daran.

Er knöpfte das Hemd zu und strich sich mit den Händen durchs Haar. »Nur herein.«

McGuinness betrat seine Unterkunft und sah nicht im geringsten so aus wie in seinem unangenehmen Traum; ihr

Haar war zurückgebunden, ihr Gesicht angespannt und schläfrig. Trotzdem war es ihm irgendwie peinlich, daß sie ihn ansah.

Das geschmeidige, volle Gewicht ihrer Brust in seiner Hand, ihre lebhafte Zunge –

Swuuusch. Als machte das die Dinge noch nicht schlimm genug, würden sie auch noch ein paar Fragen über Church klären müssen. Und angesichts ihres emotionalen Antriebs bei der Suche würde er vielleicht sogar auf seinen Rang pochen müssen. Er achtete darauf, daß seine Stimme beherrscht und förmlich klang.

»Was gibt's, Lieutenant?«

»Ich habe etwas sehr Wichtiges herausgefunden, über Church und –«

»Ich auch, McGuinness.« Er lächelte sie freundlich an und hoffte, daß sie ihn anhören und verstehen würde. »Ich habe gerade sechs Stunden damit verbracht, Colonel Doctor Church in Aktion zu erleben; der Mann ist, um einen häufig mißbrauchten Ausdruck zu gebrauchen, ein Genie. Die Arbeit, die er hier verrichtet, wird das Angesicht der Wissenschaft für immer verändern.«

McGuinness runzelte die Stirn. »Aber –«

Er schnitt ihr das Wort ab; sie war fassungslos. »Mir ist klar, daß Sie persönliche Beweggründe hatten, aber Church ist ein hundertprozentiger Profi. Sie werden sofort aufhören herumzuspionieren. Verstanden?«

Die Untergebene blieb ruhig, ihre Stimme unbewegt. »Sir, ich habe das Überwachungssystem der Station angezapft. Ich habe in den letzten achtzehn Stunden jede Bewegung von Church mitverfolgt, ich habe Ihnen und ihm zugesehen, wie Sie das Alien obduzierten –«

Crespi seufzte. Ihm blieb wohl nichts anderes übrig, als ihr einen direkten Befehl zu geben und den Zugriff auf den

Zentralrechner zu begrenzen. Es fiel ihm nicht leicht, wirklich, er mochte Lieutenant McGuinness –

– *und vielleicht sogar mehr, als du glaubst, Doctor, meinst du nicht?*

– aber das mußte aufhören. Church öffnete die Tore zu technologischen Innovationen, die ans Mystische grenzten, wahre Durchbrüche ins –

Ihre scharfe, flehende Stimme unterbrach seine Gedanken. »Hören Sie! Er spielt mit Ihnen, Sir! Die Alienforschung ist nur ein geringer Teil dessen, was er hier tut; die erforderlichen Ressourcen der Station entsprechen nicht den Verbrauchsdaten, verstehen Sie? Sie stimmen nicht überein. Etwas auf der *Innominata* benötigt ein Drittel soviel Energie wie alle bekannten Systeme zusammen, einschließlich des Alienlabors.«

Es dauerte ein paar Herzschläge, bis er diese Worte begriffen hatte. Crespi spürte, wie ihn langsam, aber sicher Entsetzen packte, aber er versuchte sich darüber hinwegzusetzen, weil er ihr nicht glauben wollte. »Aber was Church tut, erfordert eine Organisation ...«

McGuinness schüttelte den Kopf. »Er hat etwas Großes vor. Etwas, was er auf keinen Fall auffliegen lassen will. Er hat Ihr Interesse an der Alienforschung geweckt, um Sie von der Fährte abzulenken; es ist alles archiviert, Sir, Sie können nachschauen.«

War das möglich? Er dachte an Churchs seltsames Lächeln, die merkwürdigen Patzer bei der Autopsie, das Ausweichen. Die Komplimente ...

Er wandte den Kopf ab und schloß die Augen. Instinkt. Gottverdammt, *Instinkt*!

Church hält sich immer noch bedeckt, und das weißt du!

Crespi *wußte* es.

Vielleicht.

Er richtete den Blick wieder auf McGuinness und wartete geduldig auf ihre Reaktion. Er war sich nicht sicher, aber bisher war sie ehrlich mit ihm gewesen – und Church hatte ihn über die Todesfälle in der Crew *angelogen*, so schien es zumindest. Wenn man ihn hereingelegt hatte …

Es mußte wahr sein; sie sagte, sie könne es beweisen.

Plötzlich empfand er eiskalten Haß auf Church und tiefe Dankbarkeit gegenüber der Frau, die jetzt vor ihm stand.

»McGuinness, Sie sind eine gute Soldatin. Wissen Sie, wo sich diese Geisteranlage befindet?«

Sie wirkte erleichtert, die kleinen Linien der Anspannung in ihrem Gesicht schmolzen dahin. »Ich denke schon, Sir. Ich glaube, sie ist im K-Labor untergebracht, unten auf der Ebene seines Drohnirrgartens. Sie ist als Null-G-Anlage klassifiziert, aber von dort kommen die dreißig Prozent Energieabzug. Church hat drei doppelt kodierte, zutrittgesicherte Türen anbringen lassen, und darüber ist im Zentralrechner nichts zu finden.«

Was bedeutet, daß niemand außer Church hineinkann.

»Mein Name ist Tony«, sagte er geistesabwesend. »Okay, Sie haben mich überzeugt. Wie kommen wir rein?«

McGuinness grinste breit. »Church hat eine Kodekarte. Wenn wir die in die Hand bekommen, kann ich das Schloß knacken. Ich habe gesehen, wie er sie auf der Privatkonsole seines Büros zurückgelassen hat.«

Crespi nickte. »Und wo ist er jetzt?«

»Hat was eingenommen. Der dürfte inzwischen schon selig schlummern.«

Er holte tief Luft. »Kommen Sie an die Karte heran?«

»Der Bioscan läßt mich nicht rein. Das müssen schon Sie erledigen.«

Crespi zögerte, seine Entschlossenheit kam ins Schwanken. Das war kein Gedankenkonstrukt mehr, das war Realität – er würde Maßnahmen ergreifen müssen. Wenn McGuinness die Wahrheit sagte, blieb ihm keine andere Wahl. Sollte Church wirklich etwas so Ungesetzliches tun, daß er es vor dem Korps geheimhielt, bedeutete die Aufdeckung dieser Machenschaften mit fast absoluter Sicherheit das Ende seiner Forschungen – und alles wäre nur ein unermeßlicher Verlust an Zeit und Mühe, seine Arbeit über die telepathischen Fähigkeiten der Aliens wäre umsonst gewesen. Man würde sie jahrelang unter Verschluß halten, bevor wieder jemand daran anknüpfte, wenn *überhaupt* jemals.

Und wenn er erwischt wurde – wenn sie nun log …

Das wirst du bald wissen, nicht wahr?

Crespi sprach leise, klang ruhiger und besonnener, als er sich fühlte. »Bleiben Sie hier, ich bin gleich zurück. Wenn was sein sollte, benutzen Sie mein Privatcom.«

Sie nickte schweigend, und er wandte sich um und ging hinaus, bevor er es sich anders überlegen konnte.

Als Crespi gegangen war, seufzte McGuinness, ließ sich auf das ungemachte Bett sinken und streckte sich aus. Die letzten Tage waren lang gewesen, und sie war erschöpft. Die Bettücher rochen angenehm männlich, tröstliche Gerüche aus ihrer Zeit mit David – Seife und natürliche Ausdünstung und auch ein Duft, der von Tony stammen mußte.

Sie schloß die Augen und lächelte traurig. *Für Sie immer noch* Colonel *Tony, Lieutenant.* David war ihr noch zu nahe. Und sie war noch nicht bereit, jedenfalls nicht, solange das alles nicht ausgestanden war.

Aber du hättest ihn wenigstens *bitten können, dich Sharon zu nennen …*

Sie setzte sich auf, halb amüsiert über ihre müßigen Spekulationen. Jetzt war nicht die Zeit und das hier entschieden nicht der richtige Ort. Sie blickte auf die Uhr an der Wand, sah zu, wie die Sekunden vorbeitickten, und wünschte Colonel Tony Glück. Er würde es wahrscheinlich brauchen.

Crespi eilte zum Lift und trat dann auf den unbekannten Korridor hinaus; er ärgerte sich und war nervös. Er war noch nie in Churchs Allerheiligstem gewesen, obwohl ihm das technisch gesehen nicht verboten war; das Büro war zentral angelegt, die meisten Labors der Ebene gingen strahlenförmig davon aus.

Mach dich locker, zu dieser Stunde wird keiner dort sein.

Nur zu wahr. Er kam sich sowieso töricht vor, sich wie ein Dieb durch die Gänge zu stehlen – besonders, wenn Church wirklich etwas versteckte. Er hatte das Recht, nein die *Pflicht,* die Wahrheit herauszufinden. Er straffte seine Schultern und hielt sich am Ende des Korridors rechts. Eine kleine Treppe, dann die Bürotür.

Vor dem schwer gepanzerten Eingang blieb er stehen, und eine neue Woge der Angst überkam ihn, als ihm klar wurde, daß er seine Waffe nicht dabeihatte. Nicht, daß er sie *gebraucht* hätte, das war nicht nötig, aber ohne sie fühlte er sich regelrecht nackt. Was, wenn –

Was, wenn was, *Crespi? Was, wenn Church drinnen mit einem Raketenwerfer auf dich lauert? Schnapp dir die verdammte Karte, und dann nichts wie raus!*

Crespi preßte seinen Daumen auf das vertieft angebrachte Handlesegerät und wartete. Nach wenigen Sekunden schwang die Tür auf und enthüllte einen kleinen Korridor, an dessen anderem Ende eine weitere Tür war.

Es brannte ein schwaches Licht, aber der Gang war leer; er spürte, wie sich sein Magen verkrampfte, und er schimpfte sich einen Narren, weil er sich wie eine Memme aufführte. Er ging zum zweiten Eingang, der aufglitt und ein dunkles Büro offenbarte, das lediglich durch eine Fensterwand auf der gegenüberliegenden Seite des großen Raums erhellt wurde. Dahinter befand sich eine Kombination von Büro und Labor, und Crespi sah, daß das schwache Leuchten von einigen Monitoren ausging, die dort schimmerten.

Crespis Blick fiel auf den großen Schreibtisch, auf dem es von Computerausdrucken und leeren Kaffeebechern wimmelte. Mitten im Durcheinander, auf der Tastatur eines kleinen PC, lag eine handtellergroße Karte.

Er ging hinüber und nahm sie, steckte sie in die Hemdtasche.

Siehst du? Genau da, wo sie hätte sein sollen, kein großes Getue, kein Alarm, keine bewaffneten Marines, die dir befehlen, sie fallen zu lassen –

Er riet seinen Gedanken, die Klappe zu halten, und drehte sich um, um das Büro zu verlassen. Er würde die Karte McGuinness geben; dann konnten sie das Privatlabor überprüfen und diese ganze verdeckte Angelegenheit endlich hinter sich bringen –

Er blieb stehen und warf noch einen Blick zurück in die Dunkelheit. Da stank etwas. Vielleicht hatte ein Techniker seinen Donut zu lange liegengelassen, es roch entschieden verdorben; er konnte das Ding wenigstens wegwerfen, was auch immer es war –

O nein …

Es war schon lange her, aber er kannte diesen Geruch. Crespi erstarrte, nur keine plötzlichen Bewegungen, aber seine Gedanken schrien panikerfüllt auf. *Lauf, lauf, sieh bloß zu, daß du hier wegkommst –*

Etwas Warmes tropfte von der Decke herab, verteilte sich auf seiner Schulter. Er blickte langsam nach oben und hätte sich am liebsten in die Hose gemacht, das Herz gefror ihm in der Brust.

Der Drohn über ihm schrie. Und sprang.

16

Crespi taumelte nach hinten und betete, daß er nicht auf ihm landete. Es gelang ihm, auf den Beinen zu bleiben, und der Drohn kam geschickt in der Hocke auf, kaum einen Meter vor ihm, die Zähne gebleckt.

Zischend erhob er sich und streckte eine massige, schimmernde Klaue aus. Blitzschnell verpaßte er Crespi damit eine, so daß er in die Plexiglaswand geschleudert wurde.

Sie war alt und brüchig. Er spürte, wie sie nachgab, splitterte und ein Trümmerregen um ihn herum niederging, als er hart auf dem Boden des angrenzenden Labors landete. Schmerz, aber dafür war jetzt keine Zeit; schon war er wieder auf den Beinen und stolperte umher, sein einziger Gedanke, irgendwo eine Waffe zu finden. Der Drohn schrie wütend auf und sprang ihm nach.

Pistole, Stock, Stein, irgendwas –

Er konnte nicht zurückschauen, wollte es nicht, wußte, daß er unmittelbar hinter sich das grinsende Gesicht des Todes erblicken würde, die Klauen ausgestreckt, Geifer auf dem stählern blitzenden Gebiß –

Da! Hinter ein paar fest mit dem Boden verschraubten Stühlen und Konsolen öffnete sich das Zimmer, freier Raum – und auf der einen Seite befand sich ein elektromagnetischer Feldgenerator, tragbar, die Kabel führten zu verborgen angebrachten Steckdosen.

Laß ihn ansein, o Gott -

Ein plötzlicher Schmerz in seinem Knöchel, als er über eine Strebe eines der Metallstühle stolperte, die er nicht rechtzeitig gesehen hatte. Er schlug schwer zu Boden und spürte den Drohn *unmittelbar hinter sich* –

Der Sturz rettete ihn. Die Kreatur war anscheinend nur noch Zentimeter entfernt gewesen und flog über ihn hinweg, bevor sie anhalten konnte. Ihre Klauen scharrten über den glatten Boden, als sie versuchte kehrtzumachen.

Um ihm das Herz herauszureißen und es zu fressen.

Auf dem Schreibtisch, da war etwas. Er griff danach, eine Spraydose, fuhr herum und sprühte wie wild auf das ihn anspringende Monster ein.

Eine Nebelwolke zischte aus der Dose hervor, direkt in den weit aufgerissenen Rachen des Drohns über ihm. Die Kreatur schrie vor Schmerz und Wut auf und machte einen Satz zurück, offenbar verzweifelt bemüht, dem unbekannten Spray zu entkommen.

Crespi rappelte sich schnell auf, die Dose fest umklammert, glitschig von den schweißnassen Händen. Ohne einen weiteren Blick auf den Drohn zu werfen, wohl wissend, daß er in wenigen Sekunden wieder angreifen würde, rannte er zu dem tragbaren Generator.

Er spürte Blut über sein zerschnittenes Gesicht in den keuchenden Mund laufen und spuckte blutigen Schaum zur Seite aus –

– *Generator, elektromagnetische Waffe tötet* –

– er sah nichts außer dem tragbaren Gerät, das jetzt nur noch wenige Meter entfernt war.

Die Verkleidung für die Kontrollen befand sich unten am Boden, und Crespi zögerte nicht. Er hechtete los, schlitterte bäuchlings dorthin und wälzte sich auf den Rücken.

Da war der Drohn, zischte und setzte keine zwei Meter entfernt zum Sprung an. Crespi schrie auf, ein sprachloser Schrei äußerster Ausweglosigkeit, und schlug mit der Faust gegen die Verkleidung. Offen. Er legte aufs Geratewohl einen Schalter um und betete, daß es der richtige war.

Der Drohn griff an, die Bewegung lief vor Crespis geistigem Auge in Zeitlupe ab, und Crespi ergriff das nächstbeste Kabel, riß es heraus und hielt es der Kreatur entgegen, während er mit der anderen Hand den Knopf an der Spraydose drückte.

Ein gleißender elektrischer Funke sprang aus dem Kabel und ließ den Doseninhalt auflodern, spie wie ein kleiner Verbrennungsofen Feuer in Richtung der anstürmenden Kreatur. Der Drohn schrak zusammen, versuchte den Angriff abzubrechen, doch das brennende Spray hatte schon seinen langen, schmalen Schädel umschlossen. Er fing an zu schmelzen, und die Spritzer klebten wie Pech auf dem Exoskelett.

Kreischend kippte der Drohn auf den Rücken und schlug hektisch mit den Armen nach der lodernden Substanz. Er hatte eine Sekunde, vielleicht weniger –

Crespi starrte mit wildem Blick auf die Kontrollen, *eingeschaltet,* er schlug gegen den Hebel für die Energieversorgung, drückte auf eine grüne Taste – die letzte Sekunde seines Lebens –

Ein schrilles Summen, gefolgt von einem lauten, noch schrilleren Schrei.

Das Alien fuhr herum, preßte die mörderischen Klauen gegen seinen siedenden Kopf, schrie und schrie –

Bevor es bewußtlos auf dem Boden zusammenbrach.

Crespi holte tief Luft und hustete, gegen den Generator gelehnt, zu entsetzt, um sich zu rühren, zu denken oder auch nur etwas anderes zu tun, als zu atmen. Der Widerhall des Drohngeschreis klang ihm noch in den Ohren. Nicht weit entfernt hörte er rennende Füße, panische Rufe.

Er hielt die Dose mit der mysteriösen Flüssigkeit hoch und las benommen das Etikett. Haarspray. Es war Haarspray.

Er wollte laut lachen, fürchtete sich aber davor, den Mund zu öffnen, aus Angst vor der Hysterie, die tief in ihm aufkeimte. Aus Angst, daß er zu schluchzen anfing und es ihm nicht mehr gelingen würde aufzuhören.

Ein junger Mann mit Baseballkappe rannte ins Zimmer, gefolgt von einem anderen; ihre Anzüge wiesen sie als Elektrotechniker aus.

»Was – Colonel Doctor Crespi!« Das kam von dem Mann mit der Kappe. Sein Gesicht war blaß, verwirrt, schweißbedeckt vor Erstaunen.

Der zweite Mann sah die Kreatur, und sein Gesicht wurde aschfahl. Er starrte Crespi mit so etwas wie Ehrfurcht an. »Noch einer, der entkommen ist …?«

Baseball war schon am Intercom und sprach hastig hinein. »Stockdale, wir haben hier im Schaltraum in der Nähe der Einheit ein Alien. Es ist bewußtlos, aber schick besser ein komplettes Team hier herunter, B und B.«

Bewaffnet und bereit, na toll, was hatte das Monster hier zu suchen?!

Der andere Techniker, ein stämmiger Blondschopf, sah Crespi immer noch an, die blauen Augen von ungläubigem Staunen erfüllt. »Wenn Sie es nicht – wie haben Sie das nur …?« Er schüttelte den Kopf.

»Sie haben noch einmal Glück gehabt, Sir.«

Glück. Ich habe Glück gehabt … Er hob eine zitternde Hand zum Gesicht, fühlte das Blut dort, das bereits klebrig war und zu trocknen begann, die kleinen Verletzungen. Auch sein Rücken fühlte sich zerschnitten an und tat so höllisch weh, daß er morgen sicher Probleme hatte zu gehen.

Aber er *lebte* noch. Der Drohn war besiegt, und er hatte überlebt; knapp, aber immerhin.

Sein Schock ebbte für einen Moment ab, und er konnte inmitten der Schmerzen und Verwirrung wieder klar denken; es war so schnell geschehen, so unerwartet gekommen –

Jemand hatte Bescheid gewußt. Jemand, der ihn hergeschickt hatte, damit er hier starb.

Crespi stand da und achtete nicht auf die Rufe der Techniker, als sie stammelten, er möge sich nicht bewegen, achtete nicht auf das gemarterte Fleisch, das sich so sehr nach Ruhe sehnte, nach Erholung. Mit nur einem Gedanken im Kopf, dem einzigen, der jetzt einen Sinn ergab, ging er hölzern zur Tür und durch den Korridor.

Dieses verdammte *Miststück*. Er würde sie umbringen.

17

McGuinness blickte ungeduldig auf, als die Tür sich öffnete, in der Hoffnung, daß Crespi die Kodekarte gefunden hatte. Er war länger weg gewesen, als sie gedacht hatte, und sie begann schon nervös zu werden; ein dumpfer Schmerz der Sorge breitete sich in ihrem Magen aus.

Dann stand er in der Tür, und erleichtert, ihn zu sehen, sagte sie leise: »Haben Sie sie, Sir …?«

Sie verstummte. Es hatte einen Kampf gegeben; seine Kleidung war stellenweise zerrissen, sein grimmiges Gesicht blutete. Sie öffnete den Mund, um ihn zu fragen, ob mit ihm alles in Ordnung war –

Er betrat den Raum, kam geradewegs auf sie zu, und sie

erkannte erst im letzten Moment, daß er nicht stehenbleiben würde.

Crespi packte ihre Schultern, ihre Kleidung und grub brutal seine Finger in ihr Fleisch.

»Nein! Was tun Sie denn?!«

Seine Hände legten sich um ihren Hals. Er stieß sie nach hinten, daß ihr Körper gegen die Wand prallte.

Was zum Teufel ist da unten geschehen –

Er war fuchsteufelswild, seine leise Stimme troff vor Haß. »Sie haben mich hinuntergeschickt, damit ich dort sterbe, nicht wahr? *Ist doch so?!«*

McGuinness rang nach Luft, in seinem eisernen Griff gefangen. »Wovon ... hören Sie auf, Sie tun mir weh!«

Seine dunklen Augen waren fast schwarz vor Wut. »Dann tue ich Ihnen eben weh, auch gut, dann tue ich's eben –«

Sein Griff wurde fester, und ihr Blick begann allmählich zu verschwimmen. Sie konnte jetzt kaum noch sprechen, die Worte kamen halb erstickt und heiser aus ihrem Rachen. »Nein – nicht – töten Sie mich – nicht ...«

Plötzlich ließ er sie los, und sie stürzte zu Boden, wo sie röchelnd liegenblieb. Seine Worte drangen wie aus weiter Ferne zu ihr.

»Sie haben mich reingelegt, McGuinness! Sie schäbige Verräterin, ich *sollte* Sie töten!«

McGuinness stützte sich auf Händen und Knien ab, richtete den Oberkörper auf. »Nein«, wisperte sie und hustete, alles tat ihr weh, aber am schlimmsten war die Verwirrung. »Nein.«

Sie blickte zu ihm hoch, und er mußte die Unschuld in ihrem Gesicht gesehen haben; er starrte noch immer finster zu ihr hinunter, wütender, als sie je einen erwachsenen Menschen erlebt hatte, aber er schrie nicht mehr.

»Ich sollte Sie auf der Stelle niederschießen. Ein verdammter Drohn hat mich angegriffen.«

McGuinness empfand Entsetzen, Unglauben. Er dachte, *sie* hätte –

»Nein«, wisperte sie, und plötzlich stand ihr die Antwort klar vor Augen, die einzige Antwort. »Es war Church. Es muß Church gewesen sein.«

»Sie haben gesagt, er *schläft*«, grollte er.

Sie schüttelte den Kopf, hilflos in ihrem eigenen düsteren Staunen. »Ich weiß nicht, vielleicht vorher –«

Moment. Eine plötzliche, panische Hoffnung. »Haben Sie die Kodekarte? Geben Sie her, ich beweise Ihnen, daß ich recht habe!« Sie stand auf, der Schmerz in ihrem Hals wich einem dumpfen Pulsieren. Sie streckte die Hand aus und wartete – voller Angst, daß er sie vielleicht wieder angriff – oder schlimmer, daß er ihr nicht glauben würde.

Er runzelte jetzt die Stirn, und sie konnte sehen, wie es in ihm arbeitete, wie er versuchte, zu einer Entscheidung zu kommen. Seine blutige Miene zeigte Unsicherheit, ein seltsamer Ausdruck auf seinem normalerweise angespannten und konzentrierten Gesicht – doch er langte in seine Hemdtasche und zog die Karte heraus. Sie griff danach, doch er ließ nicht los, starrte ihr in die Augen.

»Mehr als diese eine Chance, es mir zu beweisen, bekommen Sie nicht.«

»Ich werd's Ihnen beweisen, ich schwör's.«

Er gab ihr die Kodekarte, und eine Woge der Erleichterung durchströmte sie. Sie *konnte* es beweisen, hatte jetzt keine andere Wahl mehr, als alle Karten auf den Tisch zu legen; sie ging zur Tür und sah Crespi aufmunternd an.

»Kommen Sie, gehen wir gleich ins K-Labor. Man wird Church den Angriff gemeldet haben, und sicher wird er nach Ihnen sehen.«

Im Augenblick klang das noch um einiges beängstigender als jeder Aliendrohn; wenn Church wirklich so verzweifelt gewesen war, eine seiner Kreaturen freizulassen, konnte man unmöglich sagen, was er anstellte, wenn er herausfand, daß Crespi noch lebte.

Crespi schnappte sich mit einem undeutbaren Ausdruck in den Augen schnell seine Waffe, dann waren sie auch schon draußen auf dem Korridor und unterwegs zur untersten Ebene der Station. Sie bereute es, daß sie ihre eigene Waffe nicht mitgenommen hatte, doch jetzt war keine Zeit, sie zu holen – Crespi sah nicht so aus, als wäre er bereit gewesen zu warten.

Sie hielt die Karte fest umklammert, voller Angst, daß sie sie irgendwie verlieren könnte, als sie durch die verschlungenen Korridore zu dem Lift joggten, der sie ins Geheimlabor bringen würde.

Sie hatte nur diese eine Chance. Wenn sie sich irrte, würde sie teuer dafür bezahlen.

Crespi folgte McGuinness durch die noch immer halb dunklen Gänge, und sein Körper tat ihm weh, wie er es seit Jahren nicht mehr erlebt hatte. Er war hin- und hergerissen, unsicher, und das machte ihm noch mehr zu schaffen als die körperlichen Schmerzen. Aber das Schlimmste …

Ich weiß nicht mehr, wem ich noch vertrauen kann. Seine Instinkte waren tot, er konnte dieses Gefühl in der Magengrube nicht mehr finden, die leise Stimme, die ihm immer gesagt hatte, welchen Weg er einschlagen sollte. Er konnte sich *selbst* nicht mehr vertrauen; er war zu müde und zu verletzt, um sich noch zurechtzufinden. Er hatte an sie geglaubt und sich getäuscht, oder nicht?

McGuinness behauptete, sie könne ihre Geschichte beweisen. Also folgte er ihr, vielleicht in den Tod durch ihre verräterische Hand … oder die von Church. Oder die eines verdammten Drohns, dem es schnurzegal war, wie ein Mensch empfand, der sich einen Dreck um Hoffnung, Verlust oder Angst scherte, dem es ganz gleich war, ob man alt wurde und nicht mehr zwischen Wirklichkeit und lächelnd vorgetragener Heuchelei unterscheiden konnte …

Und wäre das denn so schlimm, Crespi? Du lebst doch schon seit diesem Felsen unweit von Solanos Mond von geliehener Zeit, und das weißt du auch.

Plötzlich forderten sie ihr Recht, die Erinnerungen, die bohrende Angst, die er seit dem Augenblick empfunden hatte, als er aus dem Tiefschlaf erwachte. Er *wußte* es und hatte es tief in seinem Inneren die ganze Zeit gewußt, egal, wie sehr er versucht hatte, die Wahrheit unter seiner Arbeit zu begraben – seit er hierher gekommen war, war alles wieder an die Oberfläche gedrungen, hatte ihn bei jeder sich bietenden Gelegenheit verfolgt, sich geweigert, länger beiseite geschoben zu werden. Er hatte eine Laufbahn eingeschlagen, die ihn möglichst weit von diesem schrecklichen Morgen wegführte, hatte zugelassen, daß seine Angst sich im dunkelsten Winkel seines Herzens festbiß – weil er es nicht verdiente, als einziger überlebt zu haben, und eines Tages den Preis dafür bezahlen mußte …

Und nun war es endlich soweit; und das Seltsame war, daß es ihm jetzt gar nicht mehr so beängstigend erschien. *Wenn* er schon einen Preis dafür bezahlen mußte, konnte es ebensogut jetzt sein – aber vielleicht ging man auch einfach, wenn die Zeit gekommen war. Vielleicht hatte er noch so lange weiterleben sollen, bis er das begriff. Und vielleicht war man, wenn man diese leise Stimme in seinem Inneren verlor, ganz einfach – fällig.

Das ist die richtige Einstellung! Warum streckst du nicht einfach die Waffen und ersparst allen anderen den Ärger?

Zum Teufel mit diesem Scheiß; er war zu müde, seine Gedanken spielten ihm einen Streich. Er hörte auf zu denken und versuchte sich darauf zu konzentrieren, nur nicht schlappzumachen.

Nach einer Ewigkeit düsterer Gänge und falscher Abzweigungen standen sie schließlich vor einem großen Metallkreis, einer unbeschrifteten Tür im hintersten Eck der untersten Ebene. Der Korridor war voller Schmutz, wahrscheinlich schon seit Jahren nicht mehr gesäubert worden, aber die Tür war poliert und glänzte. Es gab keine Klinke, keinen Bioscan, keine Wache – sie wirkte massiv und undurchdringlich. Nur ein kleiner Schlitz auf der Seite, zum Einführen einer Karte.

McGuinness fummelte an der Kodekarte herum, sprach seine eigenen Gedanken laut aus. »Ohne den Kode ist sie absolut unpassierbar – und den haben wir hier ...«

Er konnte die blauen Würgemale an ihrem Hals sehen und fragte sich, ob er sich schuldig fühlen sollte, ob sie *wirklich* ahnungslos gewesen war – er wußte es einfach nicht.

Vielleicht ist das *ja der Preis, Doc. Vielleicht ist jetzt der Zeitpunkt gekommen, zu bezahlen.*

Plötzlich hatte er das dringende Bedürfnis, sich in den Kopf zu schießen, einfach nur, um sein Gehirn davon abzuhalten, ihn weiter zu verspotten. Er lachte auf, ein knapper, humorloser Laut; wäre das nicht die perfekte Lösung, sich vor dem Preis zu drücken? Er hatte den mächtigen Drachen mit einer Dose Haarspray erschlagen, nur um sich in einem Anfall existentieller Angst die Kugel zu geben. McGuinness sah ihn nervös an, doch er schüttelte den Kopf und bedeutete ihr weiterzumachen.

Halte durch, nur noch ein Weilchen –

Sie schob die Karte in den Schlitz, runzelte die Stirn, drückte auf eine Taste. Die Tür öffnete sich ächzend, schwang nach außen auf und enthüllte noch eine Tür unmittelbar dahinter.

Sie wiederholte den Vorgang. Diesmal brauchte sie zwei Versuche, aber schließlich öffnete sich die Tür auf einen weiteren kleinen Gang hinaus.

An seinem Ende war eine dritte Tür zu sehen. Crespi zog seine Waffe, hielt sie gesenkt, aber schußbereit. Wenigstens würde er nicht kampflos untergehen. Wenn es denn zu einem Kampf kam.

Die schwere Tür schwang auf, und kühle, feuchte Luft schlug ihnen aus Churchs Privatlabor entgegen.

»Nein.« McGuinness konnte das Wort lediglich hauchen, das das Unvorstellbare dieses grauenhaften Ortes zusammenfaßte.

Crespi machte einen Schritt nach vorn, und einen Moment lang vergaß er seine Waffe einfach, vergaß er alles; endlich war die Wahrheit schmerzhaft offensichtlich.

Paul Church war hoffnungslos, unabänderlich verrückt.

18

McGuinness starrte mit schreckensweiten Augen um sich und konnte doch nicht alles in sich aufnehmen; ihr Verstand weigerte sich zu akzeptieren, was sie sah.

»Nein, nein, nein, nein ...« Ihre eigene Stimme, ruhig und ungläubig. Crespi sagte nichts, sein Gesicht war eine Maske dumpfen Entsetzens.

Das Labor war klein, kleiner als die meisten anderen an Bord der Station, aber immer noch groß genug, um vielleicht hundert Personen Platz zu bieten –

Oder vierunddreißig ... Ihr Verstand bebte. Ihr wurde klar, daß dicht unter der Oberfläche rationaler Wahrnehmung die Hysterie lauerte, ein irres, die Seele befreiendes Gelächter, das bald in jähe Schreie ausarten würde.

Überall standen herkömmliche Tische, Monitore, Computerdecks – klumpiges Kabelgewirr führte in längliche, aufrechte Behälter hinein und wieder heraus, in denen eine klare, zähe Flüssigkeit blubberte. Sie wandte sich davon ab, nicht bereit, das unfaßbare Grauen in diesen Gefäßen zu begreifen; nicht *fähig* dazu.

Auf dem ersten Tisch links von ihr kauerte die kopflose Leiche eines ehemals untersetzten Mannes, Schläuche und Leitungen führten aus allen Körperöffnungen. Die Gestalt kniete, und sein schlaffer Penis baumelte kraftlos über einem Drahtbecher, der seine Hoden umschloß. Dort, wo sein Kopf hätte sein sollen, befand sich eine unförmige Metallplatte, die mit Schaltern und einer Anzahl pulsierender weißer Lämpchen besetzt war. Rücken und Brust waren mit dunklem Haar und Hunderten dünner und unverschorfter Narben bedeckt, von denen einige jüngeren Datums waren, ein aggressives Rot. Weiter oben am Rücken war seine Haut aufgerissen, und seine Schulterblätter ragten als glänzende Knochenplatten mehrere Zentimeter weit aus dem Fleisch.

Auf dem Tisch daneben: noch eine kopflose Leiche, ihr Bauch geschwollen, als trüge sie ein Kind aus, aber kein menschliches Kind – an manchen Stellen war die Haut aufgeplatzt, unfähig, der enormen Schwellung standzuhalten, und zeigte das glänzende Rot von Muskelgewebe. Noch mehr weiße Lämpchen, noch mehr Schalter. Trotz ihrer offensichtlichen Schwangerschaft war das Geschlecht der Gestalt unklar; sie hatte keine Brüste, keine sichtbaren Genitalien, der ganze Oberkörper war eine einzige Masse Narbengewebe.

Auf einem Tablett zwischen den Tischen befanden sich Spritzen, Skalpelle, ein Laserschneider – und ein kleiner flimmernder Monitor mit Tastatur. McGuinness trat näher heran, konnte nicht stehenbleiben, wie in einem furchtbaren Traum von der Widerlichkeit angezogen; sie mußte einfach sehen, wozu der Monitor diente.

Die beiden ehemals menschlichen Gestalten stanken nach Exkrementen und Galle, wie sie feststellte, als sie auf den Schirm zuging. Nachdem sie erkannt hatte, was er anzeigte, stöhnte sie auf – ein aus unsäglichem Ekel und fassungslosem Begreifen geborener tiefer, hoffnungsloser Laut.

Der Computer bildete Pulsfrequenzen ab; sie lebten noch.

McGuinness trat ein paar Schritte zurück, stöhnte erneut und verlor plötzlich den Mut, wandte sich von den untoten Scheusalen ab und wollte fliehen, *nur weg von hier, von dieser Kälte* –

Crespi war da. Er griff nach ihr, schlang seine Arme um sie und drückte sie fest an sich. Sie wehrte sich, stieß ihn von sich, sich kaum bewußt, daß die spitzen Schreie des Entsetzens und der Panik, die sie hörte, aus ihrer eigenen Kehle kamen.

Er redete auf sie ein, aber sie konnte es nicht hören, sah nur die länglichen Behälter hinter ihr, die nackte, blubbernde Gestalt darin, das seltsame, tumorige rosa Fleisch, das in abscheulichen Tentakeln davon ausging und wedelte, wedelte –

Wieder Crespi, sein blasses Gesicht plötzlich vor ihrem. »… mich an! Sehen Sie mich an!«

Ihre Blicke trafen sich, und sie sah in seine angsterfüllten Augen, die von tiefem Schmerz kündeten – und von Verständnis.

»Lieutenant! Sharon! Werden Sie damit fertig, hören Sie? *Werden Sie damit fertig!*«

Sie suchte in seinen Augen, fand die Wahrheit darin und nickte schluckend. »Ich – okay, okay. Okay.«

Er ließ sie sanft los und betrachtete ihr Gesicht. Sie nickte noch einmal und holte tief Luft. »Alles klar«, sagte sie und war selbst nicht ganz sicher, was sie damit eigentlich meinte, doch er nickte seinerseits.

Gemeinsam gingen sie langsam durch das Schreckenskabinett und blieben bei jedem abstoßenden Schauspiel stehen, zu geschwächt, um sich schneller umschauen zu können. Mutierte Alienembryonen, zerteilt und mit Etiketten versehen. Ein Knäuel menschlicher Gliedmaßen in einer Kühleinheit. Dieser merkwürdige Moschusgeruch der Aliens, der sich in der feuchten, kalten Luft mit dem Gestank menschlicher Fäkalien und den ätzenden Dämpfen von Desinfektionsmitteln vermischte ...

Das Labor war L-förmig angelegt, und sie befanden sich noch immer im kürzeren Eingangsbereich; McGuinness wollte so schnell wie möglich wieder raus, wußte aber, daß sie sich erst alles ansehen und die Greueltaten dokumentieren mußten, bevor sie zerstört werden konnten. Diese – *Leute* waren nicht mehr wirklich am Leben, die Maschinen pumpten nur in einer schaurigen Parodie von Leben Blut und Sauerstoff durch ihre Systeme, zwangen sie, weiter zu funktionieren. Sie nahm an, daß die meisten, wenn nicht sogar alle, schon tot gewesen waren, bevor man sie hierherbrachte; Gewebeanimation war nichts Neues. Aber was sie mehr als irgend etwas anderes wissen wollte, war, *warum,* aus welchem *Grund* Church das alles getan hatte. Wahnsinn war ein viel zu harmloses Wort, aber ihr fiel kein besseres ein.

Was sind Worte angesichts dieses Anblicks? Welchen Be-

griff konnte es in irgendeiner Sprache geben, um das hier zu beschreiben, gedanklich zu fassen?

Drei weitere reglose Gestalten hatten noch Köpfe, wenn auch ihre Gliedmaßen fehlten und ihr Fleisch anscheinend grundlos zerkratzt und vernarbt war. Die Kadaver waren natürlich menschlich – aber man hatte die Körper entstellt und umgeformt, dunkle Höcker und Kanten ragten aus der aufgeplatzten Haut heraus.

»O Gott«, flüsterte Crespi. McGuinness drehte sich um, sah seinen Blick auf einen der Behälter gerichtet, die Miene bleich und entsetzt.

Die schwimmende Gestalt war männlich, nackt, ihr lichtes Haar umrahmte wogend das kalkweiße, verstümmelte Gesicht – nur die Augen waren noch ganz und groß, ein Ausdruck von Schock und Unglauben.

Lieutenant Mortenson war überhaupt nicht im All bestattet worden.

Seine Erschöpfung war wahrscheinlich das einzige, was Crespi davor bewahrte, den Verstand zu verlieren, als sie das Labor betraten – das und sein Kampf mit dem Drohn vorhin in Churchs Büro. Der ganze Tag war schon ein surrealer Alptraum, und die zusätzlichen Abscheulichkeiten in Churchs geheimer Anlage paßten irgendwie dazu, schlossen den Kreis des Grauens.

Crespi befand sich jedenfalls hart auf der Kippe. McGuinness hatte ihm dabei geholfen, seine eigene Hysterie im Zaum zu halten, indem sie selbst für einen Moment den Halt verlor – sie wieder zur Besinnung zu bringen, jemanden zu haben, auf den er aufpassen mußte, hatte ihm ermöglicht, sich alles genau anzusehen, egal, wie sehr sein Verstand diesen Anblick auch zur Seite schieben wollte.

Church war krank, geistesgestört. Crespi suchte nach

wissenschaftlichen Begründungen, versuchte verzweifelt, einen Sinn in diese Wahnsinnsexperimente zu bringen –

Endorphinfreisetzung? Die Wirkungsweise von Telepathin auf Reflexe, etwas in der Art?

Vielleicht. Aber das erklärte nicht die schrecklichen Tumorwucherungen, die aus dem Fleisch drangen, die mißgestalteten Glieder, die Abscheulichkeiten in den mit Flüssigkeit gefüllten Behältern –

»O Gott.« Seine Stimme klang schwach und rauh in der Stille, von entsetzlichem Ekel erfüllt.

In einem der großen Bottiche schwebte Mortenson, die Augen weit aufgerissen und blind, unbekannte Schläuche und Leitungen führten aus seiner blassen, nackten Gestalt heraus und in sie hinein. Blasen bildeten sich in Höhe seiner Füße, stiegen langsam um ihn herum auf, strichen hautnah über sein zerschundenes Fleisch.

Crespi würgte plötzlich, wandte sich ab, und dann stand McGuinness neben ihm, ihre kühle Hand an seinem Hals.

Er schloß die Augen und nickte. »Okay. Sehen wir uns weiter um, und dann nichts wie raus hier.«

McGuinness nahm seine Hand, und sie begaben sich rasch zum Ende des Labors, wandten sich nach rechts und gingen durch einen kleineren, von matt leuchtenden Monitoren gesäumten Raum. Nichts als summende Computer, Maschinen bei der Arbeit. Crespi verspürte eine leichte Woge der Dankbarkeit – nichts mehr, keine weiteren Entsetzlichkeiten, sie konnten verschwinden. Er hatte genug gesehen.

Bis auf –

Im hintersten Winkel des Raums war eine verschlossene Tür wie die drei, die das Labor bewachten, rund und glänzend, einen Spalt geöffnet. Und daneben ein Ding, das Crespi nicht ganz einordnen konnte, es war so seltsam –

Er trat näher heran, hielt inne und merkte nicht, wie McGuinness seine Hand losließ, als er diese neuerliche Greueltat musterte.

Der Kopf und der Oberkörper eines Mannes ragten aus der Wand. Schalttafeln umgaben ihn, ein Metallhelm bedeckte seinen Kopf – durch ein langes, schlangenartiges Kabel, das sich spiralförmig nach unten wand, mit einem Monitor auf Augenhöhe neben ihm verbunden. Daß der junge Mann keine Gliedmaßen mehr hatte, war offensichtlich; zerfetzte Fleischstreifen hingen dort herunter, wo seine Brust in die Wand überging, verätzt und schwarz.

Dieses Gesicht …

Irgendwie vertraut, aber er kam nicht darauf, woher. Die kräftigen Lippen waren zurückgezogen und zeigten in einem grausamen, ewigen Grinsen die gleichmäßigen Zähne des Mannes. Sein ehemals blondes Haar, jetzt dunkel und staubig, hing in glatten Strähnen über seine faltenlose Stirn herab. Selbst im Tod (und er *mußte* tot sein, Puls oder nicht) war noch zu erkennen, daß er attraktiv gewesen war, einst ein gutaussehender Mann war –

Ein leises, winselndes Wehklagen hinter ihm. Crespi fuhr verblüfft herum. McGuinness stand da, das Gesicht eine Grimasse entsetzlichen Leids, das sich hell in ihren Augen spiegelte, ihr Schrei lang und gequält, als sie den halben Mann anstarrte –

»Was ist? Was haben Sie?« Crespi berührte sie und empfand beim Anblick der Qual in ihrem wild gewordenen Blick sogar noch größere Angst als bisher schon.

Sie ließ sich gegen ihn fallen, umklammerte mit zu Klauen verkrümmten Händen verzweifelt seine Arme und seinen Rücken, vergrub ihren Kopf an seiner Brust, während sie drei Worte schrie, wieder und wieder.

»Das ist David! Das ist David!«

19

Die Schlaftabletten hatten etwas *zu* gut gewirkt, und Church konnte kaum einen klaren Gedanken fassen, als er durch den Korridor in Richtung Labor eilte. Die Türen standen offen. Wie er vermutet hatte.

Ein aufgeregter Techniker hatte ihn mit der Nachricht aus dem Tiefschlaf gerissen, daß ein weiterer Drohn entkommen war und man ihn im Labor der Einheit gefunden hatte, von Doktor Crespi außer Gefecht gesetzt – was bedeutete, daß der gute Crespi mehr wußte, als er sollte, und daß der einzelne Wachhund ihn nicht hatte aufhalten können. Church hatte schon vor Monaten die »Alarmanlage« angebracht, eine Zeituhr an der Zwingertür, aber er hatte sie nur wenige Male benutzt, damals, als David angefangen hatte, zu viele Fragen zu stellen …

Die naheliegende Schlußfolgerung sah so aus, daß Crespi das Geheimnis entdeckt hatte, das Church jetzt seit über drei Jahren erfolgreich vor der ganzen Station verborgen hielt; nicht einmal Thaves wußte davon, obwohl Church annahm, daß der Mann seine Vermutungen hatte. Über seine chemischen Arbeiten wußte der Admiral natürlich Bescheid, aber was den Rest betraf …?

Church seufzte und trat schnell durch die Luken. Eine Schande, wirklich, er hatte Crespi eigentlich für *schlauer* gehalten. Der junge Doc hätte wenigstens eine Einladung abwarten können; das Ganze war so inoffiziell, daß er jetzt sicher das Schlimmste dachte …

Church sah sich in dem Raum um und überprüfte, ob alles an seinem Platz war. Zumindest hatte er die Finger von den Dingen gelassen. Der Zustand seiner Patienten war äußerst fragil; eine ungeschickte Bewegung konnte auf Wochen hinaus ihre chemischen Daten verändern, vielleicht sogar die abschließenden Ergebnisse unbrauchbar machen. Im Nu wäre die Hälfte seiner Arbeit vergebens gewesen –

Ein entsetzlicher Schrei aus dem hinteren Bereich des Labors, gellend laut. Das war sicher nicht Crespi gewesen. Wieder seufzte Church. Das war diese Frau, McWieauchimmer, und sie klang, als wäre sie noch weitaus mehr durch den Wind als er selbst.

Irgendwie verärgert ging er schnell in Richtung des Schreis. McGuinness, so hieß sie. Was hatte *sie* hier zu suchen? Er wünschte, sie hätte auf eigene Faust Nachforschungen angestellt und wäre in sein Büro eingebrochen, ohne Crespi mit hineinzuziehen –

Sachte, nur nicht sauer werden! Du bist einfach überreizt. Noch ist nicht alles verloren, nicht, wenn du Crespi von deinen Motiven überzeugen kannst.

Er sah sie, als er um die Ecke bog, die Frau klammerte sich an den leichenblassen Crespi und schrie Davids Namen, wieder und wieder.

Church stand einen Augenblick schweigend da und versuchte den Schaden abzuschätzen, den sie angerichtet hatten. Ohne Erklärungen mußten seine Experimente *ziemlich* verdammenswert erscheinen; er würde sich ganz schön den Mund fusselig reden müssen.

Aber irgendwo mußte er ja anfangen. »Wenn es Ihnen das leichter macht«, sagte er leise, »er empfindet keinen Schmerz. Ganz im Gegenteil.«

Sie wandten sich beide um, die Mienen unbezahlbar – sie sahen aus, als hätten sie erwartet, den Tod dort stehen zu sehen, die Augen groß und die Münder in verdutzter Furcht offen. Als sie nur den kleinen, alten Wissenschaftler erblickten, veränderten sich ihre Gesichter, nahmen einen wütenden und irgendwie feindseligen Ausdruck an.

Du meine Güte –

Die Frau reagierte als erste. Sie schrie auf, ein sprachloser Schrei der Wut und des Leids. Sie rannte auf ihn zu, die Arme zum Würgen ausgestreckt, die Zähne gebleckt, um ihn in Stücke zu reißen.

»Ich bringe dich *um*!«

»Nein, das werden Sie nicht«, begann er, sie hatte keine Waffe, doch da war sie auch schon über ihm und scharrte nach seinen Augen. Seine Brille wurde hinuntergeworfen, und flüchtig hoffte er, daß sie nicht zerbrechen möge –

Church packte die Frau reichlich derb an der Kehle und hob sie vom Boden hoch. Er wollte ihr nicht weh tun, aber er konnte ja nicht einfach nur *dastehen,* nicht, wenn es soviel zu besprechen gab –

»Laß sie los, du Hirnwichser, runter auf den Boden!« Crespi deutete mit seiner Pistole auf ihn, die Schultern gespannt, ganz in der Haltung eines Mannes, der es ernst meinte.

McGuinness zappelte in seinem Griff wie ein Fisch an der Angel, ihre Füße traten noch immer wild um sich, aber sie begann bereits zu erlahmen. Church spürte, wie ihr Puls unter seinen Fingern raste, als sie vergebens nach Luft rang.

»Sagen Sie ihr, sie soll sich benehmen, Crespi.« Wenn sie starb, würde das seinen Job nicht gerade leichter machen.

»Laß sie los und leg dich auf den verdammten Boden!«

Nun ja, wenigstens hatte er ihn nicht wieder »Hirnwichser« genannt; er *haßte* diese Sprache.

McGuinness hatte schon fast aufgehört zu zappeln, also ließ Church sie fallen und schob sie beiseite. Sie war unverletzt, lag aber einfach nur da und japste nach Luft.

»Runter auf den Boden! *Sofort!«* Crespi wedelte immer noch voller Anspannung mit seiner Waffe.

»Wagen Sie es nicht, mir Befehle zu geben«, sagte Church freundlich.

»Runter!« Crespis Gesicht war dunkelrot angelaufen, und Church konnte sehen, daß er bald ausrasten würde. Es war Zeit für Erklärungen, aber Crespi würde ihm jetzt nicht zuhören, wahrscheinlich kein einziges Wort mitbekommen, solange er diese Waffe hielt …

»Das ist eine interessante Waffe«, sagte Church. »Darf ich mal sehen?«

Er machte einen Schritt nach vorn, nahm Crespi die Pistole aus der Hand und trat zurück, bevor der wütende Doc überhaupt registrierte, was geschehen war; er stand noch immer in Schußhaltung da.

Wieder diese unbezahlbaren Mienen! Der Zorn wich schierem Erstaunen, McGuinness auf den Knien, Angst und Ehrfurcht auf dem Gesicht. Crespi starrte seine Hand an, als wäre die Waffe einfach verschwunden – wie es für ihn wohl auch den Anschein gehabt hatte.

Church untersuchte das Maschinchen, ohne Brille mußte er dabei seine Augen fest zusammenkneifen. »Hübsches kleines Spielzeug … und auch noch gut verarbeitet. Japanisch, nicht wahr?«

Er bog den kurzen Lauf nach unten, machte die Waffe in nur wenigen Sekunden unbrauchbar. Er war wirklich müde; es hatte ihn regelrecht *Kraft* gekostet.

Crespi stand noch immer der Mund offen. »Du – du bist ein Syntho!«

Church lächelte und gab die nutzlose Waffe zurück, dann ging er in die Hocke und suchte nach seiner Brille. »Nein, kein Syntho. Abgesehen von einigen Implantaten bin ich voll und ganz ein Mensch.«

Da, ein Meter links von ihm! Und die Gläser waren noch heil. Church nahm die Brille und putzte sie rasch, als er sich erhob.

Er setzte die Brille wieder auf, dann sah er Crespi an; er hatte eine Erklärung verdient und hörte ihm wahrscheinlich auch zu; die Frau war hoffnungslos hysterisch. »Sie haben das gefunden, wonach Sie suchten, stimmt's? Nur daß Sie nicht wissen, *was* Sie gefunden haben –«

McGuinness rappelte sich mühsam auf und winselte verbittert: »D-du hast ihn *getötet* …«

Church schüttelte den Kopf. »Nein, ich habe ihn nicht getötet. Ich habe niemanden getötet.«

Crespi hatte sein Spielzeug fallen lassen und war zu der Frau gegangen, um die er jetzt den Arm legte. Beide wirkten bis ins Mark erschüttert, als Church die Morde leugnete, die Blicke fassungslos, wachsam …

Es war lange her, seit er die Geschichte zum letzten Mal erzählt hatte, Jahrzehnte – und selbst damals hatte er einzelne Stücke und Begebenheiten ausgelassen und behauptet, sich nicht mehr an jedes Detail erinnern zu können. Die diversen Seelenklempner der Armee, die Ärzte, die Leute vom Konzern … alle hatten es *wissen* wollen, vielleicht um seine Erfahrungen stellvertretend noch einmal zu erleiden, weil ihnen ihre eigenen erbärmlichen kleinen Existenzen nicht genug Freude bereiteten.

Einiges davon hatte er David erzählt, der sich um Verständnis bemüht hatte, zu guter Letzt aber gescheitert war. Und jetzt wieder, sein neuer Assistent – damit Crespi das volle Ausmaß seiner Forschungen begreifen konnte, würde er die Geschichte abermals erzählen müssen, vielleicht zum letzten Mal …

Church hatte plötzlich den Eindruck, sie erzählen zu *wollen*, komplett, selbst die Teile, die er im Laufe der Jahre zu vergessen versucht hatte, ein Versuch, der mißlungen war. Er hatte es satt, allein zu sein, war der Träume und Erinnerungen überdrüssig, die er inzwischen schon gewohnheitsmäßig beiseite schob und mit keinem teilte.

Vielleicht hörte Crespi ihn ja, vielleicht hörte er das heimliche Flehen – und konnte seine Erfahrungen irgendwie, wenn auch nur ansatzweise, nachvollziehen. Absolutes Verständnis durfte er von keinem erwarten, aber ein Versuch ...

Warum nicht?

Ja, warum eigentlich nicht. Church räusperte sich und begann nach einer Weile zu sprechen.

»Man kann wahrscheinlich nicht von Ihnen erwarten, daß Sie verstehen, was Sie hier sehen, bevor Sie nicht meine persönliche Geschichte kennen – also lassen wir diese überflüssigen Gefühlsausbrüche jetzt einmal, und ich erzähle Ihnen, was geschehen ist.

Das Schiff meiner Eltern war die *Incunabulum,* vor über vierzig Jahren ein serienmäßiger Terraform-Spacer. Die Crew war klein, aber wir beförderten Passagiere, als wir auf einem kartografierten Mond landeten, um dort eine Zeitkapsel zu bergen – insgesamt waren wir zu zehnt. Dieser Mond ist auch heute noch kaum mehr als eine Zahl auf dem Koordinatensystem, aber eine Zeitlang war er bewohnt –«

Er lächelte vage, als er sich an die ersten paar Augenblicke dort erinnerte.

Eden ...

Er schüttelte die Erinnerung ab. »Ich habe gehört, daß es dort eigentlich recht schön sein soll, aber ich bin nie mehr auf diesen Mond zurückgekehrt.

Meine Eltern und ich standen uns sehr nahe, und die Crew war wie eine Familie. Ich bin im Weltraum geboren worden, wissen Sie, und habe die Erde vor meinem sechsten Lebensjahr gar nicht zu Gesicht bekommen; meine frühe Kindheit habe ich auf Schiffen und in wandernden Genesis-Camps verbracht – ein unnatürliches Leben für einen jungen Mann, aber das störte mich nicht.«

Church lächelte erneut. »Es ist schwer zu glauben, daß ich damals zwanzig war. Gerade erst zwanzig …«

Er schloß für einen Moment die Augen, ließ zu, daß die Erinnerung wieder in ihm aufstieg und ihn mit plötzlicher Klarheit überwältigte. Er war soweit; es war an der Zeit.

Er schlug die Augen auf. Und erzählte ihnen alles.

20

Als die Drohne näher kamen, fiel Paul auf, daß kleine, spinnenähnliche Wesen reglos auf dem Höhlenboden lagen. Sie hatten lange, dornige Schwänze wie die Drohne, aber damit endete die Ähnlichkeit auch schon.

Seine Eltern nahmen ihn in die Mitte, bereit, sich als erste ergreifen zu lassen. Rebecca weinte leise, ein trostloses Geräusch, das im erwartungsvollen Zischen der Drohne fast unterging.

Der nächststehende Drohn packte Amys Johanson. Er schrie entsetzt auf –

– als der Drohn langsam sein Innengebiß ausfuhr und mit dem tödlichen Werkzeug über Johansons stoppelbärtige Wange strich. Die bösartige Kreatur zischte und ließ ihn grob wieder zu Boden fallen.

Dann streckte sie bedächtig die Klauen aus und packte eine Handvoll Haar auf dem Kopf des Crewmitglieds. Ein plötzlicher Ruck, und das Haar löste sich in einem Klumpen. Johanson fuhr mit der Hand zu seiner blutenden Kopfhaut hoch und taumelte zurück, auf seinen entstellten Zügen mischte sich Verwirrung mit Panik.

Der Drohn betrachtete die Handvoll ausgerissener Haare, ließ sie dann fallen und legte den Kopf auf die Seite, als das Haar auf den klebrigen Boden schwebte.

Was –

Paul blieb nicht genug Zeit, den Gedanken zu Ende zu führen. Ein anderer Drohn trat vor und zerrte ihn zwischen seinen Eltern hervor, die ihn wimmernd festzuhalten versuchten. Er schrie auf, wußte, daß es aus war, er würde als erster sterben –

Der Drohn steckte eine spitze, ekelhafte Klaue in seinen offenen Mund und tastete darin herum. Paul würgte und wollte zurückweichen, doch die Kreatur ergriff geduldig seinen Hinterkopf und tastete weiter.

Der gräßliche Gestank an diesem Ort war schon mehr als genug gewesen, aber jetzt konnte Paul nicht mehr anders. Er übergab sich, große Klumpen halb verdauten Essens und Galle ergossen sich über die Drohnfinger und auf den Boden.

Das Alien legte den Kopf schräg, ließ ihn los – und strich sich dann mit der Hand voll Erbrochenem über das glitzernde Gebiß. Zischend zog es sich zurück.

Einer nach dem anderen traten die Drohne vor, berührten die Menschen, tasteten an ihnen herum, beschnüffelten sie, zerrten an der Kleidung, ein Verhalten, von dem weder Paul noch einer der anderen jemals gehört hatte. Die Alptraumwesen *untersuchten* sie, und irgendwie war das noch beängstigender als die Aussicht auf den Tod, von grinsenden, ekelerregenden Monstern in ihrem stinkenden Nest begafft und begrapscht zu werden –

»Rebecca!«

Bei Quentin Clarks schrillem Aufschrei fuhr Paul herum und sah, wie er verzweifelt bemüht war, sich aus dem festen Griff eines Drohns zu befreien. Rebeccas Mutter lag zusammengekauert auf dem Boden, bewußtlos –

Zwei der Kreaturen hielten Rebecca, schienen um sie zu kämpfen. Einer hatte sie an den Armen gepackt und grollte in einem tiefen, bedrohlichen Rasseln. Der andere umklammerte eines von Rebeccas Beinen und zerrte daran, und seine verzweifelten Schreie vermischten sich mit denen Rebeccas, nur daß ihre nacktes Entsetzen ausdrückten – und dann Schmerz.

Judith rannte nach vorn, ihr Programm hatte sie endlich aktiviert. Sie sprang zwischen sie, ergriff die zerrende Klaue des Drohns –

Ein schrecklicher reißender Laut, als Muskeln und Knochen nachgaben. Inmitten von Rebeccas Todesschreien kippten die Drohne nach hinten um. Blut spritzte aus dem Loch an der Hüfte des Mädchens, wo sich ihr Bein befunden hatte, spritzte und sprudelte, während ihr Schrei verklang, als das Herz zu schlagen aufhörte.

Alle schrien sie jetzt – Lucian Church, ihren Sohn umklammernd, betend, schluchzend, Louise, die wieder wach war und sich gemeinsam mit ihrem Mann bemühte, zu ihrer Tochter vorzudringen.

Judith wurde von einem Drohn, der bislang nur zugesehen hatte, gepackt und festgehalten – und dann schlug das Alien, das sie hatte stoppen wollen, mit Rebeccas ausgerissenem Bein auf sie ein, drosch unablässig mit dem Glied auf sie nieder. Judith war nicht dafür gebaut, so etwas zu überstehen; ihre milchige Flüssigkeit schoß heraus, vermischte sich mit dem Blut aus Rebeccas zerfetztem Fleisch. Sie brach zusammen, noch immer wild mit den Armen rudernd – bis der Drohn, der sie festhielt, ihr die Arme ausriß und sie achtlos beiseite warf.

»Zurück, alle Mann zurück!« schrie Taylor und hob seine Faust, die etwas Dunkles und Großes umschloß – eine Granate aus dem Schiffsbestand. Paul sah hilflos mit an, krank vor Angst und Entsetzen, wie Taylor sich der größten Gruppe kreischender Drohne entgegenwarf, sah hin –

– bis er von seinem Vater umgerissen und auf den blutigen Boden gezerrt wurde, abgeschirmt von Jason Churchs zitterndem Körper.

Eine Explosion, sein Vater zuckte zusammen, das Getöse löschte die Alienschreie für eine Sekunde aus, und Paul flehte zu Gott, so es denn einen gab, daß es etwas nützte, daß diese Bestien allesamt starben …

Church lächelte traurig. »Er hat lediglich zwei der Drohne erwischt; eher ein symbolischer Protest.«

Er schüttelte den Kopf, und die tiefe Stimme des Crewmitglieds fiel ihm wieder ein, seine starke, ungehobelte Art. »Taylor. Mein Gott, wie hat dieser Mann seine Zigarren geliebt …«

Aber er schweifte ab. Church seufzte, schob die Erinnerung widerstrebend beiseite und sprach weiter.

»Danach ergriffen die Aliens das Ruder. Wir wurden getrennt, und man brachte mich in die tiefsten Tiefen des Stocks. Unterwegs sah ich, was aus der Mannschaft des anderen Schiffs geworden war …«

Paul hörte auf sich zu wehren, als ihm klar wurde, daß es nichts brachte. Er vergeudete nur seine ganze Kraft, und den Drohn, der ihn umklammert hielt, störte das nicht im geringsten, er transportierte ihn einfach weiter mühelos durch die dunklen, stinkenden Gänge.

Während er zuließ, daß der Drohn ihn schleppte, suchte er verzweifelt nach einem Fluchtweg; wenn es einen gab, so sah er ihn nicht. Das Nest war stabil, die schwarzen Aliensekretionen massiv und nahtlos.

Obwohl ihm die Nase lief, die ansonsten vom vielen Weinen verstopft war, konnte er doch die widerwärtige Luft riechen, den Gestank nach Verwesung und Zerfall – und jetzt, als sie einen weiteren nach unten führenden Gang betraten, wurde dieser Gestank noch stärker.

Einmal hatte seine Familie bei einer ihrer planmäßigen Zwischenlandungen die Leiche eines Schmugglers geborgen, einen geschlechtslosen, halb vergrabenen Kadaver, der an einer Kugel im Rücken gestorben war, zweifellos aus der Waffe eines habgierigen Schiffskameraden. Der Schmuggler war vielleicht schon seit Monaten tot gewesen, und es hatte grauenhaft gestunken, süßlich und bitter.

Dieser neue Geruch war ähnlich, nur tausendfach stärker. Paul blickte sich aus tränenverquollenen Augen um, konnte aber keine Leichen sehen, keinen Menschen –

Über ihm tropfte es. Paul schaute hoch und wußte bereits, was er zu sehen bekommen würde, versuchte vergebens, sich gegen den Anblick zu wappnen.

Mindestens ein Dutzend Menschen hing von der Decke, die Körper nackt und aufgedunsen, die Münder weit aufgerissen zu einem lautlosen Schrei. Männer und Frauen, Gesichter und Glieder durch das Spinngewebe der Aliens miteinander verbunden, zu einem grotesken, lebendigen Teppich der Verstümmelung geknüpft – aber nur teilweise lebendig. Der Gestank stammte von denen, die schon gestorben waren und deren Kadaver zu modrigem, flüssigem Fleisch verfaulten, das leise auf den Boden platschte.

Brutkästen. Das ist es, was hier geschieht, das werden sie auch mit uns anstellen …

Der Drohn schleppte ihn weiter, die baumelnden Glieder der menschlichen Brutkästen strichen ihm mit kalten, toten Fingern durchs Haar; er wurde zu einem leeren Platz an der hinteren Wand gebracht und grob dagegen geworfen. Unweit davon gab es eine Pfütze mit grünlich-grauer Flüssigkeit, der schillernde Schleim wimmelte von häßlichen kleinen Kaulquappen, doch Paul wagte nicht einmal eine Vermutung, was es damit auf sich hatte; er konnte nur den hängenden Wald aus Fleisch anstarren und versuchen, ihn nicht zu sehen. Er konnte schon nichts mehr vermuten, empfand nur noch dumpfe Benommenheit.

Er wurde mit dicken Schnüren aus dem spinnwebartigen Sekret an der Wand befestigt, die Arme über sich ausgestreckt, ein Bein hoch, das andere halb auf dem Boden. Der Drohn rasselte, ein leiser kichernder Laut, dann wandte er sich um und ließ ihn zurück, damit er über sein weiteres Schicksal nachdenken konnte.

Stunden vergingen, und der einzige Laut dort war das langsame Tropfen vor ihm und das gelegentliche unbewußte Stöhnen von einem der sterbenden Brutkästen. Stunden und Stunden und Stunden. Das halbdunkle Licht verblaßte, verging und kehrte zurück. Paul schrie eine Zeitlang, schlief dann ein und erwachte, um neuerlich zu schreien, doch nichts änderte sich.

Manchmal hörte er weit weg andere Schreie, ferne Menschenstimmen, die flehten und schluchzten, aber sie hielten nie sehr lange an. Er war sich nicht sicher, ob ihn das interessierte, glaubte aber, daß es ihn früher einmal interessiert hätte – bevor der schreckliche Gestank ihm Augen und Nase verätzt hatte, bevor dieses Mädchen in Stücke gerissen worden war. Bevor man ihm gezeigt hatte, was aus ihm werden würde …

Als sie endlich erschienen, war er sich nicht sicher, was

er dabei empfand. Zwei dunkle Schemen, die an den hängenden Trauben vorbei in leichten Sprüngen auf ihn zukamen; er musterte sie mißtrauisch, versuchte zu denken –

Sie sind gekommen, um dich nun zu töten.

Paul lächelte, dann lachte er, hieß die Wesen mit einer Stimme willkommen, die schrill war und ihm unbekannt vorkam. Er würde sterben! Das war …

Er durchforschte die Finsternis seines Verstandes nach den Symbolen, dem richtigen Wort dafür, was das war … es war – ein *Wunder,* das war es! Er dankte ihnen, so gut er konnte, nickte und brabbelte Laute, die einem Teil von ihm vertraut erschienen. Er wäre frei von dieser Stätte, frei, seine schmerzenden Augen auszuruhen, einzuschlafen und nicht mehr träumen zu müssen …

Er irrte sich.

»Sie waren gekommen, um mich zu füttern«, sagte er ruhig. »Einer der Drohne grub sein Antlitz in einen hängenden Kadaver, kam dann zu mir und bedeckte meinen Mund mit seinem, zwang mich, das verdorbene Fleisch hinunterzuwürgen. Sie wollten, daß ich am Leben blieb, wenigstens noch eine Weile …

Das Füttern wurde von einem Schrei unterbrochen, dem schlimmsten Laut, den ich jemals gehört habe, vorher wie nachher – er stammte von einem Menschen, klang aber nicht so, als käme er aus einem menschlichen Körper; was immer Quentin Clark zum Menschen gemacht hatte, war unwiederbringlich verloren.

Ein anderer Drohn brachte ihn in die Kammer, und er schrie und schrie, Blut auf den Lippen von seinen zerfetzten Stimmbändern; er war völlig verrückt geworden, wissen Sie, in den Wahnsinn getrieben durch das Grauen, das er in dieser stinkenden Hölle erlitten hatte.

Einer seiner Arme war halb abgerissen, ein Stoffetzen als provisorische Aderpresse um den Ellbogen gebunden. Und im Schritt hatte er ein großes, zerfetztes Loch, die Hose war fleckig von Blut und Fleischspritzern.

Er hörte erst zu schreien auf, als sie ihn in diese Pfütze mit grüner Flüssigkeit stießen und ihn zwangen, daraus zu trinken. Er fing wieder zu schreien an, als sie ihm den Kopf an die Wand klebten ... und schrie noch weiter, als sie ihn schon verlassen hatten, weiter und weiter, Stunde um Stunde, bis er nur noch ein schreckliches kehliges Geräusch wie eine Gans von sich gab.

Ungefähr zu diesem Zeitpunkt begann ich mir alle Mühe zu geben, meine eigene Zunge zu verschlucken ...«

Church hielt inne und lächelte die blassen, stummen Gesichter seines Publikums verzerrt an.

»Wie Sie sicher bereits vermutet haben, war mir damit kein Erfolg beschieden. Ich weiß nicht, warum man mich am Leben erhielt oder warum ich von den anderen getrennt wurde; vielleicht hatte man sie ebenfalls isoliert, und ich war einfach nur der letzte in der Reihe, mit dem sie ihre undurchsichtigen Pläne verfolgten, ich habe den Grund allen Ernstes nie verstanden und werde ihn wahrscheinlich auch niemals verstehen ...

Ich habe überlebt, weil mir keine andere Wahl blieb, obwohl ich danach eine Zeitlang meinen Sinn für Realität verlor. Ich bin mir nicht sicher, für wie lange; Tage, nehme ich an. Schließlich zog mein Verstand sich einfach auf sich selbst zurück ...«

... Bewegung, und ein plötzlicher scharfer Schmerz, gefolgt von einem weiteren Stich, dann von zu vielen, um sie noch zählen zu können. Er stöhnte auf und spürte, wie sein Körper grob von Knochenfingern angestupst wurde, seine betäubten Glieder abrupt zum Leben erwachten und wie vor peinigenden Nadelstichen aufjaulten.

Der Schmerz zwang ihn dazu, die Augen aufzureißen. Vor ihm ruhte in einer Pfütze mit schaumiger Flüssigkeit ein Mann, aufgedunsen und tot. Er runzelte die Stirn, wußte etwas über diesen Mann –

– er hat aufgehört zu schreien, er hat endlich aufgehört zu schreien …

»Clark«, krächzte er, war sich aber nicht sicher, was das bedeutete. Das Ding, das ihn festhielt, gab keine Antwort, sondern schleppte ihn durch unendliche Finsternis davon.

Zeit und Bewegung, dann öffnete sich der Raum. Er wurde hinuntergelassen, und er landete zusammengekrümmt auf einem klebrigen Boden. Ein neuer Ort, neue Laute – saugende, schmatzende Töne. Geräusche von weichem, feuchtem Fleisch.

Etwas klickte da drin.

Paul hob erschöpft den Kopf, blinzelte. Er hatte sehr lange geträumt, etwas von einem Schiff und Quentin Clark, der schrie –

Gellend schrie, und er hörte einfach nicht auf; das war kein Traum …

Bewußtsein, und Paul gefiel das nicht, er *wollte* es nicht, aber er erinnerte sich jetzt wieder an alles. Er mußte eine Zeitlang ohnmächtig gewesen sein, aber die Drohne waren zurückgekommen, hatten ihn von der Wand abgenommen und hierher gebracht –

Paul ließ seinen Blick schweifen, sah die merkwürdigen, wie Eier wirkenden Kugeln rings um sich herum in diesem Raum mit den hohen Wänden. Er rappelte sich auf, kam stolpernd auf die Beine und entdeckte die geschmeidigen schwarzen Gestalten, die in der Nähe kauerten, erblickte einen zappelnden Menschen – die Person, eine *Frau,* war bis an die Grenze des Erträglichen aufgedunsen; ihre Hände hatte man am Boden befestigt, ihre Bewegungen waren schwach und ihre Gestalt schmerzgequält.

Er befand sich in ihrer Brutkammer. Und Louise Clark stand kurz vor der Geburt.

21

Die Drohne ignorierten ihn, umringten knarrend und zischend die stöhnende Frau. Paul war wie gebannt von dem Anblick, vor Entsetzen unfähig, sich zu bewegen, und hilflos sah er mit an, wie einer der Drohne sich näherte und sanft eine Klaue auf ihren monströsen nackten Bauch legte. Er strich darüber und schob die wenigen verbliebenen Kleidungsfetzen zur Seite, bis das gespannte Fleisch zu sehen war.

Ich muß *etwas tun, ihr helfen –*

Er begann am ganzen Körper zu zittern, sein Verstand schrie auf und wollte in die frühere Leere zurück. Es gab nichts, was er tun konnte, nichts.

Eine kräuselnde Bewegung unter ihrer Haut, ein gleitender Finger unter dem Spanntuch aus Fleisch. Louise zuckte zusammen, ihr Rücken schmerzte, ihr Mund schrie lautlos, und nur ein leises Keuchen nach Luft drang hervor.

Sie öffnete die Augen und richtete den Blick für eine lange Sekunde auf Paul – er hatte noch nie einen gequälteren Ausdruck gesehen.

Sie weiß es, Heilige Mutter Gottes, sie weiß, *was geschieht!*

Louise preßte ihren Kopf auf den Boden, schob ihn vor

und zurück, die Bewegungen wurden wilder, als ein weiteres Kräuseln ihren angeschwollenen Bauch durchlief. Wieder öffnete sich ihr Mund, und diesmal *schrie* sie, ein langer, durchdringender Schrei des Schmerzes und der Erkenntnis.

Ihr Bauch zerbarst, platzte in einer Fontäne aus Blut und Exkrementen auf, und sie schrie immer noch. Lebendig und bei vollem Bewußtsein schrie sie, als der nächststehende Drohn in ihre pulsierenden Eingeweide griff und einen kleinen Parasiten herauszog …

Sie starb mit offenen Augen, hatte für die vor Freude hüpfenden Monster ihren Zweck erfüllt. Sie zerrten noch zwei dieser gräßlichen Dinger heraus, triefend von Louises zerfetztem Gewebe. Aufgeregt zischend, hielten sie ihre kleinen, sich schwach windenden Kinder in die Höhe, neugeborene Drohne, die anders als die Spinnenwesen waren, die er zuvor gesehen hatte, länger, aalartiger …

Diese toten, fingerähnlichen Dinger waren das erste Stadium gewesen, und dann der Gedanke, der ihn endgültig umwarf: *Sie hatte Drillinge …*

Paul erbrach sich, hatte nicht gewußt, daß noch etwas übrig war, das sein Körper ausstoßen konnte. Blutige Fleischklumpen quollen aus seinem Mund, deren Anblick und Geruch ihm erneut Übelkeit bereiteten.

Die Drohne schienen das nicht zu bemerken; sie hatten begonnen zu schreien, wütende und entsetzliche Geräusche. Paul blickte auf. Ihm war so schlecht, er fürchtete so sehr, in den Wahnsinn abzugleiten, bangte so sehr um seine *Seele,* daß es eine Weile dauerte, bis ihm klar wurde, was vorging.

Ihre Babys starben. Zwei hatten bereits aufgehört, sich zu bewegen, und keine Minute später quäkte das dritte schwach auf und folgte seinen blutigen Geschwistern.

Tot.

Die Drohne kreischten weiter, rasend vor Wut; schaurig hallten die Echos in der riesigen Kammer wider – doch plötzlich dachte Paul, daß ihre Schreie vielleicht *mehr* waren, sie klangen –

Frustriert.

Ängstlich.

Etwas stimmte nicht mit dem Stock.

»Von diesem Augenblick an hielt ich meine Augen und meinen Verstand für jede Information offen, die mir in meiner neuen Zuflucht helfen konnte; ich würde schon noch einen Weg finden, sie alle zu töten. Irgendeine Krankheit hatte ihr Nest erfaßt, sie waren dadurch verwundbar, und wenn ich die Ursache herausfinden konnte, ließe sich das vielleicht irgendwie nutzen …

Damals schwor ich, daß ich im Falle meines Überlebens zum tödlichsten Feind werden würde, den die Aliens jemals gekannt hatten. Warum sie mich zu dieser Gebärkammer gebracht hatten, wußte ich nicht, und zu jenem Zeitpunkt war mir das auch gleich; ich wußte nur, daß ich noch am Leben war und daß ich einen Weg finden mußte, weiter am Leben zu *bleiben*. Es sollte ihnen leid tun, mich nicht sofort getötet zu haben.

Als sie mich von diesem Ort fortbrachten, sah ich mich genau um. Ich erblickte Dinge, die vorher schon dagewesen waren, die ich in meiner Panik aber nicht bemerkt hatte – Drohne, tot und in Verwesung begriffen. Noch mehr von diesen kleinen, spinnenähnlichen Parasiten, die den Boden bedeckten, in jeder Ecke aufgestapelt, sowie mehrere dieser aalartigen Alien-Jungen wie jene, die aus Louises Bauch gekommen waren. Und einige der erwachsenen Kreaturen waren langsamer als andere, litten an irgendeiner Krankheit, ihre Exoskelette matt, die Bewegungen zittrig.

Man brachte mich zu einer Kammer, in der ich sah, was von Hewett und Johanson übriggeblieben war – sie waren nicht mehr imstande, mich zu erkennen.«

Church zögerte, dachte an die weit aufgerissenen, verdorrten Augen der Crewmitglieder, die begreifenden, leeren Gesichter. Er schüttelte die Erinnerung ab und sprach weiter.

»Ich wurde zu einer weiteren dieser stinkenden Pfützen geführt – doch ich wartete nicht erst, bis die Aliens mich zwangen. Unter Aufbietung aller Willenskraft tauchte ich mein Gesicht in die sumpfige Flüssigkeit und tat so, als würde ich begierig trinken. Ich hoffte, daß man mir, wenn ich mich fügte, die Behandlung ersparen würde, die meine Mannschaftskameraden in unmenschliche Schreckgestalten verwandelt hatte.

Von Anfang an hatte dieser Plan Erfolg. Solange ich ihre Handlungen vorwegnahm, belästigten die Aliens mich nicht. Ich – meine Freunde waren nicht mehr fähig, sich allein durchzuschlagen ...«

Churchs Stimme verlor sich. Sein Publikum brauchte nicht zu wissen, wie er die beiden sterbenden Männer gefüttert hatte, die sich windenden, namenlosen Parasiten in seinem Mund zu ihren Mündern getragen und ihre grinsenden, irrsinnigen Gesichter gemustert hatte, als sie das runterschlangen –

»... wenn ich also sah, daß sie etwas taten, wovon ich glaubte, ich könnte es nachahmen, dann machte ich genau das; ich tat alles, um zu beweisen, daß ich ihnen keinen Ärger bereiten würde.

Bald hörten die Aliens auf, mich so streng zu bewachen, und es wurde mir möglich, meine Umgebung zu erkunden. Ich sammelte so viele Proben organischer Substanz um mich herum, wie ich nur konnte, und hielt sie in einer schmalen Nische versteckt – ich begann einfache Experimente durchzuführen, testete die Reaktionen der Proben aufeinander. Die blutegelähnlichen Dinger in diesen Pfützen überall im Nest sonderten in einer Art Lösung eine gallertige Masse ab, die von den Aliens offenbar als Arznei kultiviert wurde. Und nach vielen Versuchen und Irrtümern entdeckte ich, daß dieses Sekret einen überall anzutreffenden schwarzen Schimmel zerstörte, der für die Drohne giftig war. Die Drohne hatten versucht, uns gegen das, was sie krank machte, zu immunisieren, hatten mit uns experimentiert, nehme ich an, um ein Heilmittel gegen diese Krankheit zu finden.

Tage, vielleicht Wochen waren verstrichen, aber *endlich* hatte ich etwas, etwas, was die Drohne unmöglich verstehen konnten; ich hatte den Schlüssel zu ihrem Überleben in Händen.

Ich machte sofort Gebrauch von meiner Entdeckung, verwendete große Mengen des toxischen Schimmels, um diese lebenden Arzneifabriken zu zerstören. Es funktionierte erstaunlich gut; im Laufe weniger Tage starben die Drohne an ihrem vergifteten Serum. Ich nutzte jede Gelegenheit, die sich mir zur biologischen Sabotage oder zu weiteren Forschungen bot. Meine Experimente nahmen mit jedem Tag an Umfang und Komplexität zu.

Der Gedanke an Flucht wurde zweitrangig angesichts der Ergebnisse meiner Arbeit; ich benutzte die Schädel meiner Mannschaftskameraden als Schalen, machte aus ihrer Haut Gefäße, aus ihren Adern Schläuche – alles und jedes, was ich finden konnte, diente mir dazu, meine Forschungen voranzutreiben …«

Church fiel wieder ein, wie er sie beobachtet hatte, erinnerte sich an das berauschende Machtgefühl, das ihn bei jedem Drohn überkam, der hinstürzte und starb. Er hatte schon in dem Glauben gelebt, daß sie völlig unbezwingbar wären, fast unmöglich umzubringen – und jetzt bewegte er sich unter ihnen und überlebte sie. Vergiftete sie, hielt sie zum Narren. Erfuhr ihre Geheimnisse.

Und war so besessen von seinen Experimenten, daß er schon lange aufgehört hatte, sich zu fragen, wie das wohl alles enden mochte …

Paul trottete den Gang entlang zu seiner geheimen Kammer und kicherte in sich hinein. Heute wieder vier, vier! Der letzte war vor seinen Füßen gestorben, vergebens mit den dunklen Spinnenarmen fuchtelnd, sein versiegender rasselnder Atem ein qualvoller Todesbote …

Er spürte Bewegung hinter sich. Paul blieb mit gesenktem Kopf stehen und wartete, bis der Drohn vorbei war; sie sahen ihn schon nicht mehr, er war lediglich ein weiterer Schatten, harmlos und –

Eine Klaue, kalt und stumm auf seiner knochigen Schulter. Die Kreatur zischte matt und krank, drehte ihn herum und stieß ihn in die entgegengesetzte Richtung, ihm dicht auf den Fersen.

Fütterungszeit. Paul runzelte unglücklich die Stirn und eilte vor dem Drohn her. Er brachte ihn irgendwohin, damit er etwas aß; die Menschen waren sicher schon alle tot, seit vielen Tagen. Beim Gedanken an Nahrung rumpelte sein Magen, und Übelkeit stieg in ihm auf; die Dinge, mit denen man ihn fütterte, waren bereits zu verfallen, um noch großen Nährwert zu besitzen.

Sie erreichten eine Abzweigung in dem dunklen Gang, und Paul bog nach links ab, wo man die restliche –

Amys! Sein Name war Amys!

– Nahrung aufbewahrte. Der Drohn kreischte ihn an, und er wandte sich überrascht um. Er stand noch immer in der Fortsetzung des Ganges und wartete. Verwirrt drehte er sich wieder zurück. Es gab doch nur diesen Weg …

Die Kreatur packte seinen Arm und zog ihn zu einem hohen Stapel Drohnkadaver. Sie zerrte ihn grob um den Haufen herum, stieß ihn gegen die verwesende Masse –

– und dahinter lag ein weiterer Gang, schmal und dunkel.

Paul mußte trotz seiner Unsicherheit lächeln. Man brachte ihn an einen *neuen* Ort, einen Platz, den er noch nicht mit seinem Gift infiziert hatte. Vielleicht gab es auch dort eine Pfütze …

Oder ich soll nun doch sterben.

Er schob den Gedanken beiseite und konzentrierte sich auf das, was er beeinflussen *konnte.* Wieder zischte der Drohn, und Paul begann hastig den Gang entlangzugehen. Er war leer und dunkel, doch nach ein oder zwei Sekunden erkannte er vor sich etwas Helles, eine andere Kammer.

Er hörte dort weitere sterbende Drohne, hatte gelernt, an der Art, wie sie schrien, wie ihr Atem durch die Tracheen pfiff, das Ausmaß ihrer Erkrankung abzulesen. Fünf von ihnen standen im Eingang; sie traten beiseite, so daß er die kleine Kammer betreten konnte.

Er blickte sich rasch um, erst grinsend, dann stirnrunzelnd; er sah nirgends eine Pfütze, sondern ein großes, abgeschrägtes, wiegenähnliches Etwas, das aus Aliensekreten gebaut war und den Raum beherrschte, das einzige Ding hier drin. Und im Inneren der Wiege lag eine menschliche Gestalt.

Seine Mutter.

Paul spürte, wie etwas tief in ihm verkümmerte und starb. Er hatte geglaubt, ihm seien keine Schrecknisse verborgen geblieben, er habe alle Abscheulichkeiten kennengelernt und alle Greuel durchlitten …

Sie mußte unablässig gegen sie angekämpft haben; ihre

Arme und Beine waren nur noch verwesende Stümpfe, zerfetzt und abgerissen. Ihre Haut war mit Dutzenden, Hunderten kleiner Wunden bedeckt, Klauenmale –

Unerträglich, grauenhaft, sie *lebte*. Er hörte sie bewußtlos atmen, flach und langsam, und jedes Einatmen der stinkenden Luft versetzte den Überresten seiner Seele einen schmerzhaften Stich …

Ein Drohn stieß ihn grob nach vorn; er konnte sich gerade noch abfangen, sonst wäre er hineingestürzt, auf ihr gelandet –

»Neeiiin …«, stöhnte er und spürte, wie der Wahnsinn über ihn hereinbrach, um ihn nie mehr zu verlassen; ihm wurde klar, warum man ihn hierhergebracht hatte.

Die Kreaturen wollten, daß sie sich paarten. Daß sie gesunde, neue Brutkästen hervorbrachten.

Paul merkte, wie die Kammer sich um ihn zu drehen begann und Dunkelheit vor seinen Augen aufzog; er wußte, daß er bald das Bewußtsein verlieren würde und nicht anders konnte, als in die Leere zu fallen. Er beugte sich über sie, und die Drohne sahen zu, zischten freudig –

Paul erinnerte sich an ihr Lächeln, ihr Lachen, die Art, wie sie sich durchs Haar fuhr, wenn sie nervös war – das alles war jetzt weg, unwiederbringlich entrissen …

Sanft, zärtlich legte er seine zitternden Hände um die fiebernde Kehle seiner Mutter und tat das einzige, was ihm noch übrigblieb, um ihre Leiden zu lindern.

Einer der Drohne schrie auf, griff nach ihm, doch die Krankheit hatte ihn zu sehr geschwächt – er kam zu spät. In den letzten Sekunden ihres Lebens quollen Lucian die Augen aus den Höhlen, gewürgt von ihrem einzigen Sohn, und dieser sah den Schmerz darin, den Wahnsinn –

Und schließlich, endlich das leise Flackern von Dankbarkeit. Er weinte, rief ihren Namen, als der Raum sich schneller um ihn zu drehen begann, als die Drohne ihn von der verstümmelten Leiche fortzogen …

… und …

… alles wurde schwarz.

»Als ich wieder aufwachte, hatte man mich an einer Wand der Brutkammer befestigt. Die Aliens taten ihr Bestes; sie versuchten es mit einer letzten Chance …

Sie brachten ein Ei und öffneten es vor meinem Gesicht. Es war ebenfalls von der Krankheit befallen, sie mußten dem schwachen Gesichtswürger aus der Schale helfen. Trotzdem war er noch stärker als ich.

Er zwang meine Lippen und Kiefer auf … schob seine Tentakel die Luftröhre hinunter. Und in meine Brust.«

Church hielt einen Moment inne und stellte fest, daß er nicht weitersprechen konnte, noch nicht. Er konnte ihn beinahe *spüren,* wie manchmal in seinen Träumen – den gewundenen Greifschwanz, der sich um seine Kehle schloß, sich langsam zuzog …

Er blickte hoch und sah dort Crespi und McGuinness, die mit undurchdringlichen Mienen warteten. Endlich brach Crespi das Schweigen, seine Stimme leise und irgendwie mild.

»Aber … wie? Wie haben Sie überlebt?«

Church lächelte schwach. »Wer sagt, daß ich das habe?«

22

Church studierte ihre Gesichter, sah das stumme Entsetzen darin und beschloß, seine kleine Geschichte zu Ende zu erzählen; es gab noch viel zu tun, und er hatte nicht erwartet, nicht im geringsten, Gefühle dieser Art in sich wachzurufen. Er hatte auf eine Katharsis gehofft – und was er stattdessen empfand, war – unklar.

Später; das wird fürs erste genügen müssen.

Vermutlich war ich der Meinung, endlich getötet worden zu sein, aber diese Hoffnung erwies sich als Trugschluß. Ich erwachte und war allein. Ich konnte die schwere Last des Parasiten in meiner Brust ruhen fühlen; es war … *obszön*, dieses Gefühl, dieses ekelhafte, bleierne Gewicht. Man kann unmöglich beschreiben, wie sich das anfühlte und was es für mich bedeutete.

Das von den Aliens abgesonderte Sekret war mit Fortdauer der Krankheit schwächer geworden; ich konnte mich leicht befreien, und keine der Kreaturen kam, um mich aufzuhalten. Allem haftete der Geruch des Todes an, den Aliens, der Mannschaft …

– der düstere, undurchdringliche Gestank, die stolpernden Schritte auf der Flucht, der Wahnsinn, den das tagelange Entsetzen dumpf gemacht hatte, diese letzte Tat –

Ich suchte nicht nach meinem Vater; ich wollte nicht sehen, was sie mit ihm angestellt hatten. Ich wollte nur noch sterben, aber nicht im Inneren des Stocks.

Der Gang nach draußen war nicht bewacht, und da wurde mir klar, daß sie alle tot waren. Trotzdem hielt ich es nicht für möglich, daß man mir erlauben würde, einfach so zu *gehen*, hinauszuspazieren, als hätte sich dieser Alptraum niemals ereignet … doch ich tat es. Spazierte nach draußen, ließ diesen Stock des Todes hinter mir und trat ins Licht hinaus; den Ort, der mir einmal wie das Paradies erschienen war, gab es nicht mehr.

Die frische Luft, die Helligkeit, das war ein ziemlicher Schock für meine gepeinigten Sinne. Unmittelbar vor dem Nest brach ich zusammen, aber ich war glücklich, wußte ich doch, daß ich wenigstens mit der Sonne auf dem Gesicht sterben würde.

Nach einer Weile stellte ich fest, daß ich weitergehen konnte. Ich passierte das Schmugglerschiff und kehrte zur *Incunabulum* zurück. Sie war unberührt und summte, die Energiespeicher waren voll.

Und so kehrte ich denn heim. In unser bequemes Schiff, hübsch und unabhängig, erfüllt von gütigen Geistern, die mich liebten. Der terrestrische Kalender sagte mir, daß ich mich dreiundvierzig Tage im Stock aufgehalten hatte, und keine Ewigkeit, wie es mir erschienen war …

Ich dachte an meine Familie und an diese Aliens, die gemeinsam dort lagen, fast Arm in Arm. Im Tod waren sie vereint; ich allein war der Apokalypse entronnen. Ich lebte noch, aber ich kann nicht behaupten, *überlebt* zu haben. Den Paul Church von früher gab es nicht mehr. Und vielleicht … vielleicht hatte das seinen *Grund*.

Plötzlich wollte ich wieder leben – war ich verzweifelt bemüht, neu anzufangen. Es stand völlig außer Frage, wie es auch völlig außer Frage stand, warum ich als einziger lebend davongekommen war – aber ich kann Ihnen sagen, das Gefühl war überwältigend und herrlich, wie ein Spritzer kalten Wassers auf dehydriertem Fleisch. Ich wollte meine Wiedergeburt nicht vergeuden und durch Eigennutz vertrödeln, sondern weitermachen, weiter nach einer Lösung suchen. Also schickte ich ein Notsignal los.

Vier Stunden brauchte ich, um meinen Körper zu reinigen. Ich versorgte meine Wunden, dann benutzte ich das Ultraschallgerät des Schiffs, um die Alienlarve in meiner Brust zu untersuchen. Sie war tot, tot und bereits am Verwesen; sie mußte sofort entfernt werden.

Ich hatte nicht die geringste Erfahrung als Chirurg, aber ich suchte mir alle nötigen Informationen und Werkzeuge zusammen und machte mich an die Arbeit. Das Schiff hatte Gott sei Dank eine recht gut ausgestattete medizinische Abteilung. Die Operation dauerte sieben Stunden, war allerdings ein voller Erfolg.

Als einen Monat später das Rettungsteam eintraf, konnte ich sie auf meinen eigenen zwei Beinen begrüßen – obwohl ich damals völlig mager und ausgezehrt war, lebendig, aber in schlechtem Zustand.

Ich wurde lange verhört. Es stellte sich heraus, daß die Schmuggler – sie wollten Aliens züchten, können Sie sich das vorstellen? – für den Stock verantwortlich waren.

Für den Konzern waren meine Erfahrungen von größtem Wert. Als Entschädigung für meine schwere Prüfung im Dienst der Regierung ließ man mich biomechanisch überholen. Der Stock wurde vernichtet, bevor ich Gelegenheit fand, ihnen von dem giftigen Schimmel oder den Gallert absondernden Blutegeln zu berichten – ein tragisches Versäumnis für uns alle. Ich habe oft versucht, den Schimmel zu reproduzieren – bisher ohne Erfolg –, und nie habe ich von einer Spezies gehört, die diesen schwimmenden Larven auch nur nahegekommen wäre. Aber seitdem habe ich mein Leben dem Studium der Aliens gewidmet. Und eines Tages …«

Church seufzte, dann machte er eine weit ausholende Geste in die Runde. »An Bord dieser Station schränken keine Gesetze meine Forschungen ein. Meine Arbeit ist blasphemisch – abscheulich – *illegal,* da bin ich sicher. Und bislang habe ich der Aliengefahr noch nicht Herr werden können. Aber meine Experimente haben *durchaus* einige unerwartete, wunderbare Ergebnisse gezeitigt.«

Er suchte Crespis durchdringenden Blick. »Sie haben zweifellos schon Gerüchte gehört – über Metabiotika, sich selbst erneuerndes Hirngewebe, erworbene intrasensorische Fähigkeiten, das sogenannte ›Zeitserum‹ ...«

Crespis Augen wurden zu schmalen Schlitzen. »Das Zeitserum? Ihre Arbeit?«

»Ja. Die Ergebnisse werden allen zugute –«

»Ergebnisse?!« McGuinness machte wütend einen Schritt auf ihn zu, schnitt ihm das Wort ab. »Sie haben diese Leute für – die *Wissenschaft* getötet?!«

Church starrte sie kalt an. »Ich habe niemanden getötet. Ich habe mich lediglich der Leichen von Soldaten bedient, die in Erfüllung ihrer Pflicht starben. Die von den Leichen abgesonderten Chemikalien sind unschätzbar; sie sind der Schlüssel zur endgültigen Lösung – die Entstellungen, die Mutationen sind zwar unappetitlich, aber notwendig. Jede Reaktion wird sorgfältig registriert und aufgezeichnet, und die Resultate werden für die Entwicklung neuer telepathiner Drogen verwendet – synthetischer Chemikalien, die der Aliengefahr schließlich ein Ende machen werden.

Und Sie beschuldigen mich des Mordes? Wirklich, McGuinness, Sie kennen doch die Wahrheit. Hören Sie auf, die Unschuldige zu spielen.«

Sie schaute Crespi verwirrt an. Und sehr ängstlich.

»Ich habe keine Ahnung, wovon er –«

Church runzelte die Stirn. »Oh, bitte. Sie sind nicht die einzige, die mit Spionagekameras umgehen kann; Sie haben Crespi ein gefälschtes Foto gezeigt, das ihn überzeugt hat, daß Sie und David Lennox verlobt waren.«

Jetzt war sie sichtlich schockiert. »Was –?«

Church betrachtete traurig den Mensch-Computer, der einmal sein Assistent gewesen war. »David war Körperspender; er glaubte an mich. Sie haben ihn kaum gekannt …«

Church wandte sich ihnen wieder zu. Zornbebend und noch immer ungläubig stotterte McGuinness:

»Sie – Sie *Lügner* –«

Church schüttelte traurig den Kopf und sah wieder zu David. »Ich muß es schließlich wissen. David und ich waren ein Paar.«

»*Nein!* Er *lügt,* Crespi, hören Sie nicht auf ihn!«

Church fuhr herum und wandte sich mit fester Stimme an Crespi: »Denken Sie darüber nach, und denken Sie *gut* nach, Crespi! Mortenson hat für die Grant Corporation spioniert; Admiral Thaves *wußte* das, er hat ihn auf frischer Tat ertappt! Mortenson stand auf Anordnung der Schiffsleitung unter ständiger Bewachung, aber er ist uns irgendwie entwischt und endete als Leiche … und Sharon McGuinness war seine Partnerin.«

Ihr panischer Blick huschte zwischen den beiden Männern hin und her. »Das ist gelogen!«

Church starrte sie an. »Die Entscheidung überlassen wir doch lieber einem Tribunal. Also, Doktor, wenn Sie jetzt so freundlich wären, diese Frau zu verhaften –«

»Crespi – Tony, *bitte!* Er wird mich umbringen!«

Crespi schwankte, sah Church an und dann die Frau, seine Miene unentschlossen. Wenn Crespi vernünftig war und *logisch* dachte, mußte er die Wahrheit dessen, was Church sagte, einsehen, ihm bliebe gar nichts anderes übrig. Church wartete und fragte sich, was er wohl täte – ob er wirklich so gescheit war, wie er schien.

McGuinness stand mit dem Rücken zur teilweise geöffneten Luke; wenn Crespi die richtige Entscheidung traf, würde sie dann fliehen?

So viele unbeantwortete Fragen …

Die drei standen schweigend da, Eckpunkte der Hoffnung, Verzweiflung und Wahrheit, und warteten wie festgeschweißt auf die unvermeidliche Entscheidung.

23

Crespi hatte sich die Geschichte des Doktors angehört, erst fasziniert, dann mit wachsendem Ekel und schließlich voller Ehrfurcht für Paul Church. Ein Mann von geringerer geistiger Größe hätte nicht überlebt, geschweige denn, solche Konsequenzen aus den Ereignissen gezogen wie Church. Dieser Mann hatte in der verhaßten Brut gelebt, die Situation genutzt und die abscheulichen Monster dann mit wenig mehr als seinem Verstand und bloßen Händen getötet …

Und nun das – diese Anschuldigung. Das war fast mehr, als sein benebelter, erschöpfter Verstand fassen konnte. Er starrte Church an, dachte über seine Worte nach, sah den klaren, ruhigen Blick voller Selbstsicherheit und Überzeugung. Wenn er log, dann ganz vortrefflich.

Er sah McGuinness an, die Frau, die er zu kennen glaubte. Ihre Augen waren weit aufgerissen vor Angst und drückten ein stummes Flehen aus. Sie war immer ehrlich mit ihm gewesen, oder nicht? Die Kodekarte war *tatsächlich* der Schlüssel zum geheimen Labor gewesen, sie hatte ihn hineingebracht, war ebenso schockiert und entsetzt gewesen wie er.

Aber – war sie deshalb unschuldig?

Es gab Lücken in ihrer Geschichte, vielleicht … In der von Church aber auch, und so lief alles darauf hinaus, wem er eher glaubte – ihr Wort gegen seines. Wenn sie ihn nun angelogen hatte, was die Anzahl der Todesfälle in der Mannschaft betraf, und das wäre eine *Kleinigkeit* gewesen; sie könnte in jeder Hinsicht gelogen haben –

Und Mortenson. Was hatte er *wirklich* mit diesen Anzügen angestellt? McGuinness sagte, er sei auf Anordnung der Station dort gewesen, aber auch da stand ihr Wort gegen Churchs …

Er blickte wieder den Doktor an und überschlug, was er bislang wußte. Churchs Bio-Aufrüstung bedeutete, daß er sie beide mit Leichtigkeit töten konnte, wahrscheinlich ohne auch nur schneller zu atmen. Warum sollte er versuchen, McGuinness' Verhaftung herbeizuführen, wenn er die Frau tot sehen wollte oder sie beide? Er hatte alles zugegeben, zugegeben, daß seine Arbeit brutal, nicht sonderlich anziehend und sogar illegal war. Und es ging ihm nicht darum, daß man sie guthieß, er suchte nicht nach Entschuldigungen für das, was er getan hatte.

Aber was ist mit dem Alien in seinem Geheimlabor? Wer sonst hätte es hereinlassen können?

Und zu guter Letzt: *Wieso hatte McGuinness über die Kodekarte, nicht aber über den Drohn Bescheid gewußt?*

Crespi schloß die Augen, gepeinigt von widerstreitenden Gefühlen, Wahrheit oder Lüge, er oder sie. Es konnte keinen Kompromiß geben. Er versuchte aus dem Bauch heraus zu entscheiden, und wieder gelang es ihm nicht; er war müde, so müde, wollte nur noch, daß es endlich vorbei war, sich einfach irgendwo hinlegen und schlafen …

»Es … es tut mir leid«, wisperte er.

Die Entscheidung war gefallen.

McGuinness war wütend über die Anschuldigungen, wütend und von verzweifelter Angst erfüllt, daß Crespi auf Church hören könnte. Wieso zögerte er noch? Wieso nahm er Churchs *Lügen* auch nur einen Moment lang für bare Münze?

»Es … es tut mir leid«, wisperte Crespi, und als er die Augen aufschlug, sah er sie an.

»Sehr leid, aber ich – McGuinness, ich muß –«

Sie wich zurück und spürte, daß ihr Arm über das kühle Metall der Luke hinter ihr strich, schaute hin. Die Öffnung führte auf einen langen, dunklen Korridor hinaus.

»Ihr *Monster*«, keuchte sie, und benommene Tränen der Fassungslosigkeit quollen ihr aus den Augen. *Das kann doch nicht wahr sein, unmöglich –*

Sie drehte sich um und floh.

Crespi griff nach ihr, aber sie war schon fort, ihre Schritte hallten hohl durch den glatten Metallgang wider.

»McGuinness!«

Er drehte sich um und warf einen kurzen Blick auf Church, sah, wie der Doktor rasch zu einer Bedienungsanlage in der Wand ging.

»Hinterher! Ich kann von hier aus jede Tür in der Station kontrollieren, wir können sie in die Grube treiben!«

Crespi rannte bereits, und jetzt klangen seine Stiefel durch den Korridor, warfen ein spöttisches Echo zurück –

Church hatte recht, mein Gott, was war ich doch für ein Narr –

Das hier war ein schlechter Traum, der viel zu schnell ablief – er hatte den Eindruck, in einem Auto zu sitzen, das von der Straße abgekommen war, in einem Affenzahn die Böschung hinunterzurasen, weg von der Realität, vom Rationalen, und seine Intuition war keinen Pfifferling mehr wert, so daß er volles Risiko fahren mußte, um den Karren wieder auf Kurs zu bringen …

Er erreichte das Ende des Ganges, bog um eine Ecke und sah sie gerade noch um die nächste Ecke verschwinden, immer noch nach Leibeskräften rennend. Es gab mehrere dumpfe *Klongs,* als sich irgendwo Türen schlossen und ihre Fluchtmöglichkeiten einschränkten, sie allmählich einschlossen.

»Geben Sie auf, McGuinness!« Sein Ruf hallte durch den Flur, erreichte sie sicher, doch sie lief weiter.

Noch eine Biegung, noch ein Huschen vor ihm, diesmal näher, er holte auf. Seine Schritte hämmerten wütend auf den Boden ein – *Warum hatte sie lügen müssen, warum, wie konnte ich nur so blind sein* –, und er bog um die Ecke, unmittelbar hinter ihr.

Sie stöhnte auf, als sie sah, wie nahe er schon war, und hechtete von Angst beflügelt weiter. Er konnte jetzt ihren Atem hören, ihre Flüche.

»Verdammt, verdammt …« Ihre Stimme verklang, als sie noch eine Biegung nahm.

Er rannte, duckte sich – und hatte sie in die Ecke getrieben, kein Ausweg mehr, ihr Rücken an der geschlossenen Wand, ihr Gesicht eine Maske des Grauens –

»Nein!« schrie sie, blickte aber *hinter* ihn, in den Gang, aus dem sie gekommen waren.

Crespi fuhr herum, als die Tür des Pferchs von der Decke heruntergiltt, ein jähes metallisches Krachen nach den zerrissenen Echos im Gang. Er wandte sich ihr wieder zu, schwitzend, aber zufrieden; sie saß in der Falle, hier kam sie nicht mehr weg –

Der Ausdruck nackter Panik, der über ihr Gesicht huschte, ließ ihn innehalten.

»Ich werde Ihnen nichts *tun*«, sagte er, irgendwie gekränkt, daß sie das von ihm glauben konnte, aber sie schien ihn überhaupt nicht zu hören.

»Jetzt hat er uns«, flüsterte sie, und plötzlich hämmerte Crespis Herz noch viel schneller als während des Laufens, und sein Magen verkrampfte sich.

Sie schaute hoch, und er folgte ihrem Blick, sah Paul Church, wie er an die Brüstung über dem Zwinger trat und etwas zu ihnen herunterrief.

»Sie hätten wirklich auf sie hören sollen, Crespi.«

Ihr Häscher lächelte und verschränkte die Arme.

Crespi kippte gegen die Wand zurück, und ihm klangen die Ohren vom dumpfen Pulsschlag des Blutes; er fühlte sich wütend und verletzt und verloren zugleich.

Er hatte die falsche Wahl getroffen, und das würde sie teuer zu stehen kommen.

24

Lächelnd stand Church da. Crespi war *wirklich* ein vernünftiger Mann. Die Geschichte, die er ihm aufgetischt hatte, konnte durchaus die Wahrheit sein, hatte jede Menge Sinn ergeben – nur daß sie nicht stimmte und Crespi anscheinend doch nicht so superklug war. Sein Assistent mußte mehr draufhaben.

Er schaute auf das Paar hinunter und genoß den Augenblick. Die Frau war ihm eine große Hilfe gewesen, ihre panikerfüllten Blicke, die Heftigkeit; die abschlägigen Antworten, die sie brüllte – und sie war genau in dem Moment losgerannt, den er vorausgesehen hatte.

Nun ja, zu dem er es sich erhofft *hatte.*

Wie auch immer. Letzten Endes hatte sie getan, was er wollte, von ihrem tapferen, törichten Ritter zu dieser Verzweiflungstat getrieben.

Natürlich hätte er die beiden auch einfach herbringen lassen können – aber wo wäre dann der Spaß geblieben? Nein, es war viel besser, daß Crespi die Entscheidung getroffen hatte und jetzt mit dem Wissen leben mußte, daß er sie beide ins Unglück gestürzt hatte, sich und McGuinness, alles im Namen der Pflichterfüllung ...

Crespi machte eine große Show aus seinem Erstaunen, faselte mit knallrotem Gesicht dummes Zeug.

»Church! Was zum Teufel *machen* Sie da?«

Church schüttelte traurig den Kopf. »Ich bitte Sie. Sie gefallen sich doch nur selbst darin, so erstaunt darüber zu tun, wie leicht ich Sie täuschen konnte. Euch Typen kann man doch mit einem Keks bestechen, mit drei Worten reinlegen – wirklich, ich kann gar nicht glauben, wie schnell Sie dazu bereit waren, die Wahrheit gegen etwas einzutauschen, was einfach nur besser *klang.*«

Crespi antwortete nicht, warf McGuinness aber einen irgendwie schuldbewußten Blick zu.

Bezaubernd! Da hat er nun auf ihren Teppich gepinkelt und fühlt sich einfach schrecklich *deswegen – »Hier, meine Teuerste, Rosen für Sie, tut mir so leid wegen der Sauerei, können Sie mir noch einmal verzeihen?«*

Church lachte gackernd, spürte jedoch, wie sich in seinem Inneren etwas verhärtete. Eigentlich war das traurig. Erbärmlich.

»Sie sind ein Sklave Ihrer empirischen Wahrheit«, schnaubte er. »Ein Sklave des Liebreizes und des Lichts. Und was stellen die in Wirklichkeit dar? Künstliche Abstraktionen, von embryonalen Geistern ersonnen, die unfähig sind, mit der Wahrheit fertig zu werden. Wo existiert das Gute denn schon? Nur in euren leeren Hirnschalen; mein Gott, wenn ihr bloß wüßtet, wie ich euch sehe … ihr *Menschen.*«

Der kleine Mann war verwirrt. »Aber *Sie* sind doch auch ein Men–«

Church seufzte. »Ach, halten Sie die Klappe, Crespi. Müssen Sie sich denn ständig vom Augenschein täuschen lassen? Ich habe Ihnen bereits die Wahrheit gesagt, aber Sie hören mir einfach nicht zu; ich habe den Stock nicht überlebt – ich *bin* der Stock. Wenn ich dem Kosmos ins Antlitz schaue, blinzelt er. Aber Sie – der brave Soldat, so stolz auf sein bißchen Grips, seinen Mut –, Sie sind nichts als ein alberner Hurra-Brüller, so engstirnig, so *begrenzt,* mit seinen kleinen Zielen beschäftigt, seinen kleinen Gedanken. Sie sind nicht einmal meine Verachtung wert, verstehen Sie? Nicht mehr als Mortenson oder irgendeiner der anderen; Sie sind nur ein weiterer warmer Körper.«

Er war aufrichtig wütend, wenn auch nicht besonders überrascht. Er hatte solche *Hoffnungen* in Crespi gesetzt, hatte einmal sogar allen Ernstes geglaubt, daß er an der Schwelle zum Begreifen stünde – die Fesseln der präkonditionierten, belanglosen Moral abstreifen und in die unbekannten Bereiche dahinter vorstoßen könnte …

Es tat weh, sich zu irren. Und Schmerz zog immer Wut nach sich, oder? Nächstes Mal würde er versuchen, seine Erwartungen auf ein Minimum zu beschränken.

Dasselbe hast du auch bei David gesagt, Doktor. Wirklich, du solltest allmählich versuchen, aus deinen Fehlern zu lernen …

Er spürte, wie seine Wut langsam nachließ und verging. Schließlich war es ja nicht Crespis Schuld, daß er ihn maßlos überschätzt hatte, und daß Crespi kein Vertrauen in McGuinness gehabt hatte, konnte er ihm auch nicht vorwerfen. Menschen hatten nun einmal die schlechte Angewohnheit, einander im Stich zu lassen – starben an ihrer fehlenden Zielbewußtheit, rechtfertigten ihre Existenz durch selbstgerechte, egoistische Angriffe auf ihre Mitmenschen …

In gewisser Hinsicht war dies das Beste, was er für sie tun konnte, *mit* ihnen tun konnte; wenigstens wäre so ihr Leben nicht völlig vergebens gewesen. Es bestand noch Hoffnung für Crespi.

Church streckte seine Hand aus und ergriff die tragbare Fernbedienung für die in der Wand des Pferchs installierte Elektroschockanlage.

»Sie haben die Ehre, zu meinen Forschungen beizutragen, meinen *wahren* Forschungen – die Sie vorhin in diesem Labor vorgefunden haben, für die Sie aber zu engstirnig waren, sie zu erkennen. Zwar werden Sie sich nicht in einem Zustand befinden, in dem Sie es schätzen könnten, aber Sie werden nichtsdestotrotz an der Erschaffung einer evolutionären Brücke zur wahren Krone der Schöpfung teilhaben. Die rosarote Poesie des Menschen wird im schwarzen, leeren Genius der Aliens untergehen – und das Ergebnis wird die ursprüngliche und endgültige Kreatur sein. Sie wird sich aus sich selbst heraus speisen und aus sich selbst heraus leben.

Und ich werde ein Teil von ihr sein.«

Er konnte beinahe fühlen, wie seine Augen von dem inneren Feuer loderten, als er endlich sein Streben offenbarte. Er fühlte sich mächtig, unberührbar –

– und diese kleinen Leute werden glauben, du spuckst einfach auf das Gegebene; nur weiter so.

Er lächelte in sich hinein. Es war nicht nötig, es ihnen weiter zu erklären, sie waren zu abgekapselt, um die Wahrheit zu hören – und sie würden sie ohnehin nicht verstehen.

David hatte das auch nicht, und der war gescheiter gewesen als beide zusammen.

Church deutete auf die Tür, die sie ins Labyrinth führen würde. »Gehen Sie durch diese Tür, Sie beide.«

Crespi starrte mit nahezu ausdrucksloser Miene zu ihm hoch, doch als er sprach, troff seine Stimme von purem, blankem Haß. »Fahren Sie zur Hölle!«

»Da war ich schon«, sagte Church milde und drückte auf das Kontrollgerät in seiner Hand.

Heftige Energien entluden sich, weiße und blaue Funken flogen, als beide in wilde Zuckungen ausbrachen, zu Boden stürzten und sich vor Schmerzen krümmten. Ein seltsames verzerrtes Stöhnen drang aus Crespis Kehle, der dem Schaltkreis am nächsten war, ein leiser, qualvoller Laut. McGuinness wollte »Aufhören« schreien, stotterte aber und stockte, den Mund offen, die Zähne fast *glühend* –

Church ließ die Taste widerstrebend los. Zuviel würde sie töten, bevor sie auch nur Gelegenheit gehabt hatten anzufangen – und er wollte unbedingt sehen, wie weit sie kommen würden, bevor er ihre Leichen barg und das Gehirngewebe für den künftigen Gebrauch untersuchte. Der Trick mit dem Telepathin hatte seinen Zweck bestens erfüllt, aber in Wahrheit benötigte er ganz andere Chemikalien. Manche der Verstümmelungen, die er an seinen Testpersonen vorgenommen hatte, waren *anfangs* erforderlich gewesen –

Ein flüchtiger Gedanke, wieder weg, bevor er noch gemerkt hatte, daß er ihm gekommen war.

Jetzt nicht mehr, jetzt gefällt es dir einfach nur noch.

Church schüttelte den Kopf. Sein Hauptaugenmerk lag zur Zeit auf der genetischen Arbeit, auch wenn noch weitere chemische Untersuchungen nötig sein würden. Menschen und Drohne miteinander zu verschmelzen war keine leichte Aufgabe, und er mußte den gemeinsamen Nenner finden, den gemeinsamen Überträger der Wut.

Damit das Ganze überhaupt einen Wert hatte, mußten sie jetzt allerdings langsam anfangen. In einer Stunde würden die Labortechniker an seine Tür klopfen …

»Wo bleibt Ihr Sportsgeist? Wenn Sie es durch das Labyrinth schaffen, lasse ich Sie vielleicht sogar am Leben.«

Das klang selbst in seinen Ohren gelogen, aber *irgendeinen* Ansporn mußte er ihnen ja geben.

McGuinness kroch zu dem am Boden liegenden Doc, rappelte sich langsam auf und half dann ihm wieder auf die Beine.

»Alles in Ordnung?«

Er hustete, schüttelte den Kopf. »Nein.«

McGuinness hakte sich unter, und gemeinsam schleppten sie sich zur Tür; wunderbar! Church drückte auf die Öffnungstaste und rief ihnen hilfsbereit zu, als sie den dunklen Gang betraten: »Achten Sie auf den ersten Schritt; der ist tückisch!«

Er drückte erneut, versperrte ihnen den Rückweg aus dem Irrgarten, dann eilte er die Rampe hinunter zu den Videomonitoren.

Flackernd leuchtete der große Schirm auf und zeigte die beiden, wie sie unmittelbar hinter dem Eingang standen und leise miteinander sprachen.

»Jetzt tut es mir *wirklich* leid, McGuinness.«

Sie lächelte irgendwie ironisch, eine perfekte Kameraperspektive. »Verzeihen Sie, aber dafür ist es wohl ein wenig zu spät.«

Galgenhumor, wie bewundernswert! Church tippte auf eine Taste und sprach ins Intercom.

»Geht weiter, Kinderchen, sonst brate ich euch an Ort und Stelle.«

Sie zögerten nur eine Sekunde, ehe sie weitergingen, die Augen weit aufgerissen in der lautlosen Dunkelheit.

Church setzte sich und lehnte sich lächelnd zurück.

Das würde ein Mordsspaß werden.

25

Es war dunkel in dem Gang, dunkel und kalt. McGuinness fröstelte, so daß sich Gänsehaut auf dem Fleisch ihrer nackten Arme bildete; sie wünschte, daß die Witterung das einzige wäre, worüber sie sich Sorgen machen mußten.

Sie bewegten sich langsam auf eine geschlossene Tür am Ende des Korridors zu, den einzigen Ort, an den sie gehen *konnten*; sie sah die kleinen, leuchtenden roten Lämpchen der Videokameras an den Wänden und zählte sie geistesabwesend. Vier in dem kurzen Flur, vier verschiedene Perspektiven, so daß Church sicher sein konnte, sie optimal ins Bild zu bekommen.

»Verrücktes Wissenschaftler-Arschloch«, murmelte sie in der Hoffnung, daß auch die Audiosensoren das sauber rüberbrachten. Schlimm genug, daß man sie praktisch in den sicheren Tod schickte – aber daß es auch noch zum *Vergnügen* dieses kranken Bastards geschah …

Crespi schaute flüchtig zu ihr hinüber, dann heftete sich sein Blick fest auf die geschlossene Tür. »Ich – hätte nicht auf ihn hören sollen, McGuinness; das ist meine Schuld, und –«

»Nein, ist es nicht; er hat alles geplant. Wenn Sie beschlossen hätten, daß er lügt, hätte er uns geschnappt und hierher gebracht; stark genug dazu ist er – er wollte einfach nur sehen, wie Sie Mist bauen.«

Crespi nickte und sagte mit leiser Stimme: »Ja, aber ich *habe* Mist gebaut –«

»Kann man wohl sagen«, flüsterte sie. »Aber schließlich habe ich mich freiwillig in diese Lage gebracht, oder nicht? Wissen Sie was – wieso suchen wir nicht einfach einen Weg hier raus und besprechen die Sache später bei einem Kaffee …«

Wieder nickte er, und ein leichtes Lächeln umspielte die Mundwinkel seines ansonsten ernsten Gesichts. Sie kamen der Tür Zentimeter für Zentimeter näher.

Plötzlich glitt sie mit einem schwachen hydraulischen Zischen auf. McGuinness zuckte zusammen und sah, daß es Crespi genauso erging. Sie standen eine gute halbe Minute nur da und durchforschten die neue Dunkelheit nach Anzeichen von Bewegung, doch es gab keine.

Sie spürte, wie die Spannung ein wenig aus den schmerzenden Muskeln, aus ihrem Nacken wich – aber nicht völlig. Der Schock, den Church ihnen versetzt hatte, hatte sie ausgelaugt und ihrer Kräfte beraubt, doch das Adrenalin, das jetzt durch ihr Nervensystem schoß, würde nicht zulassen, daß sie sich entspannte, keinen Moment lang.

Gut.

Crespi ging als erster, seine Miene auf einmal kalt und entschlossen. Ein tiefer Atemzug, dann folgte McGuinness ihm.

Crespi brachte seinen ganzen Körper in Alarmbereitschaft, als die Tür zischend aufging, doch es regte sich nichts, kein Wirbel aus Zähnen und Klauen stürmte plötzlich auf sie zu. Gähnende Schwärze lag vor ihnen, anscheinend leer, nur von den kleinen Lämpchen der Kameras erhellt, die ein spärliches Licht warfen; Church mußte Infrarot benutzen, vielleicht auch ein serienmäßiges Tachyonenmeßgerät …

Seine Gedanken schweiften ab. Er schüttelte sich innerlich und versuchte das schmerzende Unwohlsein abzustreifen, das ihn einhüllte; seine Sinne waren abgestumpft, kein Schlaf, der elektrische Schlag, alles, was bisher geschehen war –

Wenn er sich nicht zusammenriß, waren sie so gut wie tot.

Du bist sowieso schon tot, und das weißt du auch. Wenn du tatsächlich *glaubst, daß Church euch gehen läßt, bist du wirklich ein Träumer.*

Genau. Aber Aufgeben war auch keine Lösung; er mußte schließlich an McGuinness denken –

Der Gedanke ließ ihn erstarren. Er suchte die Dunkelheit vor sich ab, runzelte die Stirn, dachte noch einmal darüber nach.

Wenn es nur um *ihn* ginge …

Du würdest einen Weg finden, es zu beenden, nicht wahr?

Nein!

Vielleicht …

Die innere Debatte war nutzlos, müßig; es ging nicht nur um ihn. Aber daß er bereit war zu sterben, Churchs kleinem Spiel ein Ende zu bereiten, indem er sich opferte – das war beängstigend, vielleicht noch beängstigender als die leere Schwärze vor ihm und die Gefahr, die dort auf sie lauerte …

Wirklich? Du bist doch schon tot, vor einer Million Jahren auf diesem Felsen gestorben, als du der einzige warst, der lebend davonkam …

Crespi runzelte die Stirn, plötzlich wütend auf sich selbst über diese albernen, kindischen Neurosen, die Angst, die er schon so lange mit sich herumtrug – und in diesem Moment empfand er auf einmal eine Klarheit, ein – *Loslassen,* als öffne sich eine versperrte Tür in ihm und befreie die Geister, die dort hausten.

Er lebte, und der Feind war nah; die Vergangenheit war nicht wichtig. Wenn ihn das zu einem Hurra-Brüller machte, sei's drum, aber er wollte sich nicht länger über sein Recht den Kopf zerbrechen, noch eine weitere gottverdammte *Minute* am Leben zu bleiben.

Er stapfte durch die Dunkelheit, dicht gefolgt von McGuinness, und fühlte sich auf einmal hellwach.

Und trat geradewegs in die grinsende Fratze eines Aliendrohns, weckte ihn auf.

Die Kreatur schrie auf und griff nach ihm, Geifer tropfte von den zuschnappenden Zähnen.

Crespi taumelte zurück, in McGuinness hinein, und wandte sich zur Flucht in den leeren Gang hinter ihm –

»Die Tür, nicht ...«, rief McGuinness laut und entsetzt und stieß ihn zur Seite, fort von der hydraulischen Tür, die sich gerade schloß und sie einsperrte, zusammen mit dem kreischenden Dämon.

Crespi fuhr wieder herum, die Hände zu Klauen gekrümmt, bereit, kämpfend zu sterben –

Der Drohn erhob sich, und sein Geheul wurde zu einem leisen Zischen, die Krallen ausgestreckt – doch er kam nicht näher.

Er war an die Wand zur Linken gekettet, eine Metallklammer um den Leib, die zu einer verstärkten Platte führte. Sein Schwanz peitschte nutzlos den Boden und schlug knapp bis zu ihnen hinüber. Wütend und hilflos.

– klingt vertraut, was?

»Er kann uns nicht erreichen«, sagte Crespi, um sich selbst und McGuinness zu beruhigen, die selber sah, was los war.

»Bis Church es will«, sagte sie mit leiser bebender Stimme.

Sein Haß auf Church war vollkommen, als er die Dunkelheit nach einem Fluchtweg durchforschte, nach einer Möglichkeit, an der angeketteten Kreatur vorbeizukommen, bevor der verrückte Wissenschaftler sie losmachte.

Church sollte besser darum beten, daß sie es nicht mehr lebend heraus schafften.

Der Drohn auf dem Monitor schnaubte und zischte hungrig und grapschte verzweifelt nach den gefangenen Leckerbissen, als sie zurückflüchteten. Die sich schließende Tür hätte Crespi entzweigeschnitten, wenn McGuinness es nicht verhindert hätte; sie war clever, vielleicht cleverer, als er zunächst geglaubt hatte.

Die angekettete Kreatur stöhnte vor Hunger.

Brav, brav, mein Kleiner; möchte das Hündchen einen Keks?

Church ließ seine Hand über der Befreiungstaste schweben, dann entschied er sich dagegen. Ihr Adrenalinausstoß war sicher schon hoch, aber er hoffte, daß ihr Endorphinpegel noch weiter stieg, wenn er ihnen etwas mehr Zeit ließ; er brauchte sie in völliger Raserei. Crespi war müde, die Frau wahrscheinlich auch, doch ihre Wut auf ihn würde zu Unmengen von herrlichstem Testosteron erblühen …

»Er kann uns nicht erreichen«, sagte Crespi.

Oh, bravo! Ein ganz Schlauer –

»Bis Church es will.« McGuinness, die ängstlich und wachsam klang.

Stimmt genau, wisperte sein Verstand, *Sie haben den Nagel auf den Kopf getroffen, Madam.* Ihr Tonfall war ganz anders als gerade eben, als sie ihn verflucht hatte und – wie noch gleich nannte?

Church lächelte. Vielleicht sollte er sich ein Namensschildchen mit diesem Aufdruck anfertigen lassen, das würde sich auf seinem Schreibtisch gut machen. COLONEL

DOCTOR PAUL CHURCH, VERRÜCKTES WISSENSCHAFTLER-ARSCHLOCH. Seine Mitarbeiter fänden das sicher hinreißend –

Sie wußte, wer hier am Drücker war, wer darüber befand, ob sie überlebten. Wußte Crespi das auch? Oder glaubte er noch immer, irgendwie *gewinnen* zu können, infantil, wie er nun einmal war?

Bis zu einem gewissen Grad konnte er die Frustration der Hilflosigkeit und den überwältigenden Lebenstrieb nachvollziehen; sie waren den Aliens in vieler Hinsicht ähnlich. Er konnte sogar Mitleid für sie empfinden, weil ihre Hoffnungen und Träume auf einen bloßen Tastendruck von ihm hin in Schutt und Asche gelegt wurden. Aber unzählige Jahre des Beobachtens hatten ihn gelehrt, die Wahrheit zu sehen; er wußte mehr, als sie jemals fähig wären zu wissen. Das letztendliche Ergebnis mußte, nein *würde* die ultimative Errungenschaft sein, das glorreiche Ende dieser unglückseligen Werkzeuge. Er war kein selbstsüchtiger Fatzke, der nach Göttlichkeit strebte; er war –

Nun ja, ein verrücktes Wissenschaftler-Arschloch!

Church lachte. Ein ebenso passender Titel wie jeder andere auch.

Er spähte auf den Monitor und drückte eine Taste, um die Kameraeinstellung zu wechseln. Crespi hatte die Leiter zur nächsten Ebene des Irrgartens entdeckt, den nächsten Schritt bei ihrer Feuerprobe.

Church grinste und drückte eine andere Taste. Es wurde Zeit, daß Crespi lernte, wer hier das Sagen hatte.

26

Crespi deutete in den hintersten Winkel des abgeriegelten Tunnels, seine Hand ein undeutlicher, blasser Schemen in der Dunkelheit. »Da drüben!«

McGuinness schaute hin und sah nichts außer Schatten, durchsetzt von Kameralampen. Nach einer Weile erkannte sie dicht oberhalb der Stelle, auf die er deutete, ein schwaches Leuchten. Und angeschraubte Sprossen.

Gemeinsam drückten sie sich gegen die Wand gegenüber dem fauchenden Drohn und schoben sich zentimeterweise an die Leiter heran, knapp außer Reichweite der nach ihnen schlagenden Kreatur. McGuinness gab sich alle Mühe, ihre Panik zu unterdrücken, wollte nicht daran denken, was Church mit einem einzelnen Finger anrichten konnte – ein Tastendruck, und die Klammer öffnete sich …

Es gelang ihnen, an dem Drohn vorbeizukommen, der fast hysterisch schrie. Wahrscheinlich war er ausgehungert und setzte nun alles daran, sich zu befreien, seine Klauen in frisches Fleisch zu schlagen –

Schnell schob sie den Gedanken beiseite. Links von ihnen konnte sie jetzt eine weitere Tür ausmachen, ebenfalls versiegelt. Der einzige Ausweg führte nach oben.

Crespi behielt den rasenden Drohn im Auge und bedeutete ihr voranzugehen. McGuinness griff nach der höchsten Sprosse, die sie erreichen konnte, und begann zu klettern.

Hoch und immer höher, langsam, die Leiter schien endlos zu sein, das schwache Licht, das sie gesehen hatte, wurde kaum heller. Sie war froh, die zischende, kreischende Finsternis hinter sich zu lassen, aber wenigstens war der Drohn unten angekettet gewesen ... Vielleicht kletterte sie jetzt in ein Nest von ihnen hinein, die sabbernd warteten –

Plötzlich überkam sie eine Kindheitserinnerung – Versteckspielen mit irgendeinem längst vergessenen Spielkameraden in einem leeren Haus, sie war dran mit Suchen; hinter jeder Ecke unbekannte Schatten, tiefe Atemzüge, ein klopfendes Herz, das übermächtige Wissen in ihrem jungen Verstand, daß sie jeden Moment überrascht werden konnte –

»Sehen Sie etwas?« Sein Ruf war heiser und nicht so weit weg, wie sie geglaubt hatte, höchstens zehn Meter unter ihr.

Sie schaute hoch und überprüfte zum tausendsten Mal, wie weit sie vorangekommen war. Über ihr war noch immer diese Decke aus tiefer Schwärze.

»Es ist zu dunkel.«

Unten herrschte Ruhe, das Zischen des Drohns war schwächer geworden. Noch ein Schritt. Noch einer, ihre Hände waren klatschnaß von Schweiß. Noch einer.

Sie warf wieder einen Blick nach oben. Die Lichtquelle war schon entschieden näher gekommen; sie konnte sehen, wo die Sprossen aufhörten, eine Öffnung, nicht weit entfernt.

Ein Weg hinaus.

Gott sei Dank, Gott sei Dank!

Sie rief aufgeregt zu ihm hinunter: »Ich glaube, ich sehe etwas! Da ist Licht, ein –«

Ein plötzlicher Schatten, und sie riß den Kopf hoch, wußte, daß die unsichtbare Macht gehandelt hatte –

Das Alien kreischte ihr ins Gesicht, ein Spucketropfen klatschte gegen ihr Kinn, Klauen schossen nach unten.

Und packten sie.

Crespi hörte es, hörte ihren Schrei als Antwort. Er hechtete die Sprossen hoch, kletterte hinter ihr her.

»Sharon!«

»Zurück! Zurück!«

Er blickte hoch und sah, daß es sie an der Schulter festhielt. Sie hatte die Leiter losgelassen und trat hektisch in der Luft herum, versuchte sich zu befreien –

Ein Geräusch wie reißender Stoff, und sie fiel einen halben Meter tief, der Drohn brüllte wild auf. Sie hing jetzt nur noch an ihrem Hemd –

– *wieso zog er sie nicht zu sich herauf* –

– plötzlich gab der Stoff nach.

Crespi stürzte wieder auf den Boden zurück und bereitete sich darauf vor, sie aufzufangen, wenigstens den Aufprall zu verringern –

Ein weiterer Schrei, sehr viel näher. Er fuhr hastig herum, als ein kleines, schwaches Licht in der Kammer zum Leben erwachte und den angeketteten Drohn beleuchtete.

Dann ein Klicken, kaum hörbar inmitten der Schreie, aber irgendwie unglaublich laut, als ihm klar wurde, was es bedeutete.

Church hatte das Alien freigelassen.

McGuinness schrie Crespi zu, er solle zurückklettern. Wenn das Alien losließ, würde sie ihn von der Leiter werfen.

Der Schmerz war heftig, die schmutzigen Krallen der Alienhand hatten sich tief in das Fleisch ihrer linken Schulter gegraben. Es brüllte wie wahnsinnig, versuchte, sie zu sich hochzuziehen –

Es gelang nicht. Sie spürte das Zittern seines geschwächten Körpers und erkannte, daß es nicht kräftig genug war.

McGuinness begann, wild um sich zu schlagen und zu

treten, damit es sie losließ. Sie spürte, daß zuerst ihr Fleisch nachgab und daß lange Streifen in ihre Schulter gerissen wurden; dann entriß ihr Eigengewicht sie dem Griff des Aliens. Es schnappte nach ihr, schrie –

– und sie sackte in die Tiefe, aber es hielt sie noch immer fest, seine langen Finger unter einen Schulterstreifen ihres Hemds gehakt.

Der angekettete Drohn schien als Antwort ebenfalls zu schreien, und plötzlich fiel trübes Licht zu ihr herauf. Sie sah das Blut, das über ihre Haut lief und den zerfetzten Stoff durchnäßte, ihre Brust erwärmte.

»Laß – *los*!« Eine letzte, schaukelnde Bewegung, und das Hemd gab nach, der Drohn heulte wild auf, als sie fiel, ihre Arme um den Kopf geschlungen.

– in den Knien abfedern –

Sie kam schwer auf dem Boden auf, spürte, wie ein Knöchel nachgab und Schmerz durch ihren Unterschenkel nach oben schoß – aber sie war halb in der Hocke gelandet und stellte fest, daß sie stehen konnte …

Schaute sich um, der Korridor fast grell erleuchtet nach dem dunklen Aufstieg, sah Crespi. Und vor ihm den Drohn. Frei.

Sie ignorierte den Schmerz und hinkte schnell an seine Seite. Sie hätte sonst nirgendwo hingekonnt.

Der Drohn hatte sich zischend vorgebeugt, machte aber keine Anstalten, näher zu kommen.

»Church hat sie in diesen Zustand gebracht«, flüsterte Crespi gepreßt, und da ging ihr ein Licht auf. Die Experimente hatten sie geschwächt, deshalb hatte der Drohn über der Leiter sie auch nicht hochheben können. Und der hier wartete ab, weil er wußte, daß man ihn schocken würde, bevor er angreifen konnte, und suchte nach der schnellsten Möglichkeit, an sie heranzukommen –

Sie hatten noch eine Chance.

Weiter oben hinter sich hörte sie das Zischen des dunklen Drohns, der die Metallsprossen herabstieg oder zum Sprung nach unten ansetzte …

Etwas rührte sich hinter ihr. Sie fuhr panikerfüllt herum und hörte das leisere Zischen –

– als die Tür aufglitt und eine weitere dunkle Kammer enthüllte.

»Die Tür!«

Crespi wandte sich um, sah die Öffnung und zögerte nicht. Er griff nach ihr, riß sie herum und stieß sie so fest nach vorn, wie er konnte. »Beweg dich!«

Sie flog stolpernd in den Korridor hinein und landete auf dem Boden. Sie sprang auf die Beine und drehte sich um.

Der Drohn von oben hatte sich mit dem im Gang zusammengetan, und beide wollten sich gerade auf Crespi stürzen, in Richtung Tür –

Er rannte und sprang, als die Tür zuzugleiten begann, stürzte durch den schmaler werdenden Spalt, dicht gefolgt von den Kreaturen.

Sie sah es und konnte es doch nicht verhindern. Eine schwarze Klaue schoß vor, traf Crespi mit voller Wucht, scharrte nach unten –

– und war dann weg, als die Kammer versiegelt wurde.

Überall war Blut.

27

Church runzelte die Stirn, als Crespi durch die Tür barst, zu Boden stürzte und sein Rücken in Fetzen gerissen wurde. Das war ihm eigentlich etwas zu früh, aber wahrscheinlich hatte es so kommen müssen …

Falls er tot war, wollte Church keinen weiteren Drohn mehr freilassen; sonst gäbe es für ihn nichts mehr zu bergen, so hungrig, wie sie waren.

Er sah zu, wie McGuinness an seine Seite lief, sah zu und wartete.

»Crespi? Tony?«

Sie kauerte sich hin, schaute sich mit schmalen Augen in diesem neuen Korridor um – keine Drohne. Zurück zu ihm; sie fühlte sich krank und ängstlich, hatte den Eindruck, daß die früheren Schrecknisse nichts waren, gemessen an dem, was sie jetzt erwartete.

Crespi lag mit dem Gesicht auf dem Boden, reglos, die Rückseite seines Hemds blutverschmiert und von den Schultern bis zum Steißbein zerfetzt.

– bitte laß ihn nicht sterben, laß mich hier nicht allein –

Sie zog die Reste ihres zerlumpten ärmellosen Hemds aus, faltete es und suchte nach einer Stelle, wo sie den Blutverlust unterbinden konnte. Es war *soviel* Blut, sie konnte unmöglich sagen, wo es am schlimmsten war, wo sie die Kompresse anbringen sollte –

Er stöhnte, rührte sich, zuckte dann vor Schmerz zusammen.

»Du bist verletzt; scht, lieg ruhig«, sagte sie und legte ihm eine Hand auf den Hinterkopf, strich ihm dort über das dunkle, kurze Haar und empfand grauenhafte Angst, weil sie nicht wußte, was sie noch tun sollte.

Er wird sterben, Soldat, ihr beide werdet das, wenn ihr euch nicht wieder auf den Weg macht!

Sie wußte das, konnte sich aber nicht dazu bringen aufzustehen, wollte es nicht.

Sie wollte ihn nicht allein sterben lassen.

Crespis Rücken stand in Flammen. Er stöhnte, versuchte sich zu bewegen –

Gott! Der Schmerz war unglaublich, alles verzehrend, als hätte ihn jemand gnadenlos ausgepeitscht, das lebende Fleisch so lange gegeißelt, bis es sich vom Knochen gelöst hatte. Nasse, schwüle Hitze waberte über seinen Wunden, und er wußte, daß es schlimm war, sehr schlimm.

McGuinness war in der Nähe, sagte ihm mit leise bebender Stimme, daß er ruhig liegen solle, berührte zärtlich sein Haar. Er hielt die Augen geschlossen, versuchte sich auf das Gefühl ihrer Hand zu konzentrieren; eine Frauenhand, die Erinnerungen an eine Zeit vor seiner bewußten Wahrnehmung wachrief.

Es war unglaublich. Er würde sterben, auf dem dunklen Boden von Churchs dunklem Labyrinth verbluten. Wenn nicht vorher die Drohne kamen und sie zerfetzten.

Church.

Der Schmerz half ihm, alles klarer zu sehen. Der Mann, der ihm das angetan hatte, war ein Soziopath, der seine dunkle Seite verborgen gehalten hatte, und zwar gut verborgen, der ihm frech ins Gesicht gelogen und ihn dann in den Tod geschickt hatte – alles im Namen seines krankhaften, blasphemischen Schaffens. Der Mann, der als nächstes Sharon McGuinness töten würde, diese gute Frau, die hier darauf wartete, an seiner Seite zu sterben.

Paul Church.

Plötzlich erfüllte ihn neue Wärme, und sie überlagerte seinen Schmerz, löschte ihn mit ihrer rohen, lodernden Intensität aus. Er öffnete die Augen und sah wie durch einen roten Schleier hindurch die schattige Kammer.

Unglaublich langsam stemmte er sich hoch, spürte die Anspannung in seinem zerschundenen Fleisch, spürte die Wunden in seinem Rücken erneut aufbrechen, und frisches Blut ergoß sich über ihn.

Er begann sich aufzurichten, hätte es fast nicht geschafft, doch McGuinness war da und stützte ihn. Er sah, daß auch sie verletzt war, die Haut an ihrer Schulter zerfetzt, so daß das Blut herausströmte und auf ihrem eng anliegenden Unterhemd trocknete.

»Du – du hättest dich meinetwegen nicht umziehen brauchen«, sagte er; es kam als rauhes Flüstern heraus, heiser.

»Tony –« Ihre Stimme drückte den größten Teil aus, ihre Miene verriet den Rest: Sorge, Furcht, Verwirrung und Schmerz.

Er lächelte, so gut es ging. »Mir – mir geht es gut. Und ich werde uns hier herausbringen.«

Sie schleppten sich durch den halbdunklen Flur, und Crespi begann nach einer Möglichkeit zu suchen, allem ein Ende zu setzen; Church war schon so gut wie tot.

Church grinste und spendete Crespis Kampf lautlos Beifall. Diese Entschlossenheit! Einfach erstaunlich, wie man noch immer hoffen konnte, selbst wenn man wußte, daß einem außer der Hoffnung nichts geblieben war …

Er runzelte die Stirn und erinnerte sich nur zu gut daran, wie hart das sein konnte.

Düstere, stinkende Tunnel, düstere Wege, düstere Ge-

danken, »Paul!«– der Schrei seiner Mutter und Hoffnung, nichts als Hoffnung …

… das Skalpell dringt in kaltes Fleisch ein …

Plötzlich war ihm nicht mehr nach Spielen. Er seufzte, enttäuscht darüber, daß er kurzen Prozeß machen mußte, aber es war besser so. Ob es ihm gefiel oder nicht, ein Teil von ihm war immer noch menschlich, bedauerte sie in ihrer ausweglosen Lage; das war eine Schwäche, sicher, aber er konnte es nicht leugnen.

Es war vorbei.

»Leben Sie wohl, Doktor Crespi. Leben Sie wohl, McGuinness. Es war – interessant.«

Mit diesen Worten drückte er auf die Taste, die den letzten Drohn freiließ.

Crespi schien nach etwas zu suchen, sein schmerzerfüllter Blick musterte die dunklen Wände, als sie langsam durch den verriegelten Korridor taumelten.

Sie fand es großartig und war erleichtert, daß er noch funktionieren, sich überhaupt noch bewegen konnte – doch was auch immer ihn weitermachen ließ, lange würde es nicht vorhalten; sein Rücken war aufgerissen, die Muskeln lagen bloß. Er zog eine glitschige Spur Blut hinter sich her, das in dicken Tropfen hinten aus seiner Hose träufelte, die vom Blut völlig durchnäßt war.

Dieser Teil des Labyrinths hatte anscheinend keinen Ausgang, die Tür am anderen Ende war verriegelt. Aus einer weiteren Öffnung über ihnen, mindestens einen Meter außerhalb ihrer Reichweite, drang trübes Licht, das alles in gespenstische Schatten hüllte.

Mit einem leisen Grunzen begann Crespi gegen die Wand zu treten, gegen die dort befestigte elektrische Schockeinheit. Es war ein kleines Gerät, nur wenig größer als ihre Faust, und wenn man es aus den Verkabelungen reißen würde, war es als Waffe nicht mehr zu gebrauchen –

»Hilf mir«, stöhnte er und hielt inne, sein Atem flach und stockend, seine wächserne Stirn von Schweißperlen bedeckt.

Sie trat dagegen und traf mit dem Stiefelabsatz die tragende Metallstrebe. Sie wechselten sich ab, schwitzten und ächzten jetzt beide vor Anstrengung.

Crespi trat mit voller Wucht zu, das Gesicht leichenblaß, bearbeitete mit fast übermenschlicher Kraft das strapazierte Metall. Er begann zu murmeln und bei jedem heftigen Tritt Worte auszustoßen.

»Church – will es – *uns* zeigen – aber ich – zeig's *ihm!*«

Mit einem letzten berstenden *Kracks* fiel die Stützstrebe zu Boden, das Metall war an einer der schweren Schrauben verbogen. Die Kabel waren noch mit der Wand verbunden, aber sie zischelten wütend, spien blaue Funken aus dem kleinen Riß, den die Gewaltaktion verursacht hatte.

Crespi beugte sich mit einem Schrei des Triumphs und der Schmerzen vor und hob die dicke, runde Stange auf. Sie hatte vielleicht die Länge seines Unterarms, beide Enden waren leicht gebogen.

»Ich werde ihn umbringen«, sagte Crespi und meinte das auch, von ganzem Herzen und aus tiefster Seele; seine Augen waren schwarz, brannten vor Haß, sein Mund bildete eine zornige weiße Linie.

McGuinness nickte und wußte nun, was ihn antrieb. Er würde es auf Teufel komm raus *versuchen*, soviel stand fest. Als sie seinen Blick sah, hoffte sie bei Gott, daß sie ihm nicht versehentlich in den Weg geriet; er war in schlechter Verfassung, aber so sehr von Wut erfüllt, daß er das überhaupt nicht mehr zu merken schien.

Sie schaute zu der verriegelten Tür hinter ihnen zurück, dann zu der vor ihnen. »Wohin jetzt?«

Crespi wollte etwas erwidern, doch sie erfuhr nicht mehr, was er vorschlagen wollte. Ein Schrei erklang über ihnen, das klappernde Laufen eines Drohns, sehr nah.

Crespi hob die Metallstange und wandte sich dem Loch in der Decke zu. »Zurück«, befahl er mit kräftiger Stimme.

Die klappernden schweren Schritte wurden lauter. Ein Schatten fiel über die Öffnung, verdunkelte das ohnehin schon trübe Licht noch mehr.

Ein seltsames Knarren, gefolgt von einem erwartungsvollen, gierigen Zischen.

Es ließ sich in den Korridor hinabfallen, zum Angriff entschlossen, sein angespannter, zusammengekauerter Körper jederzeit sprungbereit –

Und Crespi stellte sich ihm mit flammendem Blick entgegen.

Er schwang die Stange, ein Aufschrei blanker Wut brach aus seiner Kehle, er zielte auf den glänzenden, glitschigen Schädel des Drohns, legte die volle Wucht seines Körpers in diesen einen Schlag –

Patsch!

Das Metall traf auf, krachte mit einem nassen Laut gegen den langen Schädel, Blut spritzte –

»Nein!« McGuinness taumelte jäh zurück.

Die Tür am Ende des Flurs glitt auf, während der Drohn gellend schrie, ein blubbernder, erstickter Laut, Flüssigkeit gischtete aus seinem Schädel, verteilte sich über die Metallstange, die Wände –

Über Crespi.

Unglaublicherweise drehte der Drohn sich um und rannte durch die offene Tür davon.

Crespi brach auf dem Boden zusammen.

Crespi spürte, wie die Aliensäure ihn traf, der dicke, zähe Schwall landete mit einem dumpfen Flatsch auf seiner Brust, als McGuinness aufschrie.

– nicht auf diese Weise –

Sein letzter wirklich zusammenhängender Gedanke, bevor seine Kleidung weggeätzt wurde, die Säure sich in sein Fleisch fraß, sich mit weißglühender Intensität einbrannte.

Er fiel hin, seine Knie gaben unter der unglaublichen Höllenqual nach, er landete auf dem Rücken und *konnte nicht* schreien; der Schmerz machte ihn blind, krümmte seine Finger, die Klauenhände verschränkten sich.

– tot ich bin noch nicht tot – Church –

Von irgendwoher nahm er die Kraft; er öffnete den Mund und schrie – ein frustrierter Schreckensschrei, ein Ausdruck all seiner Wut und Schmerzen, sein ganzes Wesen lag in diesem langen, entsetzlichen Laut.

Er starb, und Church lebte noch.

Er hatte versagt.

Bei Crespis qualvollem Schrei schlug McGuinness die Hände vors Gesicht, und Tränen schossen ihr unwillkürlich in die Augen. Soviel Elend in diesem schrecklichen Laut, soviel schiere Verzweiflung.

Sie stolperte zu ihm, trotz ihres Kummers darauf bedacht, nur ja nicht die zischenden Säurespritzer zu berühren, und kniete sich neben ihn.

Er war noch am Leben. Churchs Experimente mußten ihren Abwehrmechanismus verändert, ihr Blut geschwächt haben –

Eine grausame Sekunde lang hoffte sie, er könnte es überleben, gerettet werden.

Es ist nicht so schlimm, wie es aussieht, kann *es gar nicht sein, er kommt durch –*

Sie hob sanft seinen Kopf, stützte ihn mit ihrem zitternden Bein, sah auf Brust und Unterleib hinunter – und wandte den Blick schnell wieder ab. Die Vorderseite seines Körpers war eine rauchende Pfütze, eine breiige Masse aus Blut und aufgelösten Knochen.

Sie griff nach seiner Hand und spürte, wie seine Finger schwach ihre umschlossen. Er war kaum noch bei Bewußtsein; angewidert sah sie, daß jeder Atemzug in seinen Eingeweiden brodelte, und als er den Mund öffnete, quoll Blut über seine blassen Lippen und rötete sie.

Er verdrehte die Augen, starrte glasig zu ihr hoch, als sähe er etwas anderes, einen *fernen* Ort. Er starb.

Sie spürte Tränen ihre Wangen hinablaufen, glaubte nicht, daß er noch imstande wäre zu sprechen – doch er war es, seine Stimme kaum mehr als ein Flüstern. Sie beugte sich weiter vor, und das Haar klebte ihr am nassen Gesicht.

»Schätze ... das war's«, sagte er undeutlich. »Ich – friere –«

»Es tut mir leid, es tut mir ja so leid«, wisperte sie, die Tränen flossen jetzt schneller, die Wahrheit schnürte ihr die Kehle zu. »Ich kann nichts für dich tun –«

Er hatte die Augen geschlossen, öffnete sie nun aber wieder, ein winziges Flackern Leben hinter seinem glänzenden starren Blick. »Ja«, hauchte er, dann hustete er, besprühte sie mit feinen Tropfen eines blutigen Nebels.

»Laß ... laß nicht zu ...« Wieder hustete er, versuchte den Kopf zu drehen, konnte es aber nicht. »Laß nicht zu, daß er ... bitte, töte mich ...«

Irgendwie hatte sie gewußt, worum er sie bitten würde, und sein Verlangen war genauso entsetzlich und schauderhaft, wie sie es befürchtet hatte. Ihr Herz schrie empört auf, ihre Gedanken wirbelten.

»Nein, ich kann nicht, zwing mich nicht –«

Es war, als hätte er sie nicht gehört. »Dann … töte … Church … du mußt … ihn töten …«

Er hielt fest den Blick auf sie gerichtet, das Sprechen bereitete ihm offenbar unglaubliche Schmerzen.

»Bitte … Sharon, bitte …«

Das Wort wurde zu einer Litanei, einem leisen, ersterbenden Singsang, wieder und wieder. Sie konnte den Rest in seinen Augen sehen, das Flehen, das darin lag.

Laß es nicht umsonst gewesen sein, Sharon. Laß mich nicht vergeblich sterben.

»Bitte … bitte …«

Sie beugte sich über ihn, küßte mit bebenden Lippen seine Stirn, ihre Tränen fielen in sein Haar. Sie setzte sich wieder auf, faßte ihn am Hinterkopf und am Kinn. Ihr Gehirn war leer, sie sammelte alle Kraft.

Tony Crespi schloß seine Augen, die Stirn jetzt glatt, befreit.

»Ruhe sanft«, flüsterte sie und drehte ihm mit einem einzigen schnellen Ruck den Kopf herum, so daß das grauenhafte Knirschen seiner Wirbelsäule laut durch den stillen Korridor hallte.

28

Einen Augenblick lang saß sie einfach nur da und hielt ihn, hatte nicht mehr die Kraft, auch nur um ihn zu weinen. Er war ein guter Mensch gewesen, ein aufrechter Mann – und am Ende hatte er um seinen Tod betteln müssen, geborgen in den Armen einer Frau, die er kaum kannte.

Sie stimmte eine Totenklage an, ein jammerndes Wehgeschrei, das in ihr den Wunsch erweckte zu weinen – und doch floß nur eine einzige Träne, weil der Schmerz auf einmal zu groß für bloßes Schluchzen war. Bedauern für die Freundschaft, die sie hätte verbinden können, Trauer um seinen qualvollen Tod – sie war erschöpft und hatte den Eindruck, im Elend zu versinken.

»… Sharon, bitte …«

Nach einer Weile ließ sie sanft seinen Kopf auf den Boden gleiten und erhob sich, schaute auf seine reglose Gestalt hinab. Die Züge der Qual waren endlich verschwunden, sein Ausdruck einer des Friedens.

Von irgendwo hinter der offenen Tür hörte sie den kläglichen Schrei des verwundeten Drohns durch das Labyrinth hallen, ein Geräusch, das so verloren klang, wie sie sich fühlte, angstvoll und schmerzerfüllt. Noch ein Opfer …

McGuinness raffte sich auf und drehte sich um, spürte auf einmal ein großes, namenloses Ding in sich aufsteigen, etwas wie Zorn, nur *mehr.* Es war ein kaltes Ding, eine eisige Hand, die ihr Herz ergriff und flüssigen Stickstoff durch ihre Adern pulsieren ließ. Es überwältigte sie nicht; es umschloß sie einfach, verschlang sie. Sie *wurde* zu diesem Ding und spürte, wie ihre Traurigkeit verschwand, als hätte es sie nie gegeben.

McGuinness schritt auf die Tür zu, ganz ruhig, ihre Schritte fest und bestimmt.

Sie mußte ein Versprechen einlösen.

Church musterte eingehend den Monitor, völlig verwirrt. Der Drohn war geflohen. Seine perfekte Mordmaschine war *geflohen,* und er kannte den Grund nicht, so etwas war noch nie dagewesen, *undenkbar* –

Er sah, wie McGuinness dem Sterbenden das Genick brach und dann um ihn trauerte, ein Wehklagen, das ihn fast ebenso schmerzlich berührte – aber die Flucht des Drohns machte ihn schier *rasend* vor Wut, die Verschwendung war unglaublich; bis er Crespi erreichte, würde sein Gehirn ein strukturloser Brei sein. Der Drohn hätte *beide* töten sollen; er hätte in weniger als einer Minute vor Ort sein können, um seine Spezimen einzusammeln ...

Er verfolgte den Drohn auf einem kleineren Schirm und sah, wie er sich in einem der Tunnel, einer Sackgasse, zusammenkauerte. Dünnflüssige Säure tropfte aus seinem Schädel auf den Metallboden, seine sprachlosen Schreie ein Ausdruck äußersten Jammers. Warum war er geflohen? Drohne wurden von Schmerz angetrieben, von allem angestachelt, nur auf ein Ziel ausgerichtet. Das war doch einfach nicht *möglich* –

Trotzdem war es geschehen; es mußte einen Grund dafür geben, zufallsbedingt, sicher eine Anomalie ...

Ja, das war es. Erleichtert nickte er vor sich hin. Ein dummer Zufall, eine *Ausnahme* – der verheerende Schlag hatte irgendwie das Instinktverhalten des Drohns beeinträchtigt; vielleicht hatte er sein psychisches Zentrum zerstört und das Wesen blind gemacht –

»Church!«

Verdutzt schaute er wieder auf den Hauptschirm, die Kamera mit McGuinness. Sie starrte ihn unmittelbar an, die Hände an den Seiten zu Fäusten geballt, das Gesicht kalt und reglos.

»Church, hörst du mich?! Ich werde dich *töten,* du Bastard!«

Er starrte zurück, versuchte sein Selbstvertrauen wiederzufinden, das Wissen um die Wahrheit, die plötzlich verlorengegangen war in einer Woge der –

Angst?

Nein. Er hatte keine Angst, *hatte nie welche gehabt.*

Church drückte auf eine weitere Taste und sorgte dafür, daß die Tür zur ersten Kammer nach oben glitt. Die zwei Drohne dort eilten rasch an Crespis Leiche vorbei, die Sinne auf das lebende, sich bewegende Opfer gerichtet.

Er wollte, daß sie starb.

Sofort.

Sie lief durch das Labyrinth, immer noch dieses kalte Ding, und wählte die Richtung rein instinktiv. Sie wußte nicht, was mit ihr geschehen war, und es war ihr auch gleich; im Augenblick zählte nur, was sie jetzt *war* und daß ihr das half, ihr Ziel zu erreichen –

Eine Maschine, ein Drohn, ich bin das Instrument von etwas geworden, was meine Auffassungskraft übersteigt …

Ja. Und es war unwichtig; das einzige, was zählte, war, daß sie es zu Church schaffte und tat, was getan werden mußte. Hinter sich hörte sie das Zischen und die Schreie von mindestens zwei Aliens, ihre harten Leiber polterten widerhallend durch die einsamen dunklen Flure.

Ich muß einen Kreis beschreiben, es zu diesem Pferch schaffen, es zu Church schaffen –

Sie hatte keine Zweifel, keine Angst, nur eine vage, beinahe klinische Sorge, daß sie vielleicht getötet wurde, bevor sie es beenden konnte – die Sorge war schnell analysiert und ebenso rasch wieder verworfen, als unwahrscheinlich beiseite gelegt. Ihr loderndes, verzweifeltes Entsetzen von vorhin war jetzt nur noch ein nebulöser Traum, als wäre es jemand anderem widerfahren.

Sie hatte keinen bestimmten Plan, als sie dahineilte, und ihr kam keine große Erleuchtung, wie sie es anstellen sollte. Es würde ihr nicht gelingen, vor den Aliens davonzulaufen, sie würde sich wohl auch nicht verstecken können – sie würden sie *wittern,* oder Church würde sie per Elektroschock einfach aus jedem Schlupfwinkel, den sie finden mochte, vertreiben.

Sie fragte sich nüchtern, warum er sie auf diese Weise nicht schon getötet, eingeäschert hatte – doch kaum war ihr der Gedanke gekommen, da wußte sie auch schon den Grund. Sein Ego erlaubte es ihm nicht, erlaubte kein solch unspektakuläres Ende. Er wollte, daß sie schreiend starb, die alptraumhaften Kreaturen über sich …

Er würde enttäuscht werden. Aber zugleich wäre er ja auch schon tot.

Sie hoffte nur, daß er unverschämt genug wäre, diese erste Tür zu entriegeln, daß sein Verlangen, sie mit eigenen Augen sterben zu sehen, größer wäre als seine Vorsicht. Sie hielt es für möglich – aber wenn sie sich irrte …

Wenn ich mich irre, werde ich einen anderen Weg finden.

Der Gedanke beschwichtigte ihre vage Sorge gleich wieder; wenn es einen Weg gab, würde sie ihn auch finden.

Sie erreichte eine weitere Gabelung im Labyrinth und wandte sich, ohne nachzudenken, nach rechts. Hinter ihr kam das Geräusch der rennenden Drohne näher.

Church sah mit an, wie McGuinness lief und anscheinend willkürlich ihre Richtung wählte. Die beiden sabbernden Kreaturen stolperten nicht weit entfernt hinterdrein, langsam aufgrund ihrer Ausgehungertheit, aber immer noch schneller als sie; es konnte nicht mehr lange dauern …

Er spürte, wie ein Teil seines verlorenen Selbstbewußtseins zurückkehrte, ihn wieder behaglich umgab. Jetzt, da das Experiment sich dem Ende zuneigte, empfand er ein flüchtiges Bedauern, daß er vorhin seiner Schwäche nachgegeben hatte. Wenn er durchgehalten hätte, wäre Crespis Leiche jetzt nicht vergeudet …

McGuinness bog in einen weiteren Gang ein, wieder ohne zu zögern – und ihm wurde klar, wohin sie wollte.

Church grinste und drückte auf die Eingangstaste für den Zwinger. Phantastisch! Sie wollte ein letztes Hurra anstimmen; das glich vielleicht wieder aus, daß sie Crespis chemische Analyse unmöglich gemacht hatte …

Plötzlich blieb sie stehen, stand in Korridor D reglos da, und ihr Gesicht zeigte nichts von der Unsicherheit, die sie empfinden mußte. Ihre Brust hob und senkte sich, ihr Haar war schweißnaß. Sie wurde offenbar müde, konnte vielleicht schon nicht mehr laufen –

Church lachte kurz auf und hoffte, daß sie es noch bis zur offenen Einfriedung schaffte, bevor seine Schmusetierchen sie einholten …

Er wollte das Flehen in ihren Augen sehen, wenn sie ihn um einen schnellen Tod anbettelte.

McGuinness bog um eine weitere Ecke und lief jetzt leichter, nachdem sie wieder zu Atem gekommen war. Sie stellte den Instinkt nicht in Frage, der sie so weit gebracht hatte, sann nicht darüber nach, woher ihr *Wissen* kam; sie wußte ganz einfach, und zwar mit absoluter Gewißheit – sie befand sich auf dem Rückweg zu Church.

Plötzlich sprach ihr Instinkt ein einziges Wort.

Halt.

Sie blieb abrupt stehen, atmete schwer, ihr Verstand klar und offen. Nur das eine Wort, und sie gehorchte, wußte so sicher, wie sie ihren Namen kannte, daß er ihr nichts Falsches raten würde.

Er klang beinahe so wie Crespi.

Die Drohne kamen ihr immer näher, ihre schattenhaften

Gestalten sprangen durch das Labyrinth, auf der Fährte ihrer Angst –

Sie hatten schon fast die Einmündung zum D-Korridor erreicht, waren nur noch Sekunden von ihrem Opfer entfernt. Church wollte das Schauspiel live miterleben, beugte sich dichter über den Monitor –

Die Drohne bogen in den falschen Gang ab.

Entsetzt sprang Church halb von seinem Sitz auf. »WAS –«

Sie rannten durch den leeren Gang, zischten und schrien, von ihr *weg*, dorthin, wo –

– der verletzte Drohn kauerte, blutend und vor Schmerz stöhnend.

Seine Willenskraft war erlahmt.

Er war blind, verängstigt.

Und sie erkannten ihn nicht als ihresgleichen.

Schockiert und verblüfft sah er mit an, wie sie über den verletzten Drohn herfielen, ihre Klauen in ihn schlugen, ihre Kiefer nach vorn schnappten. Der Drohn schrie auf, wehrte sich entsetzt, packte einen der Angreifer am Geschirr und *drehte* ihn, bis die Kreatur zu Boden stürzte, vor Schmerz schrie –

Und starb.

Sie zuckte noch einige Male im Todeskampf und lag dann reglos da.

Der zweite Angreifer sprang vor, schlug mit den Klauen nach dem Rücken des Killers, auf das Nervenzentrum. Der Killer taumelte und kippte über das tote Ding vor ihm, jetzt zu sehr verletzt, um weiterkämpfen zu können.

Und da war es nur noch einer …

Church war benommen und erstaunt. Er hätte niemals für *möglich* gehalten –

Erneute Bewegung, ein Huschen am Rand seines Gesichtsfelds. Er sah wieder auf den D-Monitor und bekam es plötzlich mit der Angst zu tun, *das gab's doch nicht!*

McGuinness kam.

Wieder hörte sie die Stimme und nahm ihre Weisung an.

Geh.

Sie ging.

Church schlug mit der Hand auf den elektrischen Impulsgeber, schockte den letzten Drohn aus seiner kauernden Erstarrung.

Er schrie auf, warf suchend den Kopf hin und her –

– und fand seine Beute. Sie bewegte sich wieder, und die anderen Drohne waren tot; das Wesen rannte durch den Korridor zurück, toll vor Jagdlust.

Church atmete rauh aus. Er hatte wieder die Konrolle. Und McGuinness war so gut wie tot.

McGuinness beschrieb einen Bogen nach rechts und lief dann immer geradeaus, dorthin, wo es heller war und das Licht nahezu blendete. Eine letzte Abzweigung –

Sie rannte keuchend in den Zwinger hinein und sah gerade noch Church ans Geländer treten, ein Lächeln auf dem hochmütigen, häßlichen Gesicht.

Sie hatte es geschafft.

Sie schritt auf ihn zu, quer durch den großen Pferch, konnte die Eiseskälte in sich spüren, die mehr als Wut war, das Schnauben, das sich auf ihre Züge legte. Es gab keinen klaren Gedanken, kein Wort, nichts, was das Ausmaß des Abscheus und des Hasses beschreiben konnte, das sie bei seinem Anblick erfüllte.

Aus der Kammer hinter ihr erklang der Schrei eines Aliens, das rasch näher kam.

Church lächelte auf sie herunter und versuchte, seine Erleichterung nicht zu zeigen, als er den Drohn in der Nähe schreien hörte.

»McGuinness«, sagte er leichthin. »Ich bin *wirklich* überrascht! Sie werden mir einige herrliche Chemikalien verschaffen ...«

Dieser Ausdruck auf ihrem Gesicht. Weshalb sah sie ihn so an?

Er griff nach dem tragbaren Schockgerät und umklammerte es fest. »... und danach, denke ich, kann ich es sicher so einrichten, daß Sie und Lennox noch eine schöne Zeit miteinander haben.«

Sie ging quer durch den Pferch, schaute ihn weiter mit eisigem Blick an.

Hinter ihr der Drohn.

Church lächelte breiter, entspannt. »Hoppla, da kommt Ihr Tanzpartner –«

Plötzlich sprang sie geradewegs nach oben, packte eine der Kameras, die dafür gebaut waren, dem Griff einer Alienklaue standzuhalten –

Er drückte unwillkürlich auf den Schocker, doch zu spät. Sie war schon außer Reichweite, hielt sich mit einer Hand an der metallverkleideten Kamera fest, die Knie an die Brust gezogen, mit weißen Fingerknöcheln –

Der Drohn schrie vor Schmerz auf. Church ließ schnell die Taste wieder los, der Atem stockte ihm.

Nein, nein –

Fast augenblicklich erholte das Alien sich wieder, hechtete, noch ehe sie zu einer weiteren Bewegung fähig war, auf sie zu – und schlug sie schwer zu Boden. McGuinness kam hart auf und fuhr herum, wirkte klein angesichts der ausgehungerten Kreatur, die sabbernd die Klauen nach ihr ausstreckte –

Church erlaubte sich ein freimütiges Lächeln; es war vorbei.

McGuinness schrie, aber nicht vor Angst, es waren nicht die flehenden Schreie, die er erwartet hatte. Ein Laut puren, ursprünglichen Zorns entrang sich ihr, die Zähne gebleckt, die Fäuste erhoben, ihr Gesicht nur eine Handbreit von den schnappenden Kiefern des Drohns entfernt –

Der Drohn senkte den Kopf, hielt inne –

Und wich dann langsam zurück.

29

McGuinness wandte den Blick von dem kriechenden Wesen ab, irgendwie nicht im geringsten erstaunt, daß es sich zurückgezogen hatte. Sie war innerlich kalt, kalt und lebensgefährlich; der Drohn begriff das.

Sie richtete ihren mörderischen Blick auf Church.

»Du bist *tot*«, schnaubte sie und sprang, griff wieder nach der rutschigen Kamera und begann sich hochzuziehen.

Seine Miene war eine Grimasse des Entsetzens und der Fassungslosigkeit; er schien das Gerät in seiner Hand zu vergessen, schien über der Weigerung, die Wahrheit zu akzeptieren, *alles* vergessen zu haben.

»Sie haben doch gar kein Telepathin genommen …«, begann er, dann wurde ihm offenbar klar, was geschehen würde.

»Scheiß auf dein Telepathin, du bist *tot*«, sagte sie wieder und genoß den Geschmack der Worte auf ihrer Zunge.

Wieder und wieder drückte er hektisch auf den

Schocker. Die Kreatur unten brüllte schauerlich auf, doch McGuinness drehte sich nicht um, ließ sich nicht ablenken.

»Ich will dich *tot* sehen –«

Es klang noch immer richtig, es klang wahr; sie konnte ihn überhaupt nicht genug hassen.

Für David.

Für Crespi.

Sterben sollte er, für alle, die sie verloren hatte. *Sterben* für die vielen Leben, die diese Kreatur in Finsternis gestürzt und geschändet hatte. Für seinen egoistischen Pomp, seinen gemeinen tückischen Blick, sein selbstverliebtes Lächeln ...

Blut um Blut, Leben um Leben.

Sie hangelte sich mühelos hinauf, nichts hätte ihr leichter fallen können, und sie war noch immer nicht überrascht. Die Kamera an der untersten Strebe des Geländers diente als nächster Haltepunkt, dann ein geringfügiges Aufkeuchen, als sie sich hochzog, den Handlauf des Geländers ergriff – und hinüberstieg, von eisigem, kristallhartem Haß erfüllt, diesem Versprechen, das sie einhalten würde.

Church wich taumelnd einen Schritt zurück, konnte es nicht fassen, sie sah es auf seinem albernen Gesicht, das ängstliche Staunen in seinem Blick. Er war ein Scheusal, ein Ungetüm; er war eine Beleidigung für das Leben.

Noch einen Schritt vor, und sie hatte ihn.

Seine Kraft spielte keine Rolle; wenn er sich zu wehren versuchte, so merkte sie es nicht, nahm es gar nicht zur Kenntnis. Sie packte ihn am Haar, am Saum des Laborkittels und schleuderte ihn gegen das Geländer, rammte seine schaurige Visage gegen das glatte, harte Metall.

Er wirkte immer noch erstaunt, als seine Nase zerschmettert wurde; ein einziger, fragender Knurrlaut drang gedämpft und feucht hervor. Blut spritzte in den Zwinger hinunter, verteilte sich über seinen schäbigen Kittel, bildete ein feines Muster, unendlich schön in ihren kalten Augen.

Er zappelte, als sie fester zudrückte, seinen Kehlkopf gegen das Geländer preßte. Das feuchte Knirschen klang wie Musik in ihren Ohren.

Weit entfernt hörte sie Stimmen, ein Hämmern. Jemand versuchte hereinzukommen, alarmiert von den Schreien des Drohns …

Wo zum Teufel wart ihr vor einer Stunde? dachte sie vage, dann zerrte sie seinen Kopf zurück und rammte ihn nach vorn. Einer seiner Wangenknochen gab mit einem glitschigen *Kracks* nach, eine Offenbarung.

Draußen ertönten Schüsse. Sie kamen.

Sie riß ihn herum, hielt ihn so, daß er sie ansah, und erkannte die Angst in seinen Augen, ein *gutes* Gefühl, sie merkte, daß er endlich zu verstehen begann –

Unter ihnen schrie wachsam der Drohn. Hungrig.

Sie schaute flüchtig nach unten, auf die springende Kreatur, die der Blutgeruch schier wahnsinnig machte, ihre qualvollen Schreie ein Ausbund an Frustration und Hunger. Churchs krankhaftes Treiben war für das Alien eine endlose Qual gewesen, seiner Heimat beraubt, ausgehungert, geschockt, angestachelt von der Verheißung auf Flucht und den Gerüchen von frischem Fleisch. Sein schwarzes Exoskelett war trübe, matt – ein Vogel mit verklebten Federn; es starb, seine Geschwister waren schon tot, und alles für Paul Churchs großartige Wahrheit …

McGuinness grinste, empfand keine Freude dabei. Selbst Church hätte die Ironie des Schicksals zu schätzen gewußt.

Sie verschränkte ihre Hände, holte aus –

»Keine Bewegung!«

– warf einen kurzen Blick hinter sich, sah die herbeieilenden Wachen, die gezückten Gewehre –

– und schleuderte ihre Riesenfaust herum, traf Church mitten auf der Brust, warf ihn rücklings über das Geländer. Er schrie auf, suchte vergebens nach Halt.

»Ich sagte *keine Bewegung* –«

McGuinness trat ans Geländer, spähte hinunter und sah den Drohn auf Church zuspringen, mit spindeldürren Klauen nach ihm greifen, sah, wie die Gefahr den Doktor schrumpfen ließ, kleinmütig machte –

Dann waren die Wachen da, brüllten etwas, die Gewehre in den Zwinger gerichtet.

»Doktor Church! Bleiben Sie zurück! Ich muß sauber zielen können!«

Der Drohn *hatte* ihn, umklammerte mit den Klauen seinen kleinen Kopf, der Geifer troff –

McGuinness versetzte dem schießenden Wachmann einen Stoß, wandte sich dem anderen zu, bereit, ihn notfalls zu töten –

Das letzte, was sie sah, war ein auf sie zurasender Gewehrkolben.

Der Lärm der Schüsse folgte ihr in die Dunkelheit hinein.

30

»Wie fühlen Sie sich, Doktor?«

Church blickte von seiner Lektüre auf und sah Admiral Thaves' stämmige Gestalt in der Tür. Er seufzte innerlich, lächelte Thaves jedoch zu und legte seine Fernbedienung auf den Nachttisch.

»Besser, Admiral. Eigentlich geht es mir schon wieder gut genug, um an die Arbeit zurückzukehren –«

Thaves schüttelte den Kopf. »Vergessen Sie's. Die Ärzte sagen, noch eine Woche.«

Der Admiral schaute sich in dem kargen Krankenzimmer um, als hätte er es nie zuvor gesehen, hätte es in den letzten drei Wochen nicht alle zwei Tage besucht. Das Zimmer war klein, aber angenehm, die Wände pastellgrün, gedämpft; ein Ort der Ruhe. Als er wieder sprach, war seine Stimme sanft, beinahe zärtlich.

»Alles in Ordnung?«

Church verschränkte die Hände und starrte sie gedankenverloren an. Da war eine Frage, die ihn schon seit vielen Tagen plagte. »Ich ... ich muß ständig an McGuinness denken.«

Soweit stimmte es ...

Thaves blickte finster drein und verzog sein häßliches Gesicht zu einem, das häßlich und gemein war, ein flüchtiger Einblick in einen viel jüngeren Thaves, einen Mann, der keine Mittel scheute, einen Mann, mit dem man rechnen mußte – ein abschreckender Hinweis darauf, wie er vor so vielen Kriegsjahren zu seinen Sternen gekommen war.

Nur einen kurzen Moment, dann war es vorbei. »Teufel auch, Sie haben doch die Aufzeichnungen gesehen! Sie war eine kaltblütige Mörderin, hat Crespi mit bloßen Händen umgebracht – und hätte Sie vielleicht auch getötet, wenn die Wachen nicht gewesen wären.«

Thaves lächelte, wieder ganz der alte. Er versuchte wahrscheinlich, Selbstsicherheit auszustrahlen, doch ihm kam es wie Verlegenheit vor, wie eine Entschuldigung. »Die Marines haben sie gestern abgeholt; keine Sorge, die kommt nicht zurück.«

Church seufzte, darauf bedacht, den Rest für sich zu behalten; Thaves durfte es nie erfahren, *würde* es nie erfahren, würde die menschlichen Gefühle, die sie in dieser Angelegenheit zweifellos teilten, bei sich nicht zulassen. Church hob geistesabwesend eine Hand und nestelte an dem kleinen Verband über seiner Nase herum. »Das ist es nicht. Einiges von dem, was sie sagte ... über *mich.* Sie hat mich wohl dazu gebracht, darüber nachzudenken, ob meine Arbeit hier – falsch ist.«

Thaves runzelte die Stirn, ging zu seinem Bett und lehnte sich mit seinem vollen Gewicht ans Gestell. Sein Gesicht wurde ernst, der starre Blick fest und bestimmt.

»Sie war verrückt, Paul. Ihre Arbeit – Ihre Forschungen – haben unzählige Leben gerettet, vergessen Sie das nicht. Mein Gott, wenn Ihre Virenkammer nicht wäre, wäre meine *Tochter* heute nicht mehr am Leben –«

Church nickte bescheiden; Thaves liebte seine Jüngste abgöttisch, eine Liebe, die es Church erlaubt hatte, an Bord dieser Station seine eigenen Regeln aufzustellen. Thaves unterschrieb Entlassungen, ordnete Transporte neuer Leute zur Station an und drückte angesichts der Tatsache, daß er vielen dieser Leute nie begegnete – und ihnen auch nicht mehr begegnen würde –, beide Augen zu.

Church fragte sich in Gedanken, wie Thaves wohl reagieren würde, wenn er erfuhr, was wirklich los war – und er beglückwünschte sich wieder einmal dafür, daß er die Geistesgegenwart gehabt hatte, sein Privatlabor vor diesem letzten erbärmlichen Experiment abzuschließen.

Der Admiral sprach noch immer: »– machen Sie sich also keine Sorgen wegen der Vorwürfe, die dieses verrückte Miststück gegen Sie erhoben hat, keiner glaubt ihr auch nur ein Wort. Sie sind ein guter Mensch, Paul.«

Church dachte über diese Aussage wirklich einen Moment lang nach, über die Schlußfolgerungen, die sie über seine eigene menschliche Natur zuließ. Jedenfalls war »gut« nicht das Wort, das ihm in den Sinn gekommen wäre.

»Denken Sie daran, wohin es Crespi gebracht hat«, sagte Church ruhig.

Der Admiral setzte an die Stelle seiner aufmunternden Attitüde die sehr viel seltenere von falschem Mitleid, unfähig, mit seinem Gefühlsleben in Verbindung zu treten; Church war nicht das einzige Wesen, das suchen und vortäuschen mußte. War es nie gewesen.

»Es – es tut mir leid wegen Crespi. Sie beide sind offenbar prächtig miteinander ausgekommen.«

Church senkte den Blick und zählte langsam bis drei. Kaum war er fertig, schlug Thaves auf den Rand der Matratze und signalisierte damit, daß sein Besuch zu Ende war.

»Also, ich schätze, Sie könnten noch etwas Ruhe brauchen! Ich schaue morgen wieder vorbei, um zu sehen, wie es Ihnen geht.«

Church lächelte ihn dankbar an. »Das wäre nett, Admiral – und danke fürs Kommen. Es bedeutet mir sehr viel.«

»Nicht der Rede wert«, prahlte Thaves, und Church konnte die Freude in seinem derben Gesicht sehen, bevor er sich umwandte und hinausging.

Es war ... *angenehm,* jemanden auf diese Weise zu beeinflussen, einem Mitmenschen eine gewisse Zufriedenheit zu verschaffen, selbst einer so aufgeblasenen und erbärmlichen Person wie Thaves; aber er war längst zu der Überzeugung gelangt, daß auch die niedrigsten Kreaturen etwas Glück verdienten. Thaves war sogar im Drama des eigenen Lebens nur Statist, aber wenigstens hatte er noch *Gefühle.* Seltsam, wie sich manches änderte ...

Church starrte einen Moment lang ausdruckslos die Wand an und dachte an McGuinness. Sie war fort, endlich. Die kühle Erleichterung, die ihn durchwogt hatte, als der Admiral ihm das bestätigte, war beinahe peinlich gewesen;

beinahe, aber nicht ganz. Er versuchte, es nicht zur Gewohnheit werden zu lassen, sich in die eigene Tasche zu lügen, und die Wahrheit war, daß sie ihm Angst eingejagt hatte, und zwar eine Heidenangst.

Sie war wie ein Drohn gewesen, als sie ihn verfolgt hatte, nur von dem einen Motiv erfüllt, ihn abzuschlachten, ihre Bewegungen zielgerichtet und zweckbestimmt; ein Drohn, den er erschaffen hatte, doch auf eine Weise, wie er sie sich nie hätte träumen lassen.

Unwillkürlich schauderte Church und griff nach der Fernbedienung. Er mußte sie aus seinen Gedanken vertreiben, seine Sinne mit etwas anderem beschäftigen als der Erinnerung an seine Angst …

Er drückte auf eine Taste und aktivierte den Rollstuhl am Fußende des Bettes. Es war ihm *wirklich* gelungen, ein wenig zu arbeiten, natürlich heimlich. Er würde sich jetzt zum Labor begeben, bei einigen Versuchsabläufen die Fortschritte überprüfen und die Frau mit Hilfe tröstlicher Routine aus seinem Denken verbannen.

Er ließ sich in den Stuhl gleiten, wappnete sich gegen den Schmerz, spürte aber kaum noch welchen. Am schlimmsten hatte es sein Gesicht getroffen, den Wangenknochen, doch der Beinbruch beim Sturz hatte ihm auch ganz schön zu schaffen gemacht.

Der Drohn, der nach ihm griff, das Blut in seinen Augen ließ ihn rot und womöglich noch *rasender erscheinen, das plötzliche Zusammentreffen ihrer Schicksale, das* Entsetzen – *und der jähe Schmerz, als sein Bein nachgab, die Säureverbrennungen, die sich in seine fleischliche Hülle fraßen, als die Kugeln ihr Ziel fanden –*

Es war schon spät, die Krankenabteilung leer, obwohl ihn ohnehin keiner aufgehalten hätte; die Ärzte waren gut für ernste Warnungen, aber mit der Durchführung haperte es doch etwas – besonders bei ihm. Er hatte schon seit einiger Zeit gewußt, daß die Station eigentlich unter *seinem* Befehl stand, es allerdings erst in den letzten paar Wochen richtig zu schätzen gelernt.

Er fuhr in den Bereich der Vorratslager, die Räder rollten lautlos auf dem glatten Boden. Er mußte sich anstrengen, um an den Türkontakt heranzukommen, doch wieder kein wirklicher Schmerz, in weniger als einer Woche wäre er sicher wieder draußen.

Die Tür glitt auf und enthüllte den selten benutzten Gang, mit dem er in den letzten paar Tagen eng vertraut geworden war. Sie war schon ein Prachtstück, die *Innominata;* die ganze Station war ein einziges großes Labyrinth, schweigende Korridore verbanden alles mit allem, jede Tür öffnete sich auf seine Berührung hin, so daß sich ein weiterer Weg auftat …

Überraschungen. In letzter Zeit hatte es zu viele davon gegeben, zu viele Enthüllungen, die in ihrem stillen Einfallsreichtum erschreckend gewesen waren. Als er Crespi und McGuinness seine Geschichte erzählt hatte, war er nicht in der Lage gewesen, sich auf das *Gefühl* zu konzentrieren, auf den Einfluß, den das auf ihn gehabt hatte – und doch, irgendwie … Er *wußte,* daß sie ihn jetzt nicht mehr verlassen würden, die Erinnerungen, die Visionen vom Gesicht seiner sterbenden Mutter …

Er konnte seine Vergangenheit nicht länger beiseite schieben.

Der Rollstuhl glitt durch den dunklen Flur, hinein in die Schatten und wieder heraus, bog erst rechts ab und dann noch einmal rechts, anschließend links, dann ging es eine Schräge hinab.

Er fühlte sich großartig und hätte sich jetzt, nachdem McGuinness fort war, eigentlich noch besser fühlen müssen;

doch irgendwie war ihm seit dem Angriff sein Sinn für Humor abhanden gekommen. Alles schien jetzt – *besudelt* zu sein, als hätten die Farben um ihn herum einen dunkleren Ton angenommen und wären nicht mehr so hell wie früher.

Das kommt nur vom langen Herumliegen, Doktor. Du wirst schon sehen – wenn du erst wieder auf deinen zwei Beinen stehst, wird alles gut werden …

Er *hoffte* es, wollte, daß es stimmte – doch gleichzeitig war er sich sicher, daß er nie mehr soviel Selbstvertrauen haben würde wie zuvor. Er hatte Fehler begangen, hatte zugelassen, daß die Dinge außer Kontrolle gerieten … und hatte in jemandem, der ihm praktisch unbekannt gewesen war, einen Haß entfacht, der größer war als alles, was er jemals erlebt hatte …

Es hatte sich *wirklich* einiges verändert. Die Menschlichkeit, die er so lange beiseite geschoben hatte, war zurückgekehrt, wisperte auf ihn ein, wollte ihn beschwatzen. Anfangs war es Angst gewesen, doch jetzt waren es andere, einfache, angenehme Gefühle, die *nicht* den schrulligen Vergnügungen von früher entsprachen, sondern ihn zu einer Art »Seelenforschung« aufforderten, die ihn bei jedem Abzweig verdutzt innehalten ließ. Der Kern der Wahrheit war von diesen Dingen getrübt worden und blieb womöglich für immer verloren, wenn er nicht aufpaßte –

Und wäre das denn so tragisch? So schwächend?

Darauf gab es keine Antwort, noch nicht.

Seufzend griff er nach der Kodekarte, als der Stuhl stehenblieb, zurückfuhr und näher an den Schlitz für die runde, glitzernde Luke vor ihm heranrollte. Er schob sie hinein, drückte eine Taste und wartete.

Die Tür öffnete sich, und der Stuhl fuhr weiter, langsamer jetzt, und blieb auf halber Höhe des Flurs vor seinem kleinen Privatlabor stehen.

Er betrachtete den großen, aufrechten Behälter, der den Raum beherrschte, bemerkte die winzigen Veränderungen an der Gestalt darin. Er lächelte ein wenig, die Dinge nahmen eigentlich einen recht positiven Verlauf. Unendlich viel besser als bei seinem letzten Versuch.

Der ehemals menschlichen Gestalt waren semisynthetische Schuppen von dunkler Farbe gewachsen, ein mutierter Knochenkamm, der sich veränderte, *heranreifte.* Aus den Schultern drangen Dorne, und er konnte erkennen, daß sich eine Art Rückenflosse gebildet hatte, vielleicht ein atavistischer Einfluß aus der Zeit im Wasser –

Er konzentrierte sich auf das Gesicht, und sein Lächeln erstarb. Wie immer wußte er auch diesmal nichts zu sagen, fielen ihm keine Worte ein, die seine Empfindungen erklärten. Und wie immer versuchte er es trotzdem.

»Ich … ich hoffe, du verstehst, Tony. Nichts davon ist persönlich gemeint.«

Anthony Crespis dunkle, bewußtlose Gestalt erwiderte nichts.

Aber das hatte er auch nicht erwartet.

EPILOG

McGuinness schlief in einer abgesonderten Kammer im Inneren einer verriegelten Zelle den Tiefschlaf, als das Transportschiff der Erde entgegenflog.

Sie träumte von Versprechen, die sie gegeben, und von Versprechen, die sie gebrochen hatte. Sie träumte von einem Mann, den sie einmal geliebt hatte, und einem anderen Mann, den sie vielleicht hätte lieben können, wenn ihnen genug Zeit geblieben wäre. Und schließlich träumte sie von einem Wesen, das nicht im mindesten menschlich war, mit Klauen und Zähnen und langem weißem Haar. Ein Ding, das sie unbedingt hatte töten wollen, aber sie war nicht stark genug gewesen, um es zu schaffen.

In ihren Träumen kehrte sie zurück.

Und diesmal war sie stärker.

GOLDMANN

Das Gesamtverzeichnis aller lieferbaren Titel erhalten Sie im Buchhandel oder direkt beim Verlag.

Taschenbuch-Bestseller zu Taschenbuchpreisen
– Monat für Monat interessante und fesselnde Titel –

✳

Literatur deutschsprachiger und internationaler Autoren

✳

Unterhaltung, Thriller, Historische Romane
und Anthologien

✳

Aktuelle Sachbücher, Ratgeber, Handbücher
und Nachschlagewerke

✳

Esoterik, Persönliches Wachstum und
Ganzheitliches Heilen

✳

Krimis, Science-Fiction und Fantasy-Literatur

✳

Klassiker mit Anmerkungen, Autoreneditionen
und Werkausgaben

✳

Kalender, Kriminalhörspielkassetten und
Popbiographien

Die ganze Welt des Taschenbuchs

Goldmann Verlag · Neumarkter Str. 18 · 81673 München

Bitte senden Sie mir das neue kostenlose Gesamtverzeichnis

Name: ______________________________

Straße: ______________________________

PLZ / Ort: ______________________________